和平‧台灣‧愛

李魁賢的詩與詩論

印度國際詩人學會推薦的諾貝爾文學獎候選人

王國安 著

前言：一個活在台灣的詩人

——李魁賢其人、其詩

王國安

1937 年 6 月 19 日，李魁賢出生於日治台北市太平町。

7 月 7 日，台灣當時的「宗主國」日本，開始其大規模的侵華戰爭。

1945 年戰爭結束，李魁賢小學二年級。台灣重回「祖國」懷抱。兩年後，二二八事件爆發。

1949 年，國民黨政府撤退來台，為期 38 年的戒嚴體制正式展開。以政府為中心，推廣「反共文學」與「戰鬥文藝」，以壓抑文學自由，並宣傳、鞏固其政權的正當性。

1956 年 1 月，紀弦為首的「現代詩社」成立。當時加盟者 83 人，李魁賢早期的筆名「楓堤」赫然在列。

1964 年 3 月，詹冰、陳千武等人合議創立「笠詩社」，發行《笠》詩刊。李魁賢為笠詩社的第一批同仁之一。

　　七〇年代後，釣魚台事件、退出聯合國、中美斷交接連發生，使台灣被迫從「大中國」的迷夢中甦醒，也激起台籍知識份子對台灣現狀與前途的批判省思。早在 1964 年已集結的本土力量「笠詩社」，正是代表七〇年代回歸鄉土，與八〇年代台灣精神崛起的重要前驅。

　　1987 年 7 月 15 日，蔣經國總統宣布解嚴。
　　新舊文化價值的青黃不接，國家主體定位與人民認同的搖擺不定，問題從狂飆的八〇年代延續到九〇年代。李魁賢等人所堅持的「台灣意識」，卻逐漸在價值混亂的環境下成為安定與凝聚台灣人心的力量。
　　2000 年，台灣實現第一次的政黨輪替。

　　人是組成歷史的主體。歷史在向前推進的過程中，總有努力為社會、為國家付出者的身影。雖有人稱台灣歷史是「悲情的」，外來的權力總能夠決定台灣的定位與前途，但反過來說，台灣也是幸運的，因為有李魁賢這樣的知識份子，使台灣能在內部凝聚出反抗外來干預、推升文化價值的能量。
　　一個真正活在台灣的詩人，他的詩，不是徬徨苦悶的出口，不是向壁虛構的產物，而是真正面向社會、抒發社會集體意識的詩。李魁賢，以他與台灣相連結的詩心，創作出首首動人的詩篇。

從「楓堤」到「李魁賢」

　　李魁賢出生於日治時期，從小便受日文教育，然而戰爭期間大環境改變使學校教育脫序，學生每遇戰亂便要搬遷，李魁賢三、四

歲的時候被送回淡水鄉下與祖父母同住，六歲被送到台北念幼稚園
但時斷時續。八歲進太平公學校，然大戰末期都市物資缺乏，且為
防盟軍空襲，轉回鄉下水源國小。小學二年級時戰爭結束，鄉下教
師青黃不接，所以流亡到台灣的外省人，便充當國語文教師，濃重
地方口音的臨時教師及混亂的大環境，使李魁賢童年教育極度匱
乏。所幸如李魁賢自己所言：「我天生細胞裡大概含有文字的核粒，
從小喜歡讀書」[1]，因此，學校的國文課本、同學家中的演義小說、
及舊報紙上的副刊，都成為他的文藝食糧，在這樣的努力之下，國
中的時候，李魁賢便在《野風》雜誌中發表了他的第一篇詩作〈櫻
花〉。詩人李魁賢就如其所刻畫的櫻花意象一樣：「殘酷的嚴冬
／……／把你侵蝕得顏容憔悴／但是啊／你／並無絲毫的灰心、畏
懼／……／如今──／妳已孕育千萬的蓓蕾／在妳堅強的軀殼／
又多劃上一道／不能毀滅的鐵壘」[2]，在嚴苛的環境下突破限制，
綻放出文藝的光彩。

　　回顧李魁賢的童年時期，是在日本的統治下長大，且其祖父、
父親也已在日本統治下過了近三十年，生活模式甚至是文化思考，
皆有近於日本人之處。如李魁賢的祖父便曾擔任日治時期的保正，
卻也能夠得到鄉里的認同，李魁賢於〈零時的窗口〉中曾說：「村
民們都稱呼您菊伯仔，大概不只是因為您擔任過十九年的保
正。……菊伯仔是村民心目中由衷尊敬的稱謂」[3]；李魁賢也在〈遺
照〉一文中懷念其父親的「日本仔精神」，他說：「由於你負責盡職
的『日本仔精神』，一向不與人計較，只是不時鞭策自己有沒有愧

[1]　李魁賢：〈讀閒書長大的〉，《李魁賢文集・第貳冊》（台北：行政院文化建
　　設委員會，2002），p.52。
[2]　李魁賢：〈我的第一本書〉，《李魁賢文集・第貳冊》，pp.58－59。
[3]　李魁賢：〈零時的窗口〉，《李魁賢文集・第貳冊》，p.233。

疚」[4]，所以我們可以說，在其祖父及父親的影響之下，李魁賢對
日本並未有「漢民族」對「大和民族」的狹隘思考。反過來說，在
終戰之後，國民黨政府派員接收台灣，卻因台灣省籍與外省族群的
文化衝突，造成 1947 年可怕的二二八事件，李魁賢在〈詩人童年
中的二二八經驗〉一文中曾說：「三〇年代（1930－1939）出生的
詩人，二二八事件時是八歲到十八歲，正好是小學到中學的學齡，
他們應該也是事件的目擊者……他們和前行代詩人一樣有親歷的
個人經驗，但不同的是智齡尚未完全成熟，在當時對事件的社會現
實理解未盡透徹，但在小小心靈裡，仍大多留下深刻的印象在個人
潛意識域醞釀……」[5]，李魁賢曾撰〈老師失蹤了〉[6]一詩，詩中以
平白的語言，敘事體的架構，兒童的視角，描述一位曾讓李魁賢的
學校生活變「生動」的林老師在二二八事件後就不再出現的幼年回
憶。如此的童年經驗，使李魁賢於年長後反省到國民黨政府治台初
期的外來強權本質，實與日本殖民政權並無差異，這便是李魁賢後
來建立其台灣意識的主要基底。

　　李魁賢初中畢業時成績優異，原本獲得了保送免試進入師範學
校就讀的機會，但李魁賢放棄轉而就讀當時的台北工專，在學校時
便已是知名的學生詩人。1958 年畢業後，先考取預官役並入伍，
1960 年退伍，先在泰豐輪胎廠工作，後考進台灣肥料公司南港第
六廠擔任值班主管，從事工業管理的工作，並選擇遠赴德國進修，
在繁忙的工作中從事德語的學習，雖然後來因為補習班間的鬥爭，

---

[4]　李魁賢：〈遺照〉，《李魁賢文集・第貳冊》，p.246。
[5]　李魁賢：〈詩人童年中的二二八經驗〉，《李魁賢文集・第玖冊》（台北：行
　　政院文化建設委員會，2002），p.10。
[6]　李魁賢：〈老師失蹤了〉，《李魁賢詩集・第三冊》（台北：行政院文化建設
　　委員會，2001），pp.203－206。

使李魁賢失去進修的機會，但李魁賢也因習得德語之便，後來在「笠詩社」中負責德國詩及里爾克詩選譯，並取得極大的成就。

五〇年代，正是國民黨政府反共抗俄的口號喊得震天價響的時候，1953 年的《現代詩》、1954 年的《藍星》詩刊及 1956 年的《創世紀》詩刊，提供了詩人在政治高壓下的出口，但因為詩人多轉向內在純粹經驗的挖掘，也因此了脫離現實社會，產生蒼白、貧弱等缺失。李魁賢於五〇年代時，正是其學生詩人的階段，少年時期的苦悶與詩情的噴發相結合，開始模仿襲用現代主義、象徵主義的寫作技巧，所以有了《靈骨塔及其他》，李魁賢少年期的徬徨與憂鬱在此詩集中表露無遺。

李魁賢的第二本詩集是《枇杷樹》，該詩集幾乎算是李魁賢的「情詩選」，是李魁賢在經歷一名為「惠」的女子所帶給他的「情感颱風」時所抒發的浪漫綺思，大陸學者楊四平甚至認為《枇杷樹》可以「正名」為《我與惠》[7]。但在該詩集中，最重要的便屬創作於 1959 年的〈秋與死之憶〉三首。這三首詩主要傳達李魁賢對死亡的認知，詩中的對生死循環豁達的哲學理解，被當時現代詩壇的盟主紀弦大肆讚揚，紀弦讚李魁賢的〈秋與死之憶〉三首道：「像〈秋與死之憶〉一題三首，這樣成熟、完美而又豐富的作品，就是翻遍了我們這個詩壇上所有的詩集，恐怕也找不出幾首能夠與之比拚的了」[8]，詩壇大老給予年輕的李魁賢如此高的評價，照理說李魁賢該繼續沿著現代主義的道路走，如此或可能成為現代詩社的重要台柱，但李魁賢卻沒有這麼做，並於 1964 年抱

---

[7] 楊四平：「我認為，《枇杷樹》完全可以換名為《我與惠》。」楊四平：《中國新即物主義代表詩人李魁賢》（中國文獻資料出版社，2001），p.47。
[8] 紀弦：〈序〉，收於李魁賢：《枇杷樹》（台北：葡萄園詩社，1964），p.2。

著告別詩壇的心情付印出版《枇杷樹》，走上與現代派決裂的道路，何以如此？

　　如前所述，西方現代主義思潮對年輕的李魁賢有其吸引力，但隨著李魁賢進入職場後，他便開始過著繁忙的工程師生活，生活的壓力使其有專心工業本職而停筆寫作的打算。且隨著年齡的增長與心智的成熟，對於詩壇所瀰漫的技巧重於內容，重視向內挖掘而忽視詩與社會聯繫的詩風深感不耐，李魁賢曾說：「寫詩是從一九五三年發表第一首詩後，就持續不斷，只有一九六二整年沒有作品，可見那一段時間，我也對詩發生迷茫過」[9]，在這一年的時間裡中，李魁賢由於厭棄虛無主義瀰漫的詩壇，決定「我逼自己拒絕讀詩，也不寫下一字半句」（《南港詩抄》後記）來表達無聲的抗議，藉由「封筆」這種沉默的抗議方式，靜悄悄地從現代派的行列退出。也就在這樣的機緣巧合下，1964 年 6 月 3 日，李魁賢送印《枇杷樹》時，於黃荷生的印刷廠巧遇當時也將《笠》創刊號的編樣送至印刷廠的趙天儀，聽完趙天儀說明《笠》的創作動機與編輯方針後不久，李魁賢成了第一批加入「笠詩社」的同仁。在 1964 年的這段轉折，李魁賢曾於〈笠的歷程〉一文中提到：

> 一九六四年，在當時三大詩社活動逐漸沉寂之時，台灣詩人卻都不約而同地在思考如何重建本土詩文學。這時，另外在學院裡的趙天儀、杜國清，還有分散各地的詹冰、陳千武、錦連、葉笛、林宗源、何瑞雄、李魁賢等，或不停地默默在寫作，或正圖奮起，整個情況已經醞釀成轉型期的引爆點。[10]

9　李魁賢：〈詩人是天生的在野代言人──郭楓訪李魁賢談詩〉，《李魁賢文集‧第拾冊》（台北：行政院文化建設委員會，2002），p.4。

10　李魁賢：〈笠的歷程〉，《李魁賢文集‧第陸冊》（台北：行政院文化建設委

　　由這段話更可證明，活在台灣的詩人李魁賢，與台灣文學的發展脈絡銜接之緊密，封筆並非離開文壇，而是在沉澱中等待時機成熟，進而成為重建本土詩文學的重要力量之一。我們也可以說，在此時，年少的「楓堤」，已經成為後來我們所熟知的「李魁賢」。李魁賢在與筆者對談的時候曾說到：

> 參加笠詩社不久後，感受本土詩社裡面比較前輩的詩人，他們有一些現實的經驗跟現實對台灣的觀點，自然就傳承到下面年輕一輩的身上，那個時候就感受到以現實主義的精神來創作文學才是正統的，我才決定以自己的名字來發表。……用本名之後，跟用筆名基本上就有觀念的差別，因為用真面目來對待讀者的時候，你就要言之有物，要與人有關。……寫作是與人、社會、群體以及本身的對話，而不是早期那種用浪漫去寫自己的感情。筆名的改變關係到我的文學觀點、文學思想的轉變，所以之後我用本名寫的詩就確實跟以前有很大的不同，比較有現實的介入。[11]

　　所以，從「楓堤」到「李魁賢」的轉變，也代表著李魁賢將走向文學介入現實社會的道路。於是，李魁賢開始將詩人的視角轉向生活周遭，首先，便將其工廠生活做為關注的對象，而有了他的第三本詩集《南港詩抄》的出現，其中大量的關於工廠勞動的詩作，使李魁賢得到了「工廠詩人」的雅號，也在該書中確立了「生活，

員會，2002），p.100。
[11] 李魁賢語。陳瀅州記錄整理：〈李魁賢、王國安對談：從台灣意識出發──政治意識與現代詩如何調和？〉，《漫遊的星空──八場台灣當代散文與詩的心靈饗宴》（台南：國家台灣文學館），pp.52－53。

就是我的詩；詩，就是我的生活」[12]的創作方向。接下來，在第四本詩集《赤裸的薔薇》中，他說到：「我一直奉行著：詩必須根基於生活的原則，在生活的熬煉下開放詩的花朵，才會洋溢親切的人間性」[13]，延續了詩由生活而來的創作方向；在《黃昏的意象》中，他說：「多年來創作不輟的體驗，越感覺到『抒情』是詩的主調。抒情可抒『小我之情』，亦可抒『大我之情』……實際上，『小我之情』與『大我之情』可以進行重疊，甚至多層次的重疊，以致可以交融到撤除藩籬的區隔」[14]，此處是以詩介入現實更進一層地發揮，使其詩能在表達社會關懷的同時，保持詩文學的獨立性，而不致成為社會理念的傳聲筒；在《秋與死之憶》中，他又提到：「在近四十年的摸索、嘗試中，越來越堅信構成詩的兩大軸線是：抒情性和批判性」[15]，抒情性與批判性的結合，延續的正是上述不使詩的藝術性被社會性要求而工具化的理念；而在《愛是我的信仰中》中，他更說：

> 詩人如果沒有建立精神堡壘，沒有針砭社會的力量，沒有顛覆虛假的勇氣，沒有抵抗政治的正義，沒有拯救心靈的抱負，則其語言無論如何變巧，無論如何創新，無論如何錘鍊，無論如何炫耀，無論如何怪誕，充其量只能成就一個詩匠。……詩人之所以成為詩人，是因為他的詩能展現社會集體意識，與被政治宰制的人民感情產生同源性的連接，他才能建立批判性角色的骨架。這種氣質是詩人首要的任務……。[16]

---

[12] 李魁賢：〈《南港詩抄》自序〉，《李魁賢文集・第陸冊》，p.309。
[13] 李魁賢：〈《赤裸的薔薇》後記〉，《李魁賢文集・第陸冊》，p.310。
[14] 李魁賢：〈《黃昏的意象》自序〉，《李魁賢文集・第陸冊》，p.284。
[15] 李魁賢：〈《秋與死之憶》自序〉，《李魁賢文集・第陸冊》，p.311。
[16] 李魁賢：〈這是大家的詩——《愛是我的信仰》自序〉，《李魁賢文集・第陸

　　因此，李魁賢年輕時雖曾受現代派詩風技巧的影響，但隨著年齡的增長、心智的成熟，及思索人與社會的關係、台灣詩文學的未來前途等問題之後，李魁賢找到了自己的答案，並在笠詩社中有了志同道合的伙伴。1964 年，《台灣文藝》及《笠》的創刊，代表著台灣本土作家試圖與瀰漫虛無頹廢風氣的現代派互別苗頭，本土力量在這個時間點的凝聚，既代表著對抗西化、虛無、晦澀等詩風的力量已然崛起，其逆勢突圍更預示了七〇年代台灣鄉土文學的發展內涵與方向。

「台灣」與「愛」

　　在李魁賢的作品中，對台灣這塊土地的熱愛時有表現，如其〈祈禱〉[17]一詩末節：「神啊／愛的本質是我的信仰／以台灣的名」，以「台灣」為名為大地祈禱，李魁賢將自己飽滿的愛等同於台灣，顯示自己已與台灣融為一體；其在〈土地的愛〉[18]一詩更是將李魁賢對腳下這塊土地的熱愛表露無遺：「我信守的土地／即使被別人佔領過／即使被無端踐踏過／永遠是純潔的／永遠是神聖的／／因為你是我的愛」；〈百年胎記〉[19]一詩，更可見得李魁賢與台灣這塊土地不可分割的愛的聯繫：「割斷臍帶後／百年／才發出產聲／／歷史／望盡春帆／都不是自己的路／／在浪裡浮沉／海洋／才是我的家／／終於／我看到島形的胎記」；而其〈島嶼台灣〉[20]一詩中，也直接

冊》，pp.313－314。

[17] 李魁賢：〈祈禱〉，《李魁賢詩集・第二冊》（台北：行政院文化建設委員會，2001），p.215。

[18] 李魁賢：〈土地的愛〉，《李魁賢詩集・第三冊》（台北：行政院文化建設委員會，2001），p.100。所引文為該詩末二節。

[19] 李魁賢：〈百年胎記〉，《李魁賢詩集・第二冊》，pp.89－90。

[20] 李魁賢：〈島嶼台灣〉，《李魁賢詩集・第三冊》，pp.83－84。

言明台灣正是他「永恆的故鄉」:「你從白緞的波浪中／以海島浮現
／／黑髮的密林／飄盪的縈懷的思念／潔白細柔的沙灘／留有無數
貝殼的吻／／從空中鳥瞰／被你呈現肌理的美吸引／急切降落到你
的身上／／你是太平洋上的美人魚／我永恆故鄉的座標」。李魁賢將
「台灣」比為身上的「胎記」,表現了台灣人既出生於這塊土地上,
與台灣之間便有著不可割離的血脈關係,而在成長獨立後,台灣又
成了他「永恆故鄉的座標」,不論在何處,總也能夠找到台灣的方向。
李魁賢談到「祖國意識」與「台灣意識」時曾說:

> 我們沒有離開過就無法感受出來,離開台灣之後就更深刻感受
> 到祖國就是台灣,這個概念在全世界就變成說,你認同這個地
> 方,這個地方就是你的祖國……基本上,台灣意識就是我們的
> 祖國意識。不一定要在外面或是離開住的地方才認為那是我們
> 的祖國,只要我們認同那個地方,那就是我們的祖國。只要我
> 們認同台灣,台灣意識跟祖國意識其實是一樣的。[21]

因此,「認同」台灣,是李魁賢建立其台灣意識的重要關鍵,
且在此處,將中國學者談李魁賢時喜用的「祖國意識」的曲解說法
做了延伸與改動[22],台灣便是李魁賢的父祖之國,其與台灣的血脈
繫連,建立於過去、現在更是未來。

李魁賢說:「『台灣意識』就是對台灣的感情,……我相信在台
灣出生的人,對土地、四周的人,對我們的家庭、同學、同事都有

---

21 李魁賢語。同註 11,p.40。
22 如中國學者楊四平於談及李魁賢〈釣魚台〉組詩時便評論道:「由此可見,
    詩人對祖國的一往情深,在他的意識下除了釣魚台就沒有別的了。」便是藉
    「祖國」曲解李魁賢詩意以符合其大中國思考的例子。楊四平語。同註 7,
    p.178。

很深的感情在，放大到整個台灣，集體意識就是從這裡誕生出來的」[23]，其「台灣意識」並非從狹隘的民族主義出發，也沒有意識型態的僵固與反動性格，而是一種感情，對台灣的愛的感受、抒發與行動。也因此，李魁賢將詩人分為內向性與外向性兩種，再將外向性詩人依其批判性分為三個階段，第一個階段以詩批判，而後以評論批判，到第三個階段，便以行動來批判。所以李魁賢不僅以介入生活的詩創作來表現與社會脈動的銜接，也撰寫評論，不論是詩評、詩論，甚至是政治、文化評論，以其理性批判盡其身為知識份子的言責。除此之外，李魁賢在確立自身的創作方向之後，更進一步將其旺盛的創作力轉化為行動力，將其因對台灣的認同所產生的感情，轉化為使台灣能更凝聚、向上的各種行動。在這些行動中，文學方面，李魁賢於 1987 年尚未解嚴前參與成立「台灣筆會」，突破國民黨政府不准登記「台灣」之名的限制，公開活動，並當選第一屆副會長，擔任歷屆理事及第五屆的理事長，並於擔任會長期間，與美國加州大學聖芭芭拉校區華文文學研究中心合作創辦英譯台灣文學叢刊，以台灣文學為提升台灣國際能見度的資源。在政治方面，李魁賢參與「台灣北社」，做為在野力量的集結，並以省籍詩人的立場，發表對台灣本土化、民主化的成熟論述。他更於 2001 至 2004 年間擔任國家文藝基金會的董事，並於 2005 至 2007 年間擔任董事長，對推動台灣的文藝發展更取得了著力點。

　　李魁賢在政治理念上傾向於台灣獨立，時於論評中倡導「台灣正名」，詩中也多有表現，如其〈神說世界要有光〉[24]一詩第二

---

[23] 李魁賢語。同註 11，p.39。
[24] 李魁賢：〈神說世界要有光〉，《李魁賢詩集・第一冊》（台北：行政院文化建設委員會，2001），pp.9－10。

節：「期待著你產聲的時候／我更早就祈禱著國家的產聲／我期待
著你第一眼看見世界的時候／就自然看見了光那樣／台灣出生的
時候／是人人可以睜開眼睛／看見真正陽光普照的島國誕生」。然
在政治現實上要實現正名非一蹴可幾，李魁賢先轉向建立台灣文
學獨立的位階，使其不淪為中國文學的附庸。所以，李魁賢有「台
灣文學獨立論」的倡議，闡明台灣文學有著包容外來文化的海島
性格，是台灣獨特所有的文學。「台灣文學獨立論」是李魁賢將文
學、政治、台灣主體精神相結合後的產物，在理論的闡揚之外，
在行動上，國內台灣文學系所、國家台灣文學館、台灣文學翻譯
中心等的倡議建立，不論是已實現或未實現的，李魁賢皆曾在過
程中奔波鼓吹，而這一切，正是來自於李魁賢的台灣意識，來自
於對台灣的愛。李魁賢曾說：「愛是詩最基本的質素」[25]，又說：
「寫詩要培養愛世界、愛萬物的素養」[26]，並將「愛」發揮在詩
中、行動中，表現對他人、對台灣、對世界的關懷。其自 1953
年至今仍創作不輟，可說是著作等身，得以維持其旺盛的創作力
者，便是其以愛為信仰的信念。

　　李魁賢於 2002 年時曾被印度詩人學會推舉為隔年的諾貝爾文
學獎候選人，他那以愛為質素的詩，及將愛轉化為具體行動的人生
經歷，感動了印度詩人學會。以下，筆者引用國際詩人學會會長薩
依德‧阿彌魯定教授（Prof.Syed Ameeruddin）寫給李魁賢的一封
信，做為本文的結束，也藉此讓我們認識，一個活在台灣的詩人，

---

[25] 李魁賢：〈詩人的愛心──陳秀喜詩集《灶》序〉，《李魁賢文集‧第陸冊》，
p.150。
[26] 李魁賢：〈詩與和平〉，《李魁賢文集‧第捌冊》（台北：行政院文化建設委
員會，2002），p.96。

將其對台灣的感情化為詩、化為行動後，所產生的對人、對台灣、對世界的正面影響。

國際詩人學會是擁有世界盛譽的文學組織，全世界有會員數千人，在最近的幹部會議中，為慶祝千禧年，褒揚我們時代的創作人才，全體一致宣布提名你：李魁賢，為「千禧年詩人」，以肯定你在創作領域的巨大貢獻，對人性令人欽佩的影響，尤其是在全球詩壇樹立新的趨向，遂行人類在人道方面真正思考的改變，於此千禧年，朝向和平共存和世界和諧的過程，以你動人心弦的詩，帶動地球上的整體轉型，並全心懷抱宏偉的意識型態，建立世界和平及普世手足之情，身為傑出的詩人，帶有自許的天職和前瞻的靈視。另外，本人已向瑞典學術院推薦你角逐來年人人嚮往的諾貝爾文學獎，提供詳細報告，有關你思想震撼的詩情及其對人類的影響，帶動社會變化，朝向人性理解、愛和同情，以及普世的友誼。不久，你將會接到對方正面的回應。[27]

---

[27] 轉引自《李魁賢詩文學生活》，p.13。該小冊於「2002 年李魁賢文學國際學術研討會」上發送。

目　錄

■ ■ ■
和平‧台灣‧愛

第一章　李魁賢的詩學理論

　　李魁賢的詩學理論，是其所以能立穩詩壇地位的最重要根基。雖然李魁賢在「海瑩詩集《敲窗雨》討論會」的引言中曾謙虛地說：「一九五三年在《野風》雜誌發表詩，到今年整整四十年，所謂四十而不惑，只是到目前為止，終於知道——我真的不懂詩」[1]，但其實他的詩學理論內涵豐富，散見於他出版詩集的前序、後記，以及他的文學散論專書——如《詩的見證》、《詩的探索》、《詩的奧秘》等書。在其《詩的見證》中，李魁賢開宗明義就說：

> 二十幾年來讀詩、寫詩、譯詩、談詩，深切感到詩是恍惚不定形的神龍，每個人對詩的觀念，都是依據自己經驗投影照射下的皮影，甚至個人隨著世界事物的觀察的體驗，以及心智的成熟過程，而一再地修正。[2]

---

[1]　李魁賢：〈詩的內向性與外向性模式——海瑩詩集《敲窗雨》討論會引言〉，《李魁賢文集・第陸冊》（台北：行政院文化建設委員會，2002），p.286。

[2]　李魁賢：〈詩的見證〉，《李魁賢文集・第陸冊》，p.3。

　　李魁賢的詩學理論正是來自於他多年來逐次修正後的產物。雖然李魁賢的書中沒有綱舉目張的詩學理論架構，但散見於其書中的詩評論文字，卻表現了他關於詩學理論各層面問題的論述，而且也隱然地呈現了一個穩固且龐大的詩學體系。以下，將以李魁賢詩學理論中的「本質論」、「創作論」、「語言論」、「功能論」等層面來整理李魁賢散見在各書文中的詩觀。

壹、詩的本質論

　　李魁賢曾說：「詩，絕對不是以外形來判斷的，應該從本質上去認識」[3]；他又說：「詩貴創作，創作必以技巧為先導，但詩質為體，技巧為用」[4]，詩質與技巧有著本末體用的分別，是故詩人作詩，要先完成詩本質的追求，進一步才要求自己的技巧。其對詩本質的要求，也表現了他做為台灣省籍詩人，在面對台灣歷史的自省後對自我與對他人的要求。

　　李魁賢詩學觀念中的「詩本質」究竟所指為何？以下就李魁賢在其詩學論文中所使用的三個判斷命題——「詩的本質是精神，是意識」、「如果不是由『情』出發，就不能建立詩的本質」以及「沒有自由，就沒有詩」——三者，將李魁賢對詩的本質的認識，分為「精神」、「意識」、「抒情」及「自由」四個部分來分別論述。

---

[3]　李魁賢：〈現代詩的欣賞　二、詩是什麼〉，《李魁賢文集・第參冊》（台北：行政院文化建設委員會，2002），p.132。

[4]　同註2，p.4。

一、「詩的本質是精神，是意識」

李魁賢曾說：「詩的本質是精神，是意識」，給了詩的本質論一個最明確的定義。他在〈詩是啥物？──第六屆榮後台灣詩獎得獎感言〉進一步說：

> 現代主義總講一句話，主張詩是語言的藝術。因為要求藝術化，所以語言就該非常態化，意思就是講應該和普通話無甚共款，才會產生新奇的趣味性。這種現代主義極端化的結果，往往造成講究語言的變巧，遂失去追求詩本質的精神和方向，詩基本上是人文精神創作的產品，是詩人意識的表現，詩人借用詩的語言形式向社會發言，記錄社會集體意識的具體化。所以詩的本質是精神，是意識；詩的形式才是物質，是語言。[5]

李魁賢在這裡批評現代主義詩風的極端化造成詩人專注於語言藝術的經營而失去詩本質的精神方向，進而引出「詩的本質是精神，是意識」的命題。在這段話中更值得注意的是，李魁賢所謂詩的「精神」，是「人文精神」，而詩的「意識」，則是「社會集體意識」。從這兩點來看，我們可以發現，李魁賢認為詩的產生是源自於作家對社會發聲，並期望詩可對社會產生價值。

---

[5]　李魁賢：〈詩是啥物？──第六屆榮後台灣詩獎得獎感言〉，《李魁賢文集·第柒冊》（台北：行政院文化建設委員會，2002），p.90。

（一）「詩人精神領域的建立，重於一切」

　　李魁賢論詩的本質時首重「精神」，在他的詩學理論中，「精神」
一詞不斷地出現在各理論文章之中，並將「精神」以第一義、最高
概念來做說明。例如他在〈詩的見證〉一文中就曾說：「詩人精神
領域的建立，重於一切」[6]；在〈世紀末的希望——讀張芳慈詩集
《紅色漩渦》〉一文中他也曾說：「詩做為藝術的表現，不只是語言
工具的問題，更重要的是精神本質領域」[7]；他又說：「人類的詩情
有共通性和永恆性，現實的狀況會改變一時的物質條件，卻不會顛
覆永久的精神基盤」[8]，李魁賢所認定的「精神」，是追求詩的共通
性與不受時空改變的永恆性，也因此，李魁賢譴責一些只重技巧呈
現，而尚未在精神層面上做好準備，或根本已遺忘自我精神堡壘建
立的詩人。他認為這樣的詩人充其量只能稱其為「詩匠」，而不夠
資格稱為「詩人」，他曾說：

> 詩人如果沒有建立精神堡壘，沒有針砭社會的力量，沒有顛
> 覆虛假的勇氣，沒有抵抗政治的正義，沒有拯救心靈的抱負，
> 則其語言無論如何變巧，無論如何創新，無論如何錘鍊，無
> 論如何炫耀，無論如何怪誕，充其量只能成就一名詩匠。[9]

---

[6]　同註2，p.4。
[7]　李魁賢：〈世紀末的希望——讀張芳慈詩集《紅色漩渦》〉，《李魁賢文集・
第玖冊》，p.161。
[8]　李魁賢：〈我沒有時間了——南斯拉夫當代詩選（一九五〇—一九九〇）〉，
《李魁賢文集・第捌冊》，p.45。
[9]　李魁賢：〈這是大家的詩——《愛是我的信仰》自序〉，《李魁賢文集・第陸
冊》，p.313。

　　詩是一門藝術，在精神上未能確立自己的位置，詩的本質便會散逸，即使語言豐富、技巧華麗，卻無能避免詩人的匠氣。李魁賢所言的「精神領域的建立」，說穿了，就是要詩人認明自己的立場與姿態，而此立場與姿態，其實便是「現實主義」。

1、「現實主義是精神論的重鎮」

　　李魁賢自己不只一次強調，他在精神論上是標準的現實主義者，他曾說：「個人的詩觀一向堅持現實主義精神的基盤」[10]。李魁賢堅持現實主義精神的立場，實來自於他對台灣新文學傳統的認識，他在對台灣新文學的文學歷史作了一番研究與理解後，提出了自己的看法，他說：

> 現實主義做為台灣文學的傳統，是無可否認的事實，而且必將繼續以此為主流。然而，現實主義是精神論的重鎮，至於在方法論上，應該有各種流派技巧的運用……。[11]

　　是故，李魁賢在要求詩人建立精神領域時，也循著現實主義精神提出了詩人可茲依循的途徑，他說：

> 如果詩人果然是自足的「精神的政府」，那麼，反抗外在權威或群體的壓力，爭取內心反對社會現實，解放人性獨立自主的基本本質，應是被壓迫社會中詩人應秉持的立場與態度，台灣詩人在此方面的努力，已透視出應有的見識和表達能力。[12]

10　李魁賢：〈選詩的偏見〉，《李魁賢文集・第陸冊》，p.304。
11　李魁賢：〈殊途同歸〉，《李魁賢文集・第柒冊》，p.366。
12　李魁賢：〈台灣詩人的反抗精神〉，《李魁賢文集・第拾冊》，p.214。

　　李魁賢在精神論方面立於現實主義的基盤，但他對自身堅持現實主義立場的可能偏頗也有所警惕，警惕自己不可陷入社會主義文學的泥淖，所以他曾說：「個人的詩觀一向堅持現實主義精神的基盤，但不認可社會主義『典型』的必要」[13]。是故，李魁賢的詩觀是立足於現實主義精神的立場，但不偏向極左的社會主義，而是在精神論的光譜上向中靠攏，接近於人本主義的立場，如此，便可進入「人文精神」的討論。

　　2、「詩是人文精神創作的產品」

　　「人文精神」一詞對現代人而言一點也不陌生，這一創發於西方文藝復興時期的思想產品，實為經過漫長的思想黑暗期後的一線曙光，為人類抵抗長久以來神性凌駕人性的思想壓迫。對於「人文精神」的解釋，學者們雖然沒有一致的共識，但基本思想內涵卻是差不多的，例如：「人文精神，主要是指執著地追求理想世界和理想人格，高揚人的價值，追求人自身的完善，謀求個性解放，並堅持理性，反對迷信和盲從」[14]；又如：「人文精神是一種普遍的人類自我關懷，表現為對人的尊嚴、價值、命運的維持、追求和關切，對人類遺留下來的各種精神文化現象的高度珍視，對一種全面發展的理想人格的肯定和塑造」[15]。由上引兩段文字，我們可以發現，學者對人文精神的理解主要有幾方面是相同的：1、人的價值；2、理性；3、理想性。中國學者周國平國家行政學院演講時，以「人

[13] 同註10。
[14] 吳剛：〈人文精神與新人文教育〉，《全球教育展望》，2001年第9期。
[15] 葉朗：〈人文精神的堅守與呼喚〉，《人民日報（海外版）》，2001年1月2日，第7版。

文精神的哲學思考」為題[16]，發表其對人文精神的不同理解。他認為，人文精神包含「人性」、「理性」和「超越性」三者，其中，人的價值就是「人性」，理想性就是他所說的「超越性」。人性、理性、超越性三者，在李魁賢的詩學理論中論及精神層面時，也有不同層次的強調。

（1）人性

李魁賢在文章中要求詩作家要表現普遍人性，他說過：「詩人的立場是以人為本的，詩是以精神內涵為基本，所以詩應能代表多數的心聲，而不只是個人的喜怒哀樂」[17]，是故，詩「以人為本」，表現「多數的心聲」，且所呈現的，乃是各共同性、普遍性與「人性的共相」──這是李魁賢的堅持。他也曾在〈窺豹札記〉一文中，記錄南北詩人溪頭座談「中國詩人的道路」時，引用並讚許碧果與他相同的看法，他說：

> 碧果引用辛鬱的話說：「我們把作品建基在真實的生活與真摯的情感上」，是對的；他又說：「詩人崇高的是廣義的人文主義，表現的是普遍的人性」，也是對的；他進一步又說：「我們所追索的是使生活詩化」，更是對極了。[18]

從「普遍的人性」到「生活的詩化」，可以看出來，李魁賢在依循人文精神創作並將重點著眼於「人性」上時，是將視角伸向「生活」的，他認為將詩「根基於生活」，才能「表現普遍的人性」，如

---

[16] 周國平：〈人文精神的哲學思考〉，《人民日報》，2002 年 12 月 1 日。
[17] 李魁賢：〈我看德國現代詩〉，《李魁賢文集・第陸冊》，p.235。
[18] 李魁賢：〈窺豹札記　十九、低迷的溪頭之夜〉，《李魁賢文集・第柒冊》，p.307。

此的詩，才有所謂的「人間性」，所以他說：「如果詩一定要為什麼
服務的話，那就是為人本主義服務，詩人本質上要堅守人本主義的
立場創作，詩才會有人間性，有人的味道，人的情趣」[19]。再進一
步談，李魁賢論詩重視詩的溝通作用，而能夠與群眾溝通的詩，就
必須是能夠為群眾所理解，有「人的味道，人的情趣」、表現人類
共同情感的詩，這也與李魁賢在詩歌的功能論上重視詩歌的「社會
性」有所關聯，李魁賢說過：「『社會性』是以大眾的共通性為著眼
點，所表現的是與大多數人民攸關的生活與感情，較富有普遍的人
間性」[20]，而「社會性的詩人，則時時警覺傳達的重要意義」[21]，
由此可見，李魁賢堅持人文精神的「人性」層面，也是為了詩歌能
滿足其準確傳達以影響社會的功能論。

（2）理性

　　李魁賢反對現代主義中的語言破壞，也否定超現實主義者潛意
識狀態的自動寫作，這些不知所云，與讀者產生距離，甚至完全無
法與讀者溝通的作品，在李魁賢的認知中，等於失落了詩的理性本
質，所寫成的詩也不可能有價值。所以李魁賢在〈詩的理性〉一文
開頭就說：

> 奉行現代主義文學觀的人，大都會堅持詩的非理性特質。從
> 詩題、意象、造句、詞意、分行分段，都會呈現非理性的行
> 為，似乎詩人有權隨興之所至，任意率性而為。……非理性

---

[19] 李魁賢：〈自由的詩　詩的自由──詩集《水晶的形成》代序〉，《李魁賢文
集・第陸冊》，p.259。
[20] 李魁賢：〈為「地域性」進一解〉，《李魁賢文集・第陸冊》，p.44。
[21] 同上註。

的極致，不但可以隨意破壞語詞結構，甚至可以任性顛覆社會的道德準繩，踐踏善良的美感經驗，洵至破壞支持詩性的意識底盤。[22]

在詩創作的過程否定理性，詩的想像無法以語言組織定形，則「詩的世界就形成渾沌模糊的狀態」，如此，詩的本質也將出現渾沌無法掌握的狀態。

（3）超越性（理想性）

理想性實為人文精神的一個面向，李魁賢說：

> 詩人的感情，促使他對每一件事物，甚至最瑣屑的事物，發生喜愛。因此，在詩人的心目中每一件物象或意念都是有生命的對象，而且是具有人的屬性的存在。[23]

「愛」是李魁賢所信仰、崇奉的，他在〈詩與和平〉一文中說：

> 詩人為和平而寫，是天理。寫詩要培養愛世界、愛萬物的素養，那才是詩人的天職，也是人人的本質。心存和平則處處有愛，以愛心為念，則事事和平。[24]

從對生活周遭人事物的關愛，進入到對萬物、對世界的愛，並祈求和平的到來，這就給李魁賢的人文精神超越性層面立下一面鮮明的旗幟。再者，在超越性層面上，李魁賢還認為，有理想性的詩

---

[22] 李魁賢：〈詩的理性〉，《李魁賢文集・第捌冊》，p.249。

[23] 李魁賢：〈現代詩的欣賞　七、擬人化〉，《李魁賢文集・第參冊》，p.148。

[24] 李魁賢：〈詩與和平〉，《李魁賢文集・第捌冊》，p.96。

人應站出來為人民發聲，這也就是李魁賢常提到的台灣詩人的「反
抗精神」。他說：

> 詩人由抒個人之情，轉而抒社會之情時，必然會關涉到社會
> 現實，而個人的態度即會呈現詩人批判的觀點，誠實的詩人
> 必然以人本主義為基礎，對違反人權、人性的行為現象提出
> 的批判立場，便形成反抗精神的特質。[25]

如此，由反抗神權與君權的而生的「人文精神」，在李魁賢的認
知中，成了為社會多數向威權抵制發聲的「反抗精神」，這是一種由
個人關注到社會關愛的昇華，是一種理想性的超越，所以在李魁賢
的想法裡，人文精神甚至是跟人民同義的，他說：「人文精神是以人
民為依歸」[26]，也可以由此看出李魁賢對立穩人民立場的堅持。

（二）意識決定作家的觀點和創作活動

李魁賢說「詩基本上是人文精神創作的產品」之後，緊接著又
說詩「是詩人意識的表現」，李魁賢為何如此重視詩人「意識」層
面的問題？他在〈作家的屬性〉一文中說：

> 意識決定作家的觀點和創作活動，妄談「文學歸文學」的人，
> 根本忽略了文學的本質，而以「文學」或「藝術」作偽裝，
> 沒意識即不可能有正確的文學觀，往往會淪入虛無或虛脫的
> 境地。[27]

---

[25] 李魁賢：〈台灣詩人的反抗精神〉，《李魁賢文集・第拾冊》，p.213。
[26] 李魁賢：〈經濟發展的新思維〉，《李魁賢文集・第拾冊》，p.249。
[27] 李魁賢：〈作家的屬性〉，《李魁賢文集・第捌冊》，p.269。

在李魁賢的認知中，意識決定作家的觀點和創作活動，也決定作家的文學觀是否正確，其文學作品是否有存在的意義也將由此決定，故他特別提出「詩的本質，是精神，是意識」的口號，將「意識」提升至和精神相同的位置。李魁賢曾說：

> 詩人是否稱職（傳達經驗），決定於他的表達能力，表達能力的評鑑，最簡單的莫過於審視詩中表現了什麼樣的意義，即詩人的立場，其次才是用什麼方式把意義展現出來，即詩人的創作，因此，意義性在詩中是第一要義，……。[28]

詩人的立場先於詩人的創作，意義性是「第一要義」，而意義性的把握則來自於詩人意識的把握，意識的重要性由此展現。然而，李魁賢所認知的「意識」該是什麼樣子的呢？李魁賢說，詩人在詩中所表現的意識是「集體意識」、「社會集體意識」以及「集體無意識」。李魁賢在〈面向亞洲的文化思考——迎接九五亞洲詩人會議〉一文中，開宗明義就說：「詩是詩人透過意識表現超乎個人意識的集體意識或集體無意識」[29]。何謂「集體意識」？李魁賢在〈台灣現代詩的社會集體意識——論江自得近期中詩的辯證〉一文中做過說明，他說：

> 在法國美學家戈德曼（Lucien Goldman）的發生學結構主義裡，認為文學作品具有集體意識，作家在創作上會受到集體意識的制約。由於文學作品的魅力在於具有凝聚力的內在結

---

[28] 李魁賢：〈詩人的步伐——《一九八二年台灣詩選》前言〉，《李魁賢文集・第陸冊》，p.199。
[29] 李魁賢：〈面向亞洲的文化思考——迎接九五亞洲詩人會議〉，《李魁賢文集・第柒冊》，p.40。

構，在表現集體意識時，會給集體意識賦予凝聚力。而因為
作家的社會集體世界觀滲透和引導作家進行文學意義上的
探求，所以作家是真正創作主體的社會集體代言人。[30]

「集體意識」為作家與人民對共存的社會環境所共感的時代意
識，作家也依憑集體意識創作出可以凝聚人民共識的文學作品。而
關於「集體無意識」，李魁賢在〈作家的道德〉一文中說：

> 根據瑞士精神分析學家榮格的說法，藝術作品不是藝術家個
> 人生活的表現，而是集體無意識的表現。作為個人的藝術
> 家，他可以具有各種各樣的品性，具有個人意志和個人目
> 的，然而作為藝術家的個人，他是個無個性的人，是具有更
> 高意義的「集體的人」，不是擁有「自由意識」，尋找實現與
> 個人目的的人……按照榮格的說法，藝術所包含的集體無意
> 識的力量，才能使藝術閃耀著神聖的光環，成為人類社會的
> 導師、先知和引路人，也就是道德的指標。因此，未能超越
> 個性，構成集體無意識的文本似乎不算是藝術作品，因為缺
> 乏道德的力量。[31]

以上，其實是李魁賢對榮格說法的延伸，因為榮格對作家是否
在作品中呈現集體無意識並無要求，也未曾賦予「集體無意識」一
道德性的解釋，是故，在此李魁賢是引用了榮格的說法，而做了具
李魁賢色彩的自我闡發，另創新意。再探究下去，李魁賢其實是意
圖在作家可以認知的社會集體意識層面上，加上另一層在社會中被

---

[30] 李魁賢：〈台灣現代詩的社會集體意識——論江自得近期中詩的辯證〉，《李
魁賢文集‧第玖冊》，p.105。
[31] 李魁賢：〈作家的道德〉，《李魁賢文集‧第柒冊》，pp.115－116。

威權強力壓制後隱沒不彰的政治、社會、歷史、心理事件，再引用集體無意識一詞來做為解釋，此最明顯的例子就是常在李魁賢書中出現的「二二八原型」的字眼[32]。例如在〈借藝術力量走向後二二八〉一文開頭就說：「二二八的意象，不但對五十歲以上的台灣人成為『個人無意識』的存在，甚且在台灣社會已進入『集體無意識』的領域」[33]；在〈政治詩的取樣——簡評《傷口的花——二二八詩集》〉中，他又說：

> 二二八是二次世界大戰後，台灣歷史上的最大事件，由於長期被政府列為禁制，導致事實真相淹沒不彰。然而，事件本身卻在台灣民間，沉澱為社會的集體無意識，終於在十年前開始發酵，政府也不得不逐漸鬆手，而終能逐漸揭開沉痛的面紗。要把埋藏在集體無意識層內的悲情釋放、提升、抒解，一定要透過藝術力量，再反饋於社會無意識，才能加以化解。[34]

李魁賢所言「超乎個人意識的集體意識或集體無意識」就等於是要求詩作家在觀察社會、世界事物的時候，不僅要將視角伸向社會現況，更要拓展自己的視野，觀察社會人民在歷史積澱的過程中是否有被遺忘或被壓抑的記憶要求解放，如此說法則較一般認為「文學必須反映社會」的理論更有著理論的內容深度。

李魁賢認為，社會集體意識與集體無意識，其實與詩人個人的意識與無意識狀態是相連接的，因為作家是社會的一份子，所以個

---

32 在榮格的觀念裡，「集體無意識」和「原型」是同義詞。
33 李魁賢：〈藉藝術力量走向後二二八〉，《李魁賢文集・第柒冊》，p.117。
34 李魁賢：〈政治詩的取樣—簡評《傷口的花——二二八詩集》〉，《李魁賢文集・第捌冊》，p.94。

人意識絕不能自外於社會意識。因此作家在創作時，更需要與社會
「同呼吸」，作家「投入集體意識的呼吸中」，才能在文學作品中表
現社會的生命力，這樣作品才可以是好的作品。李魁賢慨嘆，這種
文學作家為社會發聲的理念已漸被西方思潮中現代主義的虛無成
分所抵銷，作家受現代主義影響者，多著重在文學作品中表現自己
的個人意識，對於這個現象，他說：

> 當作家以舶來的審美執念為先導，不但已漸漸失去社會的意
> 識，而且連在集體意識下衍發的個人意識亦恐將不保。缺乏
> 與社會集體意識聯絡溝通的文學作品，沒有與群體的心共同
> 脈動，因為作者沒有用心溶進去，或者作者根本沒有心。作
> 家如果只在冷氣房內寫作，評論家如果只在帷幕深垂的書房
> 內，按照知識設定的圖案拼圖，可能有很發達的頭腦，可是，
> 必然只有萎縮的心。[35]

李魁賢在此說明了高張個人意識大旗的作家所不可避免的問
題，正因個人意識與社會集體意識是不可分割的同源體，所以若詩
中缺乏社會集體意識，其自詡自滿的個人意識也無根基可立，最後
造成作家只按「知識」做詩，而非用心去經營詩。李魁賢又說：

> 詩人之所以成為詩人，是因為他的詩能展現社會集體意識與
> 被政治宰制的人民產生同源性的連接，他才能建立批判性角
> 色的骨架，這種氣質是詩人首要的任務，最基本的前提條
> 件，他是站在人民的線上。[36]

---

[35] 李魁賢：〈文學是用心的事業〉，《李魁賢文集・第柒冊》，p.138。
[36] 同註9，pp.313－314。

　　李魁賢說，詩能展現社會集體意識並與人民產生同源性的連接，其先決條件就是，詩人是「站在人民的線上」。他曾說：「我常自許詩人是天生的在野代言人，因此，我是立足在人民的立場來觀察事物」[37]，而何謂「在野代言人」呢？他說：

> 在任何一個社會中，「權威」與「個人」常是在對立的地位，而真正的詩人是「天生的在野代議士」，為個人向權威挑戰，為個人提供精神上的安慰。[38]

　　也就是說，詩人要站在人民的線上，藉由文學作品、藉由詩為人民向權威挑戰。雖然「在野」二字容易使人有政治性的聯想，但李魁賢所堅持的「永遠的在野身份」，決不能僅以政治層面加以概括，其所關心所批判的，是整個社會、整個時代的問題，他說過：「好的文學、真實的文學，不在廟堂之上，粉飾太平，歌功頌德，絕對不是文學的本質。文學要保持在野之身和在野之心」[39]。

二、「如果不是由『情』出發，就不能建立詩的本質」

　　在前文「詩的本質是精神、是意識」的討論中，可能會使人產生一種誤解，就是認為李魁賢是極端重視詩歌的社會性功用的人，僅強調詩歌必須承載現實主義、人文精神、社會意識和集體無意

---

[37] 李魁賢：〈詩人是天生的在野代言人──郭楓訪李魁賢談詩〉，《李魁賢文集‧第拾冊》，p.6。
[38] 同註28，p.199。
[39] 李魁賢：〈十年有成〉，《李魁賢文集‧第柒冊》，p.367。

識，其實不然。李魁賢的詩學理論在詩本質的討論中，也表現出對
「情」的重視。李魁賢在接受郭楓的訪談時，就曾說：

> 詩，尤其是抒情詩，旨在表現作者對人、對萬物、對事物的
> 情感。……儘管表達的技巧方式各有不同主張，如果不是由
> 「情」出發，就不能建立詩的本質，而由於技巧手段各異，
> 表現的外相儘管不同，但與讀者交通的線索是「情」。[40]

李魁賢言詩，最注重詩與讀者的溝通，如之前所討論，李魁賢
認為詩要表現普遍的人性（人文精神），要與社會集體意識產生同
源性的契合，都是在強調詩與讀者間的溝通是完成詩本質的要素，
而現在提出「情」一詞，所重也在此，是故，即使詩歌作品中呈現
頗強烈的政治意識，李魁賢的詩也不會落入意識主題掛帥的陷阱
中，因為他十分重視詩與讀者在「情」方面的溝通，他將這種溝通
用「對話形式」來做解釋，他說：

> 詩基本上是一種隱藏性的對話形式，意即表面上儘管沒有對
> 話的格式，但總是面對著一個沒有現身的、或是不在場的對
> 象。詩所表達的感情，不是詩人個人的，還包含對象的感情
> 在內。這就是為什麼充滿囈語的文字遊戲，不能發生感情的
> 發酵，無法構成抒情詩的基本體質。……詩對話的對象也不
> 只是人物，也可能是其他生物或無生物，詩人面對的是萬
> 物。……詩人必須首先和對象物產生對話，把他的感情和對
> 象混合起來。……由對話產生的感情，便是詩的體質……。[41]

---

40 同註37，p.6。
41 李魁賢：〈詩的對話〉，《李魁賢文集・第捌冊》，p.245。

李魁賢認為,在詩產生的過程中,詩人與詩的對象——不只是人物,也可能是其他生物或無生物——對話,兩者之間溝通所必須的媒介就是「感情」,有感情,詩人與物象對話,也間接與讀者對話,讓「感情」在三者間搭起溝通的橋樑。營造一個「有情」的詩的世界,使詩具有可感性、可與讀者相溝通的理念,也成了李魁賢詩學理論的鮮明旗幟,所以李魁賢在其詩學散論中,不只一次地提到他對詩的抒情性的重視,例如:「詩,以抒情為基調」[42];又如:「在文學上,真情為體,虛擬為用」[43];又如:「多年來創作不輟的體驗,愈感覺到『抒情』是詩的主調」[44]等等,都顯示出李魁賢對詩歌抒情本質的堅持。所以我們可以知道,詩的抒情性與批判性在李魁賢的詩歌中是有機統一且相互融合的,他曾說過:「在近四十年的摸索、探求、嘗試中,越來越堅信構成詩的兩大軸線是:抒情性和批判性」[45],「抒情性」與「批判性」這兩大軸線是如何在李魁賢的詩中一起呈現的呢?他說:

> 抒情可抒「小我之情」,亦可抒「大我之情」。在詩想的思考上,由於意象能發揮多義性的隱喻,實際上,「小我之情」與「大我之情」可以進行重疊,甚至多層次的重疊,以致可以交融到撤除藩籬的區隔。[46]

在此他將抒情性做了劃分,並且認為「小我之情」與「大我之情」是可以藉由技術層面的操作來同時呈現並交融在詩中的。他又

---

[42] 同註 25,p.213。

[43] 李魁賢:〈詩的真實〉,《李魁賢文集‧第捌冊》,p.303。

[44] 李魁賢:〈《黃昏的意象》自序〉,《李魁賢文集‧第陸冊》,p.284。

[45] 李魁賢:〈《秋與死之憶》自序〉,《李魁賢文集‧第陸冊》,p.311。

[46] 同註 44,p.284。

說：「詩人由抒個人之情，轉而抒社會之情時，必然會關涉到社會
現實，而個人的態度即會呈現詩人批判的觀點」⁴⁷，由這段話我們
可以知道，李魁賢是以抒情性為詩的本質，而批判性則起於詩人將
創作視角由抒個人小我之情延伸到社會社會大我之情時，即建立其
批判性的本質。所以在李魁賢的詩中，他總不忘提醒自己抒情與批
判並重的創作路線，他說：

> 我個人初期創作比較止於個人性的抒情，中期走向追究世
> 界事物的本質，後來則加強批判性，……我試圖在詩中表現
> 的是，基於抒情而不止於抒情，基於意象而不止於意象，我
> 要努力從世界事物觀察中，以抒情為基礎，以意象為思考手
> 段，把觀察所得再投射於世界事物上，透視批判的觀點和
> 立場。⁴⁸

正是這種抒情與批判並重的堅持，所以吾人在欣賞李魁賢的詩
時，總不會認為其耽溺於同一種創作風格，因為其風格「時軟時
硬」，彷彿在軟硬兩極的光譜上自由的游移，他在《秋與死之憶》
詩集的自序中，就曾表明他的這種色彩鮮明的創作路線：

> 詩無抒情性，將失質；詩無批判性，將失格。抒情的本質在
> 於關愛；批判的本格在於關切。在表現上，抒情偏於軟性，
> 批判則傾向硬性。詩的魅力，在於軟中帶硬，硬中透軟，軟
> 硬兼備，才能從詩中感受左右逢源的通明和樂趣。⁴⁹

---

47 同註 25，p.213。
48 同註 37，p.6。
49 李魁賢：〈《秋與死之憶》自序〉，《李魁賢文集・第陸冊》，p.311。

在李魁賢的認知中，詩如果可以建立起抒情性與批判性的本質，便可以藉由這些因抒情性而有情，因批判性而有義的詩作，來創造一個「有情有義」的詩的世界，所以他在〈詩的情義〉一文中，作了這樣的結論：

> 詩的有情，是從作者的個人意識出發；詩的有義，是要達成社會集體意識的歸趨。……詩是有情有義的精神意識產品，要回到有情有義的世界來。要求詩的有情有義，作者便先要培育有情有義的品格。對萬物有情、對社會有義，行有餘力，執筆為詩，才能進出有情有義的世界。[50]

總而言之，李魁賢認為「情」為詩的本質，「抒情」是詩的基調，而其抒情又不止於小我，以致抒社會之情時，也不忘展現其批判性的堅持，所以李魁賢的詩能夠「軟硬兼備」，同時呈現統一交融的抒情性與批判性，而創作出「有情有義」的詩作。相信李魁賢的詩作之所以能夠受國際尤其是印度詩壇的青睞，和李魁賢對以「情」建立詩本質的堅持必有密不可分的關係。

三、「沒有自由，就沒有詩」

討論完李魁賢在詩本質的層面中「精神」、「意識」和「情」的要求之後，最後還要討論的，便是「自由」這個觀念。李魁賢在詩學理論中也是不只一次地提到「自由」一詞，甚至提出了「沒有自由，就沒有詩」的口號，他說：

---

[50] 李魁賢：〈詩的情義〉，《李魁賢文集・第捌冊》，p.242。

總之，詩是一個自由的天地，從詩中可以訓練我們對自由的
感受和習性，讓我們體會自由的意義和價值。沒有自由，就
沒有詩。[51]

「沒有自由，就沒有詩」，這口號可以看出李魁賢對「自由」
的重視，但自由一詞涵蓋範圍很廣，李魁賢所指為何？他說：「詩
和人一樣，內在的自由才是真正實質的自由、本質的自由」[52]。既
然重視的是內在的自由，那麼就得先要討論，李魁賢所指「外在的
自由」是指什麼？李魁賢說，現代詩脫出傳統詩的格律束縛，不再
受字數、押韻、對仗的限制，這種形式上的解放，就是外在的自由。
這樣的外在自由並不符合李魁賢所認知的自由的真義，但「形式上
的自由」不算真正的自由，那麼「內容上的自由」就可算是真正的
自由了嗎？李魁賢也認為不是，他說：

詩的自由，不只是內容的自由，題材無拘無束，沒有任何限
制，這種素材的選擇是起碼的，基本的條件，由於素材本身
具有客觀的外在性，因此題材的多樣性，實在也是屬於外在
的自由，充其量只能算是擬似的內在自由。[53]

所以，形式的解放與內容題材的多樣化，都屬於外在的自由，
是新時代對詩歌的解放，但若詩人沉浸於這種自由的氣氛而不知節
制，最終會與詩的本質背道而馳。所以李魁賢說：「由於詩人掌控、
操作語言的工具，進行這樣的任務，因此無形中，詩人似乎可以為

---

[51] 同註 19，p.260。
[52] 同註 19，p.258。
[53] 同註 19，p.258。

所欲為」[54]，這便造成了語言自由的負面效果。所以真正的內在自由——詩的本質的自由究竟所指為何？李魁賢說是「創作的自由」，他說：「因此，詩的內在本質的自由是創作的自由，創作自由的基本包括動機的自由、行為的自由」[55]，何謂動機的自由？李魁賢說：「動機是詩人創作意念的發源，詩是無欲求的作品，沒有預設目的，不為意識鼓吹，不為階級服務」[56]；而何謂行為的自由？李魁賢說：「行為的自由，是詩人自由表達的體現，包括技巧的運用，意象的自由聯想」[57]。他又補充說：「動機的自由是低階的，消極的自由，而行為的自由是高階的，積極的自由」[58]，但這樣的說明是弔詭的，因為李魁賢既然以精神層面的追求為第一，技巧層面的追求為第二，那麼何以「動機的自由」的地位反而低於「行為的自由」呢？對此，筆者的理解為，「動機的自由」是民主社會中易得的自由，詩人創作不受限制，不需為某種主題鼓吹，也不再受政治力壓迫，是故，動機的自由較易得，且是消極的「不受限制」的自由。而「行為的自由」則是詩人在自由環境下的自我要求，能在擺脫形式上的束縛後仍有自我要求與節制的能力，進而能夠在詩創作的世界中做到「從心所欲而不逾矩」，是難得的，且是積極的「自我要求」的自由。甚且，李魁賢對行為的自由還有更進一層的解釋，他認為，詩的行為的自由能夠表現「自由的真、自由的善、自由的美」，他說：

---

54 李魁賢：〈新世紀台灣文學的展望〉，《李魁賢文集・第捌冊》，p.441。
55 同註 19，p.259。
56 同註 19，p.259。
57 同註 19，p.259。
58 同註 19，p.259。

詩的行為表現的是自由的真、自由的美、自由的善。詩的真，
不一定是現實的真，現實的真是事實，屬於社會的現實，詩
的真是可能性，屬於詩的現實，由於詩人內在的真摯性，透
過對物象的認知，加以造型，所以透過詩人的自由創作，產
生可能的真，是一種自然的流露，不是造作的，要能與詩人
的生命力產生契合。自由的美，是從自由聯想，把物象加以
關聯，達成意象上的新奇感，美不在語言，語言的美往往是
僵化的思維，缺乏自由聯想的飛躍性。自由的善，是以移情
同感的作用，產生感情的昇華，是自願的領會，不是強迫的
灌輸，所謂昇華是從疏離到轉化的過程。[59]

在李魁賢的詩學理論中，「自由」被賦予了更深一層的意義，
由詩內在本質的自由，導向最終能創造「真、善、美」兼備的詩，
詩人的真摯性得以自然流露，並創作意象新奇與聯想飛躍的詩，使
讀者克服異化並昇華感情。

我們在討論完李魁賢詩學理論中的「詩的本質論」層面後，瞭
解到李魁賢對詩本質的認識，主要集中在「精神」、「意識」的堅持
與把握，以及「抒情」基調和創作「自由」等四大層面，由此我們
也可以知道李魁賢對詩本質的認識主要集中在詩質的組成與詩人
所應追求把握的方向，也就是說，這是一首詩成形的起點，一首好
詩的初始狀態。而當本質穩固了之後，該如何去創作詩？這便是創
作論上的問題，李魁賢積累四十幾年的創作經驗，在對自身創作經
驗不斷地反省與經驗重組後，使自己主要的創作法則成形，這些創
作方法都是特出且可使初學詩人受用匪淺的。

---

[59] 同註 19，pp.259－260。

貳、詩的創作論

　　李魁賢對於詩的創作過程曾做過說明：「詩的產生是在詩人的精神運作下，遇到外界意象的擊發，潛入詩想的漩渦中，在內心醞釀和相激相盪下，逐漸獲得澄清，而成為詩質凝固，然後以文字技巧使之定形。因此，文字技巧是最後修飾，不可本末倒置」[60]，這一段說明，將李魁賢的創作經驗做一層次井然的描述。另外，李魁賢在〈詩人的步伐──《一九八二年台灣詩選》前言〉一文中也說：

> 詩的形成包括詩人的「給入」和「給出」，「給入」牽涉到詩人對事物的認知、態度和立場，「給出」則牽涉到詩人對語言的知覺、操作和技巧。因此，詩人必定要藉他的教養，與邏輯性的思考活動去探求事實的真實，從而掌握詩性現實上的意義。有了這種「給入」的能力，才能談到「給出」的可能性。沒有「給入」的基礎，而欲強行「給出」，便是造成詩膚淺或不知所云的肇因。所以說，詩人要獨具慧眼才能透視事物的真實，以此現實經驗為出發，進而探究藝術的表現。[61]

　　由李魁賢對「給入」和「給出」的流程與定義可以知道，「給入」實際上指詩人對詩本質的追求與確立，以及在創作階段的準備及構思階段，而「給出」則涉及創作階段中的表現階段，以及詩人

---

[60] 同註 2，p.4。
[61] 同註 28，p.200。

的語言、技巧論等方面，在此他也強調「給入」為本、為體，「給出」為末、為用的觀念，而得出詩人要「以此現實經驗為出發，進而探究藝術的表現」的結論。他又說：

> 由個人性走向社會性，至少表示詩人對本身應具有立場的覺
> 醒，但還要從現實性進入藝術性，才能展現詩人創作才能的
> 發揮。[62]

「由個人性走向社會性」，詩人即完成自身立場與詩歌本質的確立，而談及創作，則說「由現實性進入藝術性」，表明了李魁賢不為「詩歌表現現實生活」而放棄詩歌的藝術性追求的創作理念。由以上幾段文字可以大略瞭解到李魁賢是如何去理解自身的創作歷程，去把握自身的創作原則，並且實現自己的創作理念的。但是由於多是短篇幅的簡短介紹，仍無法有一系統架構使讀者得以概括理解李魁賢的創作理論，再加上李魁賢的創作理論一如其詩歌本質論的說明一樣，多是短篇幅且各有主題的論述，所以，筆者在李魁賢詩學理論中的詩歌創作法則論的討論中，將以詩歌創作的三個階段——創作的準備階段、構思階段與表現階段——做為概括李魁賢詩歌創作理論的基本架構，再將每一階段細述討論之。

一、創作的準備階段

所謂「創作的準備階段」，主要指詩人平日觀察世界事物以及意象累積的工夫，如此的準備工夫是為了等待「詩興」的到來，當

---

[62] 同註 28，p.200。

詩興到來時，如何將詩想用文字成形，這實在需要詩人在創作準備階段的積累。李魁賢本著長久以來的創作經驗，對創作準備階段的工夫是十分重視的。先來看李魁賢在〈詩的超越與「超越論」〉一文中的話：

> 筆者作為一位寫詩、譯詩、論詩多年的人，根據自己的體驗，在基本的詩創作過程中，至少有雙重的界限，第一是預期的限制，第二是意象的限制。詩人在掌握詩的時候，詩本身其實是極為漂浮不定的虛相，不知何時會來找你，因此，詩人經常處在期待中。詩有時是有預兆，有時是在毫無預兆的情況下，會突然來臨。為準備這種詩來臨的接待工作，或者為詩的來臨催生，詩人要時時處在備戰狀態，生活、閱讀、觀察、思考，以迄詩來臨為止。[63]

由上文可知，李魁賢認為，因為詩「不知何時會來找你」，所以詩人必須在平日即做好準備的工夫，他對這準備工夫最簡要的說明，就是「生活、閱讀、觀察、思考」，其中李魁賢不斷強調的，是「觀察」的工夫。再者，在創作的準備階段，李魁賢還要求詩人必須「靜觀」，也就是站穩「唯愛、唯孤獨」的立場來等待詩的來臨。所以，以下便以李魁賢詩學論文中的兩句話：「觀察事物，不斷儲存意象」以及「詩人的要務：唯愛、唯孤獨」來說明李魁賢在創作準備階段理論的闡述。

---

[63] 李魁賢：〈詩的超越與「超越論」〉，《李魁賢文集・第拾冊》，pp.15－16。

（一）「觀察事物，不斷儲存意象」

事實上，對於「觀察事物，不斷儲存意象」這個創作準備階段
的論點，古來許多文學家都不斷強調，有名者如陸機〈文賦〉中所
說「佇中區以玄覽」一句，所指即為：生活之準備，藉對外物的觀
察和感動，以培養全面的「感受力」，並激起創作衝動。李魁賢對
世界事物的觀察和自我訓練，也正同於陸機所云「佇中區以玄覽」
的概念，他說：「詩人要對世界事物和社會現象，有充分的觀察和
感悟，才能創造出一個自身充足的意象」[64]，在〈《黃昏的意象》
自序〉中，他也說：「在對世界事物觀察的自我訓練中，可以發現
實際上萬物皆有情。而如何在萬有存在的現象中寄託感情和思想雜
揉交融後的生態，成為物我交感的一個途徑，……基於這樣的信念
和自持，凡目所及，恍然都是詩的素材，處處能啟發和觸動心靈的
琴弦」[65]。也就是說，李魁賢認為觀察世界事物的最終目的，是在
於發現「素材」的無所不在，素材能夠無所不在，則詩人的創作衝
動亦因此而起。將「觀察世界」四個字再延伸下去，可知道，李魁
賢所謂的觀察世界，不僅指觀察自然事物，其內容也絕不僅是風花
雪月，更多的是對世界、社會、國家、生活環境的觀察與體驗，所
以李魁賢提出：「生活，就是我的詩；詩，就是我的生活」[66]的口
號，便是他將觀察的視角深入到生活之中的明證。

---

[64] 李魁賢：〈詩的意識和想像〉，《李魁賢文集・第柒冊》，p.66。
[65] 李魁賢：〈《黃昏的意象》自序〉，《李魁賢文集・第陸冊》，p.284。
[66] 李魁賢：〈《南港詩抄》自序〉，《李魁賢文集・第陸冊》，p.309。

（二）「詩人的要務：唯愛，唯孤獨」

在討論「詩人的要務：唯愛、唯孤獨」這個要目之前，我們先看李魁賢在〈片論現代詩　五、孤獨的喜悅〉一文中開頭的文字：

> 詩人如青果，其成熟的途徑，是又漫長又險惡的過程，要忍受且克服季節的遞嬗，氣候的屬變，蟲害的肆虐；其實，這些表面上的劫難，只要靠不太貧弱的根基，加上鍥而不捨的毅力，勤加培養，總有成果。問題在於果實的優美，以及偉大與否？此端視詩人內心的醞釀和氣質的蛻變；而此醞釀與蛻變，絲毫不能造作與強求，唯堅忍是賴。與數字無關，與地位無關，甚至與學識亦無必然關聯。[67]

李魁賢說，在養成過程中，只要靠自身的基礎與努力，基本上都能夠成為詩人、做出詩作，然而，詩作品的偉大與否，則需視詩人「內心的醞釀和氣質的蛻變」，所以，如果說上文所提到的「觀察世界，不斷儲存意象」的觀念，是屬於「根基」加上「毅力」的準備階段，那麼「詩人的要務：唯愛，唯孤獨」所要討論的，就是如何在準備階段中，力求自身的「醞釀和蛻變」，以做好使自身的詩作品「偉大」的準備。李魁賢說：

> 詩人的要務：唯孤獨，唯愛。自然的孤獨，是本質的流露。無防衛的沉溺，不與事物發生糾葛，是焚火自燃的柴薪，是孩童眼中驚奇的「不求甚解」，是曠野中傲立的果樹。自然的愛，

---

[67] 李魁賢：〈片論現代詩　五、孤獨的喜悅〉，《李魁賢文集・第參冊》，p.160。

是廣被的宇宙，無遠弗屆的天地，是對鳥獸草木引為知己的熱
誠，是不為自己而輻射的陽光，是向上激越流動的樹汁。[68]

「孤獨」指向「不與事物發生糾葛」，「愛」則指向「對鳥獸草木
引為知己的熱誠」，前者強調與事物保持距離，後者強調多接近世界
萬物，李魁賢將兩者並列為「詩人的要務」似乎有矛盾之處。這就必
須對「孤獨」與「愛」作深入解析才可見出李魁賢理論獨到之處。

李魁賢鑽研譯介里爾克作品多年，儼然成為台灣的里爾克權
威，而談到里爾克對李魁賢的影響時，李魁賢雖說他自己「盡量避
免」在「題材、意象、語言、結構等的傳承」上受到里爾克的影響，
但談到里爾克對李魁賢「有何教示」時，李魁賢說：「我可以斷然
地說，里爾克使我獲益匪淺」。[69]李魁賢所謂從里爾克學到的「教
示」，最重要的，就是「孤獨的生活」，他說：

里爾克對詩所懷抱的近乎宗教性的虔誠，最令我感動而且力
求學習實踐。為使詩淨化，把它揚升到莊嚴崇高的地位，他
力行孤獨的生活。「孤獨的生活」並非與人隔離，而是與詩
壇、名利不產生糾葛。[70]

這裡首先說明，前文中所說「不與事物發生糾葛」的「孤獨」，
就是此處所說「與詩壇、名利不產生糾葛」的「孤獨」，所以可以
知道，李魁賢對孤獨的定義，首先即定義為詩人作詩不為名、不為
利，使詩「淨化」，進而將它「揚升到莊嚴崇高的地位」，也完成了
先前所說使自身作品「偉大」的準備。

---

[68] 同前註，pp.160－161。
[69] 李魁賢：〈從里爾克到第三世界的詩〉，《李魁賢文集‧第陸冊》，p.193。
[70] 同前註，p.193。

　　而「孤獨」的定義在李魁賢的認知中不僅是不和名利產生糾葛的行為，更是為了能夠「使心靈享有巨量的空間」，他在〈孤獨的位置〉一文中說：

> 心靈修練的過程，往往趨向一種孤獨的癖性。孤獨的真諦，在於達到與事物毫無糾葛的境界，使心靈享有巨量的空間，容許馳騁遨翔的自由，詩人必經此階段才能調整到與事物親切對晤的地位。從此，詩人才可以自平凡的物象裡感悟宇宙性的新啟示，也才會湧現超乎個性的渴望。[71]

　　在此，李魁賢瞭解到，如果能夠做到「與事物毫無糾葛的境界」，則詩人可心靈澄澈。必經此孤獨的「心靈修練」歷程，才能夠與事物「親切對晤」，不因名利等外在因素與所觀之物象產生隔閡。但是，李魁賢在「孤獨」觀念的闡述中，仍將詩人孤獨靜觀萬物的想法，導向了社會生活，他說：

> 「孤獨」是詩人精神上保持靜觀的要領，可以在與事物相對峙，保持冷靜的態度。「孤獨」並不是指生活上的孤離，作為一個現代詩人，無寧更應涉入現代變動不居的的社會生活中，去挖掘新的詩的形象。[72]

　　李魁賢以「現代詩人」的身份，重申了孤獨靜觀是要以冷靜的態度去剖析現代社會，去挖掘新的詩的形象，所以，李魁賢自覺到自己和里爾克的主要不同點，他說：

---

[71] 李魁賢：〈孤獨的位置〉，《李魁賢文集・第陸冊》，p.20。
[72] 李魁賢：〈論黃騰輝的詩〉，《李魁賢文集・第肆冊》（台北：行政院文化建設委員會，2002），pp.97－98。

> 里爾克是天生的詩人，但我自視為生活人，只是以詩來觀照、
> 自省，所以在態度上，里爾克是超脫的，我是比較介入的。[73]

　　在此，便將里爾克接近於宗教性的「孤獨」與自身力求介入生活的「孤獨」隔開，從而形成李魁賢獨特的「孤獨」論——力求不與詩壇、名利產生糾葛，卻以「冷靜」的態度去「涉入」社會生活，而成為「生活人」，也讓自己的詩作能趨向崇高與充實。

　　「孤獨」的討論已如上述，而「愛」在李魁賢的詩學理論中，毋寧說是較接近於詩的本質論的，例如他在〈詩人的愛心——陳秀喜詩集《灶》序〉一文中就曾說：

> 愛是詩最基本的質素，因為「愛」是人性良善的一面，而詩是從這善性的基礎出發的。詩人常有悲天憫人的情懷，這就是愛心的表現。詩人以愛為至高的倫理，才能使讀者感受那溫馨。[74]

　　討論至此，可以發現李魁賢在詩人「醞釀」與「蛻變」的歷程中，提出「詩人的要務：唯愛、唯孤獨」的論述，是獨到而特出的，也補強了詩創作準備階段中一般人僅著眼於「生活、閱讀、觀察、思考」等基本訓練的不足，並得以因此造就出「偉大」的作品，詩人也因此得以達到真正的成熟，所以李魁賢在〈片論現代詩　五、孤獨的喜悅〉一文下了這樣的結論：「詩人的勇氣，該表現在把孤獨與愛當作命運，背在身上；當作羅網，纏繞肢體」[75]，詩人要把

---

[73] 同註 69，p.194。
[74] 李魁賢：〈詩人的愛心——陳秀喜詩集《灶》序〉，《李魁賢文集・第陸冊》，p.150。
[75] 同註 67，p.161。

「孤獨」和「愛」當作是擺脫不了的命運，認知到這是詩人必經的歷程，是必扛的責任，如此才能在創作準備階段完成最充足的準備工夫。

二、創作的構思階段

　　當作家做好了上述的準備，平時已做好「觀察世界，不斷儲存意象」的工夫，也不忘「詩人的要務：唯愛、唯孤獨」，完成足以創作偉大作品的「醞釀與蛻變」後，接下來，便是創作的「構思階段」的問題了。所謂創作的構思，也就是將外在事物經驗化為內在意念，再將內在意念化為外在文字的過程。李魁賢對創作的構思階段非常重視，而提出、寫下許多言論來闡述創作的構思階段所必須注意的問題，以下，試將李魁賢詩學理論中關於創作構思階段的理論歸納為三大部分來闡述：（一）「想像依據現實經驗」；（二）「抒情與意象的結合」；（三）「以自然率真為尚」。並以這三大部分來概括李魁賢所認知「創作的構思階段」的創作觀念。

（一）「想像依據現實經驗」

　　李魁賢在〈現代詩的欣賞〉一文中曾對「想像」做過界說，他說：「想像，似可界說為知覺經驗通過語言的表現，它是循著印象而來的，有一定的方向和必然性。它不同於幻想，絕不是憑空捏造、飄忽不定的」[76]。想像「不是憑空捏造」、「不是憑空幻想」，是「循

---

[76] 李魁賢：〈現代詩的欣賞　五、想像〉，《李魁賢文集・第參冊》，p.141。

著印象」而來、根據經驗而生，就很堅定地表明了李魁賢的創作立場，所以在李魁賢的詩作品中，除了早期受象徵主義及超現實主義影響的詩作外，幾乎所有詩作都是現實經驗經過藝術想像後的作品，可以說，李魁賢的想像是以「經驗」為立足點，李魁賢所有關於想像的論述幾乎都離不開「經驗」二字。何以在李魁賢的創作論中想像與經驗有這麼密不可分的關係？李魁賢曾說明：「人的意識以現實經驗為基礎，故表達詩人意識的想像，同樣必定由現實經驗出發」[77]，正如第一節所闡明的，李魁賢在詩的本質論中特別重視詩人在「意識」方面的掌握，所以想像絕對離不開詩人的意識，再加上「人的意識以現實經驗為基礎」，所以想像也「必定由現實經驗出發」，於是構成了「經驗→意識→想像」這必然的邏輯。但是，想像畢竟代表著某種藝術處理過程，若過度強調現實經驗的必要性，則容易流於單調的經驗描摩而減弱其藝術成分，對此，李魁賢當然也有認識，他進一步說明到：

> 可是，由於想像的飛躍性，往往會超越現實經驗，而開拓、發展、展現想像的經驗。所以，從經驗想像到想像經驗，其實是一脈相承。經驗想像具有意識在底層醞釀、操作，藉由意含經驗打好基盤，這是一種顯性的經驗意識在表現。想像當然不能完全受到經驗的拘束、禁錮，否則就無法脫離經驗表層的固態，向詩的世界昇華、蒸發。[78]

李魁賢將這種超越現實經驗的藝術處理成果，稱為「想像經驗」，可以脫離經驗的表層，不受經驗拘束，而使外在事物在詩人

---

[77] 李魁賢：〈詩的想像〉，《李魁賢文集・第捌冊》，p.243。
[78] 同前註，p.243。

的藝術想像加工後，真正成為詩。是故，李魁賢對「現實經驗」與「經驗想像」的認識，主要是在於「基礎」與「發展」的區別，以「現實經驗」為基礎，為底層，以「經驗想像」開拓、展現，這兩者之間必須要各自認清位置，才不致錯走路頭，而陷入現代主義的虛無陷阱。對此，李魁賢也有過闡述：

> 只有純粹想像的經驗，才會擺脫經驗和意識。然而，純粹經驗一擺脫經驗和意識，就可能淪為無經驗和無意識的自動書寫，甚至連語言機制也無法掌控。在文學史上大概只有虛無的達達主義做過徒然的實驗。[79]

詩人如果意圖擺脫經驗和意識，揚言自我意識的高張，而任憑想像隨風飛翔，對李魁賢來說，這是「徒然的實驗」，是想像不以現實經驗為基礎所造成的窘態，他說：

> 想像意識超越現實經驗，多少有「超」現實的意味，然而超越現實還是以經驗的線索在貫串；而純粹經驗因為不以現實經驗為基礎，故造成「非」現實的窘態。……由經驗想像到想像經驗，其實都有經驗在首尾呼應，而無論經驗意識或想像意識，更是以精神內涵的意識在主導。[80]

由這段文字我們可以知道，李魁賢對「想像依據現實經驗」觀點的重視，實來自於其現實主義精神的立場。在詩歌創作的構思階段，站穩現實主義立場，追求想像的藝術性超越，這是李魁賢想像理論的鮮明色彩與特出之處。

---

[79] 同前註，p.244。
[80] 同前註，p.244。

（二）「抒情與意象的結合」

在〈詩人是天生的在野代言人──郭楓訪李魁賢談詩〉一文中，李魁賢回應郭楓所提關於個人創作理念的問題時說：

> 我對詩創作的基本理念，是「抒情」和「意象」的結合。[81]

筆者在上節「詩的本質論」的討論中曾說明，李魁賢將「抒情」視為詩的本質，對「抒情」的認識較近於本質論的探討，但是，在詩的創作構思階段，則特別強調詩創作是「抒情」和「意象」的結合，可以說，這是創作基礎與創作手段的結合。所以，在此「意象」的問題才是創作論的重心。

李魁賢對「意象」的認識，和想像有分不開的關係，首先，李魁賢對「意象」有一簡單且明確的認識：「意象（Image）就是想像凝固後的圖像」[82]，如上文所述，李魁賢認為想像離不開「現實經驗」，想像是以現實為基礎而「超越」現實，此處言想像凝固造成意象，所以李魁賢的意象認識最初始即表明了與現實經驗分不開的立場。他說：

> 詩人在觀察世界事物當中，不斷地儲存意象，與事物做不盡的關聯探測，因此在思考（詩想的凝聚）中，意象自然會浮現搭配，而詩經常就此自然流露。[83]

---

[81] 同註 37，p.6。
[82] 同註 76，p.141。
[83] 同註 2，p.4－5。

再者，意象累積並非簡單的儲存動作，在詩創作的過程中，如何在詩中搭配意象、剪裁意象都會構成詩創作的「意象的限制」，李魁賢說：

> 筆者作為一位寫詩、譯詩、論詩多年的人，根據自己的體驗，在基本的詩創作過程中，至少有雙重的界限，第一是預期的限制，第二是意象的限制。……詩到時，如何以意象來呈現，成為第二層的限制。要在物象間尋找新的關聯完成新的意象當中，常常會有既存的，或蕪雜的，或通俗的意象，會爭先恐後跑出來。其間常會發生割捨（捨棄）的問題，或者在一邊繼續尋找，一邊割捨中，進行詩的建造。[84]

李魁賢在此表明的是，意象的限制並非來自於意象存量的不足，反而是來自於太多的意象在詩想凝固之前「爭先恐後跑出來」所造成，所以他特別強調意象的「割捨」的工夫。在此必須特別提出的是，李魁賢對現代主義風行的詩壇所不以為然之處，除了其缺少意識精神內涵的虛無風氣之外，最重要的就是超現實主義詩人在詩創作過程對意象濫用的現象，意象濫用不僅是浪費，更造成詩作品的繁重與蕪雜，而正因為李魁賢重視意象的「割捨」工夫，所以李魁賢的詩作總能予人一種清新、明晰之感。這種「簡潔、明晰」不僅在要求個別意象上，也在要求「意象語言所產生的文字」上，李魁賢說：「意象語言所產生的文字，簡潔、明晰，是基本的要求」[85]。除了對意象本身以及意象語言要求剪裁割捨、簡潔明晰之外，李魁賢也重視意象的尖銳性和突出性。對於意象尖銳性的問題，李魁賢說：

---

[84] 李魁賢：〈詩的超越與「超越論」〉，《李魁賢文集‧第拾冊》，p.15－16。
[85] 同註37，p.10。

> 詩的繪畫性，是在詩的意象之內，而不只是形式上的繪畫
> 感。……強調形式的繪畫感，容易造成徒具空洞無力的外殼，
> 而失去詩的質素。詩的繪畫性，就在詩的意象之尖銳突出。[86]

「詩歌的繪畫性」李魁賢認為是不假外求的，不需在詩歌形式
上作徒然的繪畫性追求，而該力求尋找鮮明意象，所以李魁賢言意
象，重視意象的尖銳與突出，而該意象在詩作中所表現的效果如
何，則有賴於該意象的「特殊性」，他說：

> 意象的尖銳與鮮活，端視該意象之特殊性，以及詩人表現的
> 效果。如「蕉葉」的意象，比「樹葉」尖銳，而「綠色的蕉
> 葉」更形尖銳。[87]

上文以「蕉葉」意象為比喻，可以知道李魁賢所謂意象的特殊
性，個別性事物（蕉葉）突出於普遍性事物（樹葉），又以加上色
彩者（綠色的蕉葉）為尚，在此，色彩予人視覺的鮮活感，是李魁
賢意圖在意象上利用感官經驗加工以求其「尖銳與鮮活」之方式。
所以，一些平凡的物事經李魁賢的巧思，都可以是鮮活的意象，而
李魁賢對意象加工的方式，多以「通感」的方式進行。許達然在〈李
魁賢詩的通感〉一文中，即大力讚揚李魁賢在意象上的藝術性巧
思，他說：

> 在李魁賢的詩裡，他充分利用橫的通感、直的通感和象徵，
> 並創造地變形和陌生化意象。在他通感的運作下，色彩聆聽

[86] 李魁賢：〈片論現代詩　一、詩的繪畫性〉，《李魁賢文集・第參冊》，
　　p.154。
[87] 李魁賢：〈現代詩的欣賞　五、想像〉，《李魁賢文集・第參冊》，p.141。

溫暖，畫出一片鳥聲；聲音接觸芬芳，打散陽光；太陽閃爍味道想念月亮；……李魁賢的通感運作營造了濃郁的詩意和豐富的詩意蘊。[88]

李魁賢對意象的要求——由現實經驗經想像加工成形以及觀察世界事物以儲存意象，與加工方式——割捨剪裁、要求簡潔明晰的語言、要求意象尖銳鮮活，使他的詩作不同於一些技巧至上的詩人可能走向內容空洞、意象堆砌。所以，李魁賢在「抒情與意象的結合」這個創作概念中，立穩「抒情」的基礎，掌握「意象」的呈現，其明確的創作理念帶領了美好的詩作出現。

（三）「以『自然率真』為尚」

「自然率真」一詞，不論是用於論詩或論人，在李魁賢的詩論中都不斷出現，論詩方面，如李魁賢在〈詩的見證〉一文中所說：「對於詩作的總括性認識，應以『自然率真』為尚」[89]；而論人方面，則可見於李魁賢對呂嘉行的批評論述中：

> 嘉行兄詩藝的最大特徵是，一貫的自然率真，他不重視形式上的技巧，他絕不刻意去經營一個意象，更不用費心於語言結構的講究。[90]

---

[88]　許達然：〈李魁賢詩的通感〉，p.14，發表於 2002 年「李魁賢文學國際學術研討會」。
[89]　同註 2，p.4。
[90]　李魁賢：〈以詩批判　以敘述抒情——《呂嘉行詩抄》序〉，《李魁賢文集·第陸冊》，p.257。

　　「自然率真」可說是李魁賢創作論的顯明旗幟。而此「自然
率真」的「基本理念」，實來自於李魁賢長期創作「抒情詩」的體
驗，也就是說，「自然」指感情的「自然流露」，而「率真」則指
感情的「真摯」，也就是「真情」。然即使李魁賢的「自然率真」
理念和浪漫主義的論調頗接近，李魁賢也自覺地要求自己在創作
上「真情流露的程度要不多不少」且「詩要自然抒情，要能放
能收」，以與浪漫主義和達達主義這光譜上的兩個極端做區隔，
他說：

> 真情流露的程度要不多不少。過多則濫情，成為浪漫主義的
> 餘緒；過少則寡情，淪為達達主義的亞流。詩要能自然抒情，
> 要能收能放，虛實之間，產生隔與不隔的距離。真正的技巧
> 就在此中把握，而不純然是語言的鍛鍊，不必然是文字的修
> 辭而已。[91]

　　掌握真情流露「不多不少」的程度，以及「能放能收」的抒發
方式，才是詩歌創作「真正的技巧」，李魁賢也因這明確的創作理
念，而不被詩論家歸類為浪漫主義流派。李魁賢對「自然」的定義，
除了感情的自然抒發外，也包括意象的自然浮現，他說：「意象的
捕捉要順應自然，才能獲得最佳的契合」[92]。除了感情求「自然」
流露，意象求「自然」搭配外，李魁賢談及「語言聲律」等其他詩
歌外在形式問題時，仍以「自然」為尚，而反對雕琢及標新立異，
他在〈聲律的調和〉一文中說：

---

[91] 同註 10，p.305。
[92] 李魁賢：〈詩的見證〉，《李魁賢文集・第陸冊》，p.4。

> 詩貴自然率真，語言聲律應順應生理，以求調和，無論以韻
> 律框架為規範自限，或破壞語言常軌以標新立異，均屬極
> 端，要非雕琢，凸顯末技，有違調和之意。[93]

　　由以上討論可知，在創作的構思階段，「自然」二字，是詩人
在感情、意象及語言等各方面的重要指標，詩人創作不可自外於「自
然」，為求感情滿溢而矯揉造作，為求意象新穎而刻意經營，為求
語言創新而標新立異，這都是李魁賢所不樂見的。

　　而李魁賢對於「率真」二字，也有自己的一番認識與見解，
他在〈詩的見證〉一文中認為「率真」也就是「真摯性」之意，
他說：「率真是以真摯性為基調，通俗言之，有怎樣的素養，就有
怎麼樣的詩，因此，詩路的變化常隨氣質的丕變而來」[94]，「有怎
樣的素養，就有怎樣的詩」，一位詩人的創作必來自於自身生活閱
歷和成長體驗，而隨著詩人的成熟與思路轉變，詩路也會產生變
化。創作反映詩人的氣質與素養，更重要的，若立場確立，則任
憑詩人直抒胸臆，感情自然流露，都會是內容充實的好詩。李魁
賢還認為，真摯性的另一面，是「生在怎麼樣的時代，寫怎麼樣
的詩」，他說：

> 真摯性的另一面是，生在怎麼樣的時代，寫怎麼樣的詩。詩
> 人既以敏銳的觸覺來觀察世界事物，所關心的必然是時代
> （現狀）的形相，他不能放棄對時代批判的立場。[95]

---

[93] 李魁賢：〈聲律的調和〉，《李魁賢文集・第陸冊》，p.149。
[94] 李魁賢：〈詩的見證〉，《李魁賢文集・第陸冊》，p.5。
[95] 同註 10，p.5。

在討論李魁賢詩本質理論的時候，我們瞭解到李魁賢側重於詩的現實性、社會性，所以在李魁賢對「真摯」的認識中，詩人如何把握當下，觀察周遭事物，關心時代現況，代表著詩人詩作所能達到的高度，他說：

> 凡是真摯的文學或詩人，他所探索的問題與事件，所表現的知性與感性，在時間上，莫不是「現代的」，在空間上，莫不是「現地的」，因此構成文學或詩的時代性與民族性。又因其有時代性，所以才可能造成歷史，因其具有民族性，才可能在世界的文學裡佔一席之地。[96]

李魁賢認為真摯的詩人會關心「現代」、「現地」，所以李魁賢的詩作有濃厚的批判性和本土味。所以他在〈重刊《笠》前一百二十期序〉一文中再次提到「真摯性」，並以之作為對《笠》的肯定與期許，他說：

> 真摯性是詩創作的根本，其立足點在於土地的認同，而以同化於社群中一份子的心情去觀察，感受社會的脈動，才能使詩的抒情引起共鳴的感動，不流於虛情假意。[97]

「自然」強調詩在創作構思時的感情自然流露，「率真」強調詩人本身的氣質及本土認同，李魁賢的詩作有其不容與其他詩人混同的特殊性，實與其「自然率真」的創作原則有不可分的密切關係。

---

[96] 同註 20，p.44。
[97] 李魁賢：〈重刊《笠》前一百二十期序〉，《李魁賢文集・第玖冊》，p.212。

三、創作的表現階段

（一）「現實經驗論的藝術功用導向」

　　若論及李魁賢的詩學理論，所有評論者都不忘提及李魁賢所發明的「現實經驗論的藝術功用導向」，李魁賢在〈詩心所在〉一文中說：「我的詩觀是遵循現實經驗論的藝術功用導向」[98]，其實，這個名詞曾在多篇李魁賢的詩學散論中出現，在評論其他作家時，也多以其詩作表現是否兼顧內容現實性與語言藝術性做為評論的依據。甚至李魁賢在編選詩集的時候，也以其「現實經驗論的藝術功用導向」的理念取向來做為選詩的標準，李魁賢在〈詩的選擇──笠詩選《混聲合唱》編後記〉一文中說：

> 個人基於詩的「現實經驗論的藝術功用導向」的理念取向，凡對素材過於現實浮面的直接描述或表達，未能與作者心靈產生交感融通的轉化產物；或者作者內心思維中過於深奧，甚至因思慮的過份糾纏不清而產生隱晦的作品，都只好「暫時按下不表」。[99]

　　其實，「現實經驗論的藝術功用導向」這個觀念，我們可以簡單地理解為「以現實主義為精神，而不偏廢藝術技巧營造的創作表

---

[98] 李魁賢：〈詩心所在〉，《李魁賢文集・第貳冊》，p.3。
[99] 李魁賢：〈詩的選擇──笠詩選《混聲合唱》後記〉，《李魁賢文集・第陸冊》，pp.275－276。

現取向」。在此應該提出的第一個問題是，李魁賢的這三個新創的
名詞從何而來？李魁賢曾說，這是他在觀察詩史並歸納後的心得，
他在〈詩人的步伐──《一九八二年台灣詩選》前言〉說：

> 基於詩史發展上的考察，筆者曾歸納為比較顯著的三個方
> 面：第一是「純粹經驗論的藝術功用導向」……；第二是「現
> 實經驗論的社會功用導向」……；第三是「現實經驗論的藝
> 術功用導向」。[100]

在此，「純粹經驗論的藝術功用導向」是強調內在心靈的想像，
隔離外在現實，側重於內部真實，強調美感經驗，醉心藝術技巧的
經營，創作立場與藝術表現皆與社會現實隔離。藝術表現誠然可以
與社會現實無涉，但創作立場自始即傾向於挖掘個人意識，而自外
於現實經驗，如此則難免走向內容虛無空洞一途；「現實經驗論的社
會功用導向」，側重於外部真實，強調生活經驗，注重作品的社會意
義而不重視藝術技巧，其創作立場與藝術表現自發地與社會現實相
結合，其作品內容連接於現實經驗、社會現況，雖頗具社會意義，
但在長期不重視藝術技巧之下，終究走上作品喪失藝術性一途。而
李魁賢所提倡注重的「現實經驗論的藝術功用導向」，則擷兩者之長
補相互之短，文學創作者關心社會現實，也不忽視藝術技巧，雖然
兩者皆用心，但是，在社會現實與藝術技巧在體用之間區隔分明，
才可達到「現實經驗論的藝術功用導向」的真正目的，李魁賢說：

> 「現實經驗論的藝術功用導向」在詩型光譜系上基於中間
> 地帶，兼顧了現實性的衝擊，但也不忽視創作技巧上，或是

---

[100] 同註 28，p.201。

　　詩性審美上的追求藝術性努力。在詩史的發展過程上，現實主義著重社會現實的描述，而現代主義以反傳統的現實主義出發，強調個性的發揮，表現新的風格，正是「現實經驗論的社會功用導向」和「純粹經驗論的藝術功用導向」的分歧。可是，我們如果承認「一切真正的藝術品都表現人在世界上存在的一種形式」，詩人便不能自外於存在場所的現實經驗。然而我們也不能漠視社會進步的必然現象和現實，因此，詩人也不能忽視創新的藝術技巧和審美的要求。[101]

　　兼顧「現實性」而不忽視「藝術性」，並將現實主義與現代主義各自的優點和可能的弊病簡單明確地表達出來，進而取兩者的中庸，確立其現實主義為體、現代主義為用，現實主義為精神、現代主義為手段的創作表現原則，進而創作出內容充實、技巧也創新多變的詩作品，這是李魁賢眼光獨到之處。

　　最後必須提出來討論的一個重要問題是，李魁賢曾試圖將「純粹經驗論的藝術功用導向」、「現實經驗論的社會功用導向」及「現實經驗論的藝術功用導向」分別劃歸於第一世界、第二世界及第三世界，這與李魁賢從事譯詩工作多年，且視角不限於西方先進國家名詩人的詩作品有關。南美洲、非洲、亞洲等國家的詩作品，李魁賢均翻譯甚豐，2003 年台北縣文化局出版《李魁賢譯詩集》一套八冊，就收錄了李魁賢翻譯七十二國三百五十三位詩人，共計八百七十七首的作品。李魁賢是在長期的翻譯與觀察下，將其詩史觀察所得與國際觀察作連結，才進而得出這樣的結論。他的說法在〈詩人的步伐──《一九八二年台灣詩選》前言〉說的很

---

[101] 同註 37，p.7。

清楚。首先，要瞭解李魁賢對第一、第二、第三世界的認識為何，
他說：

> 姑且，不顧政治上約定俗成的名稱，以第一世界代表資本主
> 義民主社會，權威的構成是以資產與科技為主幹，個人為金
> 錢與科技新產品所役；以第二世界代表共產主義獨裁社會，
> 權威建立在黨團與官僚結合的陣容，個人所要爭取的是民主
> 與自由；至於第三世界，擺盪於第一和第二世界之間，各國
> 因傾向於兩極間任何一極的成分多寡而異其趣。[102]

　　而身處第一、第二、第三世界的詩人，基於文學與社會互動關
聯的思考取向，李魁賢有以下說法：

> 如果以詩人對社會的關係來考察，第一世界的詩人大多是無
> 關心的態度；第二世界的良心詩人多直接的、沒有距離的投
> 入社會運動；而第三世界的詩人應是間接的、以適當的距
> 離，採取若即若離的態度。當然，詩人本身對社會的認知，
> 會直接影響到他選擇角色的立場。[103]

　　正因第一世界的詩人身處物質條件良好，政治上又屬高度民主
的社會，大多屬中產階級的詩人，儘可以表現其政治冷漠的態度而
獨善其身，專注於藝術技巧的追求；第二世界的詩人為推動社會主
義，以詩傳達社會主義的遠景與美好想像，詩人直接投入社會運
動，而創作出具社會意義但忽視藝術技巧的詩作；第三世界的詩人
則由於其「擺盪於第一第二世界之間」的地位，所以對社會是「間

---

[102] 同註28，pp.199－200。
[103] 同註28，p.200。

接的」、「若即若離」的，同時重視詩作品的現實性和藝術性，這正是第三世界詩人必須認清的，所以李魁賢說：

> 在第一世界裡，儘管可以強調「純粹經驗論的藝術功用導向」，在第二世界裡，也不妨高唱「現實經驗論的社會功用導向」，但在第三世界裡，正是兩端的調和，應走向「現實經驗論的藝術功用導向」的中庸地帶[104]。

李魁賢不但是一名重視詩歌現實性、社會性及藝術性的詩人，更是一位以建立、推動「台灣文學」為己任的詩人，他對台灣本土的關愛，讓他大聲疾呼台灣文學應往「現實經驗論的藝術功用導向」的創作路線前進。李魁賢認為台灣目前的處境，雖然不同於非洲、南美洲等第三世界國家，但由於台灣本身在國際上的孤離性及既不能完全與「第一世界」等同，也不至成為一黨專制的「第二世界」的現象，使李魁賢將台灣視同於「第三世界」，他說：

> 我們國家的處境，應該算是第三世界的「邊緣領土」，因為本身的孤離性，以及政策上的不確定性和缺乏自主性的勇氣，既不能自外於第三世界的集團，實際上又無法參與第三世界的事務。但內在情況又恰恰是在自由的第一世界與專制的第二世界的中間地帶，正好具有第三世界的一些特色和徵象。[105]

在認清了台灣的國際位置之後，台灣的詩人們就該體認到自己的責任與立場，他說：

---

[104] 同註 69，p.195。
[105] 同註 69，p.195。

> 第三世界的詩人，既不能像在第一世界裡那樣扮演先知或嬉
> 痞，也不能像在第二世界裡那樣擔任鬥士或旗手，我們看到
> 一些角色錯亂的現象，便是如此產生。換句話說，在第一世
> 界裡，儘管可以強調「純粹經驗論的藝術功用導向」，在第
> 二世界裡，也不妨高唱「現實經驗論的社會功用導向」，但
> 在第三世界裡，正是兩端的調和，應走向「現實經驗論的藝
> 術功用導向」的中庸地帶。[106]

由於台灣定位的「擺盪」，所以詩人在創作路線上也應走向「兩
端的調和」，而進入「現實經驗論的藝術功用導向」的「中庸地帶」。
李魁賢鼓勵台灣詩人能夠認清立場，以好的作品自勵，如此台灣詩
人才能創作生產出「適格」的詩，也就是符合「現實經驗論的藝術
功用導向」的創作路線的詩，這是李魁賢由衷的期許，也是台灣詩
人所應走的方向。

（二）「新即物主義」

「即物主義」是為補「表現主義」之不足而興起[107]，起於二
十世紀二十年代的德國，強調在寫作時注重「即物性」，即透過對
物象做持久性的關注，以直逼人的心靈世界，有「即物審視」、「寫
實精神」、「質樸風格」、「爽朗語言」等特徵。李魁賢假借物象介
入社會的變動，且其「新即物主義」還較西方的「即物主義」更

---

[106] 同註 69，p.195。

[107] 李魁賢曾言：「表現主義雖然反抗了象徵主義和自然主義的客觀化，強調人
本意識，著重思考，但面對現實的咄咄逼人，會顯得無力感，而有新即物
主義的取代興起。」李魁賢：〈論李敏勇的詩〉，《李魁賢文集・第肆冊》，
p.212。

增添了「人道的、現實的、社會的、批判的積極因素」[108]。「新即物主義」可說是李魁賢十分重視的一種創作表現方式，在其詩學理論中時常可以看到「新即物主義」的闡述，「新即物主義」也因此成為李魁賢繼「現實經驗論的藝術功用導向」後最明顯的理論標誌。

李魁賢最早在詩集中提出「即物性」的字眼，是在〈《黃昏的意象》自序〉一文：「完全以事物為中心，才能拋棄人的主觀與偏見，探求出生命的真實面目來。這種即物性的想像力關聯作業，使我樂此不疲」[109]。而「即物性」及「新即物主義」一同於「現實經驗論的藝術功用導向」，也成了李魁賢用來剖析自己及他人詩作品的主要工具。李魁賢雖然不喜歡以某文學流派自我標榜，且「笠詩社」同仁雖然也以追求各種創作手法而不自我侷限為宗旨，但他們向新即物主義靠攏，以及李魁賢特別重視「新即物主義」創作手法的情況卻是明顯的。

因此接下來必須釐清的問題是，李魁賢對「新即物主義」的認識為何？對此，就李魁賢對德國文學的高度認識所得的結論，他認為新即物主義是為補表現主義之缺失而生，在〈論李敏勇的詩〉一文中，他說：

> 表現主義雖然反抗了象徵主義和自然主義的客觀化，強調人本意識，著重思考，但面對現實的咄咄逼人，會顯的無力感，而有新即物主義的取代興起。[110]

---

[108] 楊四平：《中國新即物主義代表詩人李魁賢》，p.143。
[109] 同註65，p.284。
[110] 同註107，p.212。

　　由此可見新即物主義所補表現主義之缺失，在於表現主義客觀
化的不足，但也保留了表現主義反象徵主義與自然主義之過度客觀
化的成果，而成為主觀與客觀融合的新文學流派。他在〈德國文學
管窺〉一文中，更明確說明了他對「新即物主義」的認識：

> 新即物主義所強調的一些特質，例如：著重現實意義，排斥
> 不著邊際和逃避時代的自虐和自戀，批判社會的一些偏差，
> 但以知性的分析而不作濫情的申訴和詰難。新即物主義採取
> 明晰的語言，準確地傳達作者的意念，表現手法受力求純樸
> 自然。這種風格對國內詩壇以《笠》詩刊為發表園地的詩人
> 發生很大的影響。[111]

　　由李魁賢的陳述可知，新即物主義所強調的特質，與李魁賢著
重現實主義的精神論，強調詩歌的批判性、現實性與社會性，以及
詩歌的傳達功能等詩學理論幾乎是相同的。

　　其實，李魁賢對「新即物主義」的熱愛，不可否認絕大部分是
受了里爾克的影響，對此，大陸學者楊四平曾說：

> 里爾克到了《形象之書》時期，已擺脫了前期感傷性、印象
> 性、經驗性寫作的新浪漫主義和印象主義的風格，全面而深
> 入地形塑真正奠定他在世界詩壇崇高地位的神性的、沉思性
> 的、體驗性的即物主義風格的寫作。[112]

　　里爾克的創作路線有其轉變歷程，李魁賢在從事譯介與研究
的過程中，吸納了里爾克「即物主義」的寫作風格，正如大陸學

---

[111] 李魁賢：〈德國文學管窺〉，《李魁賢文集・第柒冊》，p.346。
[112] 同註 108，p.140。

者楊四平所說：「李魁賢的這種寫作和思想的轉變，導源於此間他大量地研讀並翻譯里爾克的文學作品」，[113]實際上李魁賢對這點也有認知，他在〈德國文學管窺〉一文中解釋新即物主義時說到：

> 新即物主義的淵源可追溯到里爾克的「事物詩」，里爾克追求的是物象在詩中的優位性，新即物主義則以事物本身作為與時代對抗的手段，即假藉物象來介入社會的變動。[114]

李魁賢曾經說過，里爾克對他有著詩方面的「教示」，他所說的「教示」就是「準確把握物象」，他說：

> 里爾克對於物象勤於觀察，以敏銳的洞見深透物象的生命，把它彰顯出來。為了能夠準確把握物象，他重視生活的體驗。不過由於文化背景的不同，里爾克喜歡把生活經驗轉化成形而上的冥想，因而把握內在的真實，我本人則對生活經驗本身的真實比較著重。[115]

所謂「以敏銳的洞見深透物象的生命」，所謂「追求的是物象在詩中的優位性」，指的都是「即物主義」的觀察及創作方法——人「即」於「物」，而重點在「物」，人並非取消主觀，而是「賦物象生命」，詩人再以此化身為物象，主體融合於客體中，進而「彰顯物象的生命」。但是李魁賢的新即物主義和里爾克的即物主義是有所不同的，如前文所引述，里爾克重視「形而上的冥想」，是宗教

---

[113] 同註108，p.142。
[114] 同註111，p.346。
[115] 同註69，p.193。

性的,而李魁賢「對生活經驗本身的真實比較著重」,是介入的。
對此大陸學者楊四平有更深入的解釋,他說:

> 李魁賢後期的詩歌創作已經自覺地從西方即物主義中抽掉
> 了宿命論、神秘主義、悲觀主義、頹廢思想等消極的東西,
> 而加入了人道的、現實的、社會的、批判的積極因素,從而
> 使他的詩歌具有了自主性、本土性、分析性、批判性,且顯
> 得自然率真。[116]

是故,李魁賢的「新即物主義」較之里爾克的「即物主義」的
「新」,是在於李魁賢加入了對社會有推動作用的「積極因素」,而
兩人的差異與之所處的地域環境、歷史條件的不同有密切關聯,更
重要的,是生活態度的差異,李魁賢說:

> 里爾克是天生的詩人,但我自視為生活人,只是以詩來觀
> 照、自省,所以在態度上,里爾克是超脫的,我是比較介
> 入的。[117]

所以,即物主義在里爾克身上表現出「超脫」,帶著神秘感與
宗教性,而新即物主義在李魁賢身上則表現出「介入」,帶著土地
性與批判性,姑不論兩者的理念孰高孰低,新即物主義創作風格實
已成為李魁賢一面鮮明的旗幟。所以楊四平說:

> 中國的讀者乃至作家,尤其是大陸的讀者、作家,對即物主
> 義是相當無知的。而台灣的情況顯得要好一些。李魁賢又是
> 其中最具代表意義的作家和理論家……。不過李魁賢對即物

---

[116] 同註 108,p.143。
[117] 同註 69,p.193。

主義又有所發展，所以準確地說，李魁賢是中國新即物主義
的代表。[118]

　　以吸收「即物主義」的優點，又審時度勢選擇了改變即物主義
的宗教性為介入社會的批判性，而發展成為「新即物主義」的新創
作路線，這是李魁賢詩學理論的鮮明旗幟，也是理解李魁賢詩作品
所不可不知的認識。

參、詩的語言論

　　由於詩是凝練的語言，詩本身即注重語言的問題，李魁賢的詩
歌語言論在與其本質論和創作論的交互作用下，有著自己一套詩歌
語言觀的理論體系。以下，以「語言本身是無所謂的」來討論李魁
賢對詩歌語言的本末問題；以「語言的鍛鍊是十分必要的」討論李
魁賢對詩歌語言經營的認識；以「詩要從活生生的語言中去錘鍊」
討論李魁賢對詩歌用語的認識。

一、「語言本身是無所謂的」

　　對一位詩人來說，「詩的語言」的追求幾乎是最重要的任務，但
李魁賢卻在各種不同的場合中，對「語言」以近乎輕蔑的詞彙來形容

之，這包括了「語言本身是無所謂的」[119]、「語言只是供詩人支配的工具」[120]、「語言只是材料而已」[121]等等，李魁賢詩歌語言觀給人的印象似乎是──他並不重視語言的經營，但事實當然絕非如此。李魁賢在詩路轉變的歷程中，曾對當時詩壇上瀰漫技巧至上論的虛無詩風感到痛惡，他認為技巧至上論者過度重視語言的經營，甚至到了認為「語言即詩」的地步，對此，李魁賢不只一次地提出異議。如他說：

> 詩在台灣被玩弄成文字遊戲的雕蟲小技，由來已久。但詩絕不是文字或語言的組合而已。台灣的著名詩人經常披著語言技巧的魔術外衣，但精神空洞無物，加上政權和有力的媒體機構推波助瀾，而許多學者仗恃著現代主義或後現代主義的西方美學理論更加以粉飾打扮，在在使台灣詩失去精神立場，淪陷於虛無的境地。[122]

由引文我們可以發現，李魁賢在談及語言的同時，通常也不斷地提醒他重視詩本質的立場。但我們要知道，李魁賢並非輕視語言的詩人，他對「語言是無所謂的」等等的討論，是要藉此提醒詩人必須瞭解詩歌本質與技巧的本末問題，「詩質為體，技巧為用」，語言藝術的經營是最後的事。所以，李魁賢認為如果一位詩人從創作初始即沒有認清詩創作的本末問題，而將語言經營置於第一義，那麼不管其詩歌語言理論再怎麼高明，都只是象牙塔內的鑽牛角尖，沒有任何值得學習的地方。

---

[119] 李魁賢：〈沉默後的新聲──《郭楓詩選》析論〉，《李魁賢文集・第參冊》，p.58。
[120] 同前註，p.58。
[121] 同註 18，p.306。
[122] 同註 9，p.313。

二、「語言的鍛鍊是十分必要的」

　　李魁賢曾說過「語言本身是無所謂的」，但是他同時也說「語言的鍛鍊是十分必要的」[123]，這兩句大相逕庭的命題，出自同一詩論家的口中，實在是矛盾至極。但我們經由上文的討論知道，李魁賢對語言的經營雖有時運用具貶義的詞彙來形容之，但他都是為了強調詩本質與詩語言的本末體用位置，他所反對的並非語言經營本身，而是過度重視語言藝術的現象。所以，雖然李魁賢曾說過：「語言只是供詩人支配的工具」，但在這句話後，他又緊接著解釋這麼說的理由：

> 語言只是供詩人支配的工具，所謂「詩的語言」，若非經過詩人的組織，則是不存在的。過份迷信以語言的美當作詩的美，以語言的深奧視同詩的深奧，而放棄對語言的錘鍊，乃是自信心的喪失。[124]

　　李魁賢釐清了語言技巧所應佔據的位置後，才再強調詩人對語言的「驅策」、「組織」的工夫，且要求不能「放棄對語言的鍛鍊」。

　　李魁賢曾說：「詩畢竟不是想像力原狀的呈現，而勢必透過詩人的思維運作，經過語言組織才能定型」[125]，語言由詩人組織與掌

---

[123] 李魁賢言。收於鄭炯明編：〈「鄉土與自由──台灣詩文學的展望」座談會〉，《台灣精神的崛起》（高雄：春暉出版社，1989），p.219。

[124] 同註 119，p.58。

[125] 同註 22，p.249。

控，因此，詩人的地位是高於語言的，他說：「語言只是工具，不是詩本身。他供詩人的驅使去建築詩，離開詩人，語言便不存在」[126]。對於技巧至上論者靠某些專屬於詩的語言來建構詩的心態，李魁賢駁斥說：「某種語言專屬於詩的語言，這種浪漫主義的感傷式認識論，畢竟已經過時」[127]，技巧至上論者靠「文學語言」來建構詩作，利用「既定的美的語言、深奧的語言以及概念的語言」來建構詩作品，李魁賢認為，這已經失去了詩人組織語言、駕馭語言的自尊及勇氣，李魁賢說：

> 詩人如果刻意以既定的美的語言，深奧的語言，以及概念的語言寫詩，則他已失落了詩素，失落了自己。那種詩，只是一種浮泛的詩，而不是實質的詩。詩人如果不得已以既定的美的語言，深奧的語言，以及概念的語言寫詩，則他已失落了組織語言的自尊，失落了駕馭語言的勇氣。那種詩，只是一種空架構的詩，而不是個性的詩。[128]

也就是說，當詩人只能以某些被世俗認定是「文學語言」、「詩語言」的語言來作詩的話，詩人等於被語言駕馭，失去了詩人的尊嚴，而詩也不再有個性，只能成為文學語言的組合體，那些在詩作中努力經營語言以致迷信語言的詩人都應該以此警醒自我。

---

[126] 李魁賢：〈片論現代詩　二、論詩的語言〉，《李魁賢文集・第參冊》，pp.156－157。
[127] 同註37，p.9。
[128] 同註126，p.156。

三、「詩要從活生生的語言中去錘鍊」

　　李魁賢在曾說：「詩要從活生生的語言當中去錘鍊，才能產生魅力，才能產生這一代的心聲」[129]，又如他在〈片論現代詩〉一文中，也說：「語言是平凡的，詩人『唯詩為務』，語言就在日常用語之間，供你選擇，供你提煉」[130]。事實上，這種不將文學語言與日用語言做機械式割裂的觀念，可以說是李魁賢與笠詩社同仁的共識，在很多笠詩社所舉辦的座談會上，笠詩社同仁在談到詩語言的觀念時，都不忘提及詩語言必由日用語言中去錘鍊的想法，例如趙天儀在「星火的對晤」座談會中就曾說：「總之，詩人的任務是要從日常的語言中鍛鍊出美的文學的語言」[131]，桓夫也在「近三十年來的台灣詩文學運動暨『笠』的位置」座談會上說過：「在藍星與創世紀時期所流行的文白夾雜的語言，連我都看不懂，所以笠踏出的第一步就是用日常口語寫詩」[132]，由桓夫的發言可知，笠詩社同仁之所以會有「用日常口語寫詩」的共識，實是對五、六〇年代現代主義風行的台灣詩壇而發，所以笠詩社以其獨特的現實性、本土性色彩異軍突起，對當時詩壇強調文學語言的風氣，舉起反動的大纛，揭櫫「笠踏出的第一步就是用日常口語寫詩」，並進而打破文

---

[129] 同註 18，p.304。
[130] 同註 126，pp.156－157。
[131] 趙天儀言。收於鄭炯明編：〈「星火的對晤」座談會〉，《台灣精神的崛起》，p.192。
[132] 鄭桓夫言。收於鄭炯明編：〈「近三十年來台灣的詩文學運動暨「笠」的位置」座談會〉，《台灣精神的崛起》，p.262。

學語言與日用語言是否應明確區隔及是否有地位高低的不同迷
思。所謂「活生生的語言」,簡單地說就是「日常語言」,就詩人的
立場而言,以這種現時現地的日常生活語言創作詩,正可以達成詩
歌現實性與本土性的目的,李魁賢認為,現代詩人如果採用古代語
法或是歐化語法,都是和人民的語言系統斷絕的行為,他說:

> 從事文學創作,不應有與民眾站在不同的立場思考觀念,現代
> 人採用古代語法或歐化語法,根本上就和大家的語言系統斷
> 絕,因此採用的語言應該是活生生的和大眾的血肉可以關聯。[133]

所以,使用日常語言創作詩,也進一步使詩人不逃避現時現地
的環境所賦予他的感受。但是,日常語言入詩對一些抱持傳統詩觀
念的詩人來說是不可思議的,因為他們習慣運用某些「文學語言」、
「藝術語言」來入詩,認為這樣才有詩的美感,並藐視日常語言。
使用文學語言,在笠詩社同仁眼中,是「不加抵抗的重複別人的經
驗」,這樣的語言即使有美的效果,這種美也沒有自己的生命,李
魁賢認為,這種文學語言的使用是一種「語文上的惰性」,所以,
最根本的辦法是擺脫「文學語言」的束縛而使用「樸素的語文」來
配置,他說:

> 本質上,詩人在捕捉新穎的意象時,必須盡力抵制語文上的
> 惰性,而要避免惰性的感染,最根本的辦法,莫過於隔絕產
> 生惰性的語文本身,而依據機能上的要求,去配置一些樸素
> 的語文。[134]

---

[133] 李魁賢言。收於鄭炯明編:〈「笠的語言問題」座談會〉,《台灣精神的崛
起》,p.279。
[134] 李魁賢:〈論桓夫的詩〉,《李魁賢文集‧第肆冊》,p.79。

　　事實上，用口語入詩，捨棄艱深的文學語言，需要詩人更高明的智慧，李魁賢說：「用口語入詩，等於布幕盡撤，站在前台，與讀者正面相對，才藝如何，一目了然；這是需要甚高的智慧及駕馭語言的能力才行」[135]。

　　再者，日常生活語言運用於當代，更能承載當代的社會訊息，而所謂文學語言、藝術語言則多來自書本，雖是傳統文化的傳承，但若與現實環境無法相融，便不能展現創作的意義。李魁賢曾在〈窺豹札記〉藉駁斥高大鵬「融會各代名家之長」的說法來闡述他的理念，他說：

> 傳統式文化血緣上的繼承，必定還要與現實生活上的環境相互交融，才能閃現創作的火花。因此，看到高大鵬說：「寫詩也是一樣，在語言方面也應該融匯各代名家之長，從詩經楚辭、樂府民歌、四六漢賦、直到唐詩宋詞元曲等，……使我們能從一個句子裡面，上窺整個語言藝術演變的歷史軌跡」，不禁令人大吃一驚。詩要從活生生的語言當中去錘鍊，才能產生魅力，才能產生這一代的心聲。[136]

　　「這一代的心聲」需要用「活生生的語言去錘鍊」，高大鵬的說法，雖是融會傳統，卻也稀釋與現實的關聯，其語言創作目的在「上窺語言藝術演變的歷史軌跡」，實是視語言為創作目的，如此的本末倒置難怪李魁賢要「大吃一驚」了。因此，由於日常語言的訊息承載較能反應當代社會，再加上語言是詩人藝術創作的「憑藉」，所以詩人在描寫生活現實的時候，日常用語是最好的素材，

---

[135] 同註 119，p.59。
[136] 同註 18，p.304。

利用日常、生活的語言定型,完成笠詩社對詩歌使命的追求,表現生活現實的主題與內容。李魁賢創作重視現實性和社會性,所以他說:「不用說,以社會生活經驗為基調的詩人,必然採用活生生的語言來錘鍊詩的語言。但逃避現實的人,只能從既存的詩的語言中去借屍還魂」[137]。可以說,李魁賢與笠詩社同仁採用「活生生的語言」去錘鍊詩的語言,主要原因是日常生活語言較既定的文學語言負載更多當代社會的訊息,一位詩人如果要在詩中表現現實性及社會性,就該將眼光移往日常語言之中。

　　以上,已釐清李魁賢堅持在日常語言中去發掘詩語言的原因及立場,但是,這仍然沒有解決日常用語如何能取代文學語言在詩中地位的問題,因為文學語言畢竟可以較日常用語帶來更多的「美感」,那麼,日常用語用在詩中時要如何呈現才可以達到同等高度的美感或是更高的藝術感染力呢?首先,需強調的是,李魁賢雖然倡言以日常語言入詩,但他對語言藝術性的重視卻不亞於技巧至上論者,只是兩者對語言的概念有著本末的區別而已。用日常生活語言來寫詩,總會給人詩歌語言過於明朗甚至膚淺的非議,這一點李魁賢及笠詩社同仁都有認識,白萩曾說:「日常性的語言,並不就等於是散文語言,只要把它飛躍性的使用,也可以成詩」[138],而事實上,這種「飛躍性」正同於陳千武所謂「創造新的詩的語言」:

　　「笠」所追求的既不是成為詩的語言,而是追求原始語言創
　　造新的詩的語言。[139]

---

[137] 同註 18,p.306。
[138] 白萩言。同註 133,p.277。
[139] 陳千武言。同註 133,p.275。

　　將日常語言增加「飛躍性」來「創造新的詩的語言」，這也正同於李魁賢創作方法論中的「發現事物的新關聯」，而在語言論的討論中，「事物新關聯」的探求就成了「語言的重新配置」。李魁賢說：

> 語言新機能的追求，不在於文學上的歧義性，而應該進一步去發現事物的新關聯，所謂「創作」的意義在此。而詩人的創作過程，原本只是一種學習過程，不斷追求語言的新關聯，去趨近詩的可能性，去揭露詩的本質，以期待真正的詩的出現。[140]

　　他又進一步說，語言的創新並非創造新的語言，而是新關聯的發現，來重新分配現有的語言：

> 嚴格講起來，語言的創新不在詩人的能力與責任範圍內，而是歸屬於生活人，和工業社會的技術專家。詩人的重要工作在於尋求事物的新關聯，亦即語言的重新配置，而形式是跟隨語言的配置而成立的。[141]

　　因此，若要使用「活生生的語言」來錘鍊創造「新的詩的語言」，可以藉由發現事物新關聯以重新配置語言形式。除此之外，遵循「現實經驗論的藝術功用導向」，把握詩歌的現實主義精神之後，學習各文學流派的技巧來為日常語言的藝術性加工，也是「錘鍊活生生的語言」的方法。李魁賢曾說，技巧的運用，是為了「維

---

[140] 李魁賢：〈發現事物的新關聯——讀傅文正詩集《象棋步法》〉，《李魁賢文集・第陸冊》，p.74。
[141] 李魁賢：〈新詩的過去、現代與未來〉，《李魁賢文集・第陸冊》，p.190。

繫語言的張力」，使日常用語錘鍊成的詩歌語言可與散文化語言做
區隔，他說：

> 當然採用口語寫詩，最重要的是必須要能維繫語言的張力，
> 使一直保持緊張關係，如果張力鬆弛，便有流於散文化的後
> 果。……維持語言張力的關係，尤其有賴於技巧的運用。[142]

根據上述討論我們可以知道，李魁賢是以「重新配置語言」及
「運用各流派技巧」二種方法來錘鍊日常語言，使之不落入散文化
的陷阱。而除了上述二種方法之外，李魁賢還進一步提出第三種方
法──「意象語言的生活經驗化」。「意象語言」在某些詩論家眼
中，是與日常語言明顯區隔的，而笠詩社就是要糾正這種傾向，努
力在日常生活中尋求意象，但這並非一件容易的工作，日常語言入
詩甚至可能使意象的藝術層次降低，對此，郭成義說，「想像」和
「理想」可以補足這個可能的缺失。利用「想像」，讓日常語言創
造新穎的意象；利用「理想」，讓意象可提升至引人向上的層次，
兩者並用，使飽含著現實社會訊息的日常語言化為意象語言，實踐
詩歌本質的現實主義基盤，也使日常語言有加工過後的藝術性存
在，這又再一次完成了李魁賢「現實經驗論的藝術功用導向」的創
作表現理念。郭成義曾說：

> 除了這種語言態度──亦即創造最平常的語言，發現新的意
> 境之外，本土詩文學所負擔的，不僅是地域性意識的發揚，
> 實際是為台灣現代詩的遠景開創一個新的起點，而「詩化白
> 話文」只是其中的一項主要基型──本土詩在藝術行為上，

---

[142] 同註 119，p.59。

還是以「想像」和「理想」作為主要特質，始能顯出「現實主義的藝術導向」之意義。[143]

　　李魁賢及笠詩社所創作的詩歌有著強烈的本土性，也使他們相信使用「活生生的語言」創作詩歌才是操作詩歌語言的正途，他們在這方面的努力，除了建構理論以反擊其他語言至上者的論調之外，在創作成品中更可見到它們兼具著現實性與藝術性的作品。

肆、詩的功能論

　　在李魁賢的詩學理論中，常發現他在詩學散論中大聲疾呼，一個詩人必須要徹底瞭解並確切發揮詩的功能，所完成的詩才能算是真正地到達終點，完成其存在的意義。從前文的討論我們就可以發現，李魁賢的詩學理論，在詩的本質論、創作方法論及語言論中，都強調著詩歌創作完成之後，必須以其本身的存在對作品接受者產生某種目的。再者，李魁賢不僅認為詩有功能存在，而且他對詩的功能有著更深更厚的期許，李魁賢曾說：

> 讓我們不要忘記詩的使命。詩不是雲彩，別裝出一副清高、虛無飄渺狀，別仿效精神上的吉普賽族，盡繞著幾堆燃燒的枯枝跳沒有出路的迴旋舞；寧願是泥巴，承受著現實的負擔；烙血的腳印，臭汗的腳印，從勞累中去獲取確信的喜悅。[144]

---

[143] 郭成義：〈台灣現代詩的本土意識〉，收於鄭炯明編：《台灣精神的崛起》，p.87。
[144] 同註 5，p.90。

　　因此，一首詩的完成不僅只是一種藝術作品的完成，更代表著一個使命的完成，「使命」是詩人所不能逃避的，由此可知李魁賢對詩創作所抱持的審慎及嚴肅的態度。

一、詩的傳達功能

（一）「詩是在傳達意含的經驗」

　　李魁賢詩學理論的詩功能觀念中，最重視的就是它的傳達功能。李魁賢說：

> 如果說詩一定要有目的的話：「傳達」本身是它的目的，因為詩的存在，是要有詩人和讀者，以及溝通二者之間的傳達，才能成立。[145]

　　「傳達」做為詩人和讀者之間的橋樑，是詩人必須絕對重視的。詩人是否將其獨特「經驗」轉化為詩，讀者是否將詩中所含詩人的經驗成功轉化為自己的經驗，若兩者的過程皆完成，即完成「傳達」，他說：

> 詩與讀者的關係，建立在詩本身的傳達性上。詩的傳達性基於二個層次：第一，詩人把他的經驗或詩的素材，轉化為詩；第二，詩在讀者心靈中，回轉為讀者的經驗。[146]

---

[145] 同註 19，p.259。

　　他更進一步解釋所謂「經驗」是「意含的經驗」，而何謂「意含的經驗」呢？李魁賢說，是一種由作家給出後，可以讓讀者用「想像力」參與的經驗，他說：「詩是在傳達意含的經驗，其功能不在告訴我們『有關』經驗的事，而是讓我們靠想像來『參與』其間」[147]。讀者經過這種經驗的擴大與深化之後，對生活中事物的觀察，也會參與到詩人的想像經驗，進而使「使生活更富意義和情趣」，李魁賢說：

> 總之，詩給人啟示，詩人對社會、世界、人生的觀察和感受，透過詩的形象語言傳達意識和經驗，使人的思考更富柔性和感性，以想像力飛躍現實內外的世界，使生活更富意義和情趣。[148]

　　而除了這種對世界、社會、人生的重新觀察與新鮮感受之外，李魁賢曾說：「想像之所以予人樂趣，是因為在觀察事物當中，可以從現實經驗超脫，獲得神遊的解放」，[149]這種從現實經驗世界的「超脫」與「解放」，不僅可使人離開僵化的思考模式，且在「詩的訓練」之下，對事物本質的真象可更容易領略，他說：

> 詩的效用在此，令人活得頭腦靈敏，活得心思細密，活得思慮透徹。經過詩的訓練，可以深入事物的奧底，領略本質的真象。[150]

---

[146] 李魁賢：〈新詩的過去、現在與未來〉，《李魁賢文集‧第陸冊》，p.188。
[147] 李魁賢：〈片論現代詩　三、詩的功能〉，《李魁賢文集‧第參冊》，p.133。
[148] 李魁賢：〈詩的意識和想像〉，《李魁賢文集‧第柒冊》，p.72。
[149] 李魁賢：〈神遊的解放〉，《李魁賢文集‧第捌冊》，p.9。
[150] 同註64，p.18。

（二）「詩要發揮對大眾提供新的美感經驗的效用」

　　李魁賢在〈新世紀台灣文學的展望〉一文中曾說：「詩雖然命定是小眾的文學，但本身沒有拒絕大眾的權利，在大眾需要詩的時候，詩要發揮對大眾提供新的美感經驗的效用」[151]，說明了李魁賢對「美感經驗」的注重。藉由美感經驗的傳達，達成詩的審美功能，就是李魁賢對詩的要求。但是，李魁賢在〈片論現代詩〉一文中提出一個與前引論調幾近完全相反矛盾的觀點，他認為期待從中去尋求美，是不對的觀念，他說：

> 有兩種不妥善的觀念，需要澄清的。第一是向詩要求知識、要求道德規律、要求修身法則；第二是期待從詩中去尋求美。[152]

　　關於第一個觀念，李魁賢認為詩不是格言，不是座右銘，這反映李魁賢反對主題掛帥創作手法的理念，這是容易理解的。但李魁賢為何反對「從詩中去尋求美」呢？這可以從兩方面來說，就讀者欣賞階段而言，李魁賢認為讀者不應該先入為主地抱持著從詩中獲得美的想法去讀詩，將「美」與「醜」徹底對立，容易落入對概念化、類型化的美的期待，這對詩是不良的欣賞手段；而就詩人的創作階段而言，刻意在詩中加入所謂「美」的元素，對詩的創作也是不健康的，而且李魁賢認為，只要詩人表達適宜，「醜」也能興起美感，他說：

---

[151] 李魁賢：〈新世紀台灣文學的展望〉，《李魁賢文集・第捌冊》，p.444。
[152] 李魁賢：〈片論現代詩　三、詩的功能〉，《李魁賢文集・第參冊》，p.134。

> 詩所處理的美感經驗，以詩的功能來說，有時毋寧說是「醜」
> 的，而不是「美」的。這一點更可以顯示詩人的真摯性。只
> 要表達適宜，「醜」也能興起美感，給人快慰。因為美與真
> 理，只是經驗的一部份，而詩所欲涵蓋的整體的經驗：美與
> 醜、高貴與低賤、實際與想像、柔順與恐怖。因此，用熱情
> 洋溢的字句寫下來的詩，並不一定是值得稱道的作品。[153]

李魁賢在這段話中明確地說出「美與真理，只是經驗的一部份」，若要處理美感經驗，就必須「涵蓋整體的經驗」，若要涵蓋整體的經驗，則詩人就不能只是將眼光放在一些「約定俗成」的美的事物上，這樣的作品不需侷限於「美」、「高貴」、「想像」、「柔順」的，連同「醜的」、「低賤的」、「實際的」、「恐怖的」都可成為詩中美感經驗的一種呈現，如此所予人的感受也將不同於往常專寫風花雪月的詩而有耳目一新的感受。

李魁賢的「詩要發揮對大眾提供新的美感經驗的效用」的詩學理念，重點在「新」字，如何擺脫既定的概念美、類型美，與讀者新的美感經驗，是詩人的責任，而這種「美感經驗」傳達的理念也比一般詩人所抱持的美的傳達觀念更深更廣，是李魁賢詩學理念中特出的地方。

二、詩的批判功能

李魁賢的詩學理念中一以貫之的是現實性、社會性、批判性，而在討論詩的功能時，詩的批判功能便是由具現實性、社會性及批

---

[153] 李魁賢：〈片論現代詩 三、詩的功能〉，《李魁賢文集‧第參冊》，p.135。

判性的詩歌來展現。首先，李魁賢對詩的批判功能是重視且堅持的，而為說明詩的批判效用，李魁賢曾藉用詩人聶魯達的話，以「石頭」來形容詩，他說：

> 一九七一年諾貝爾文學獎得獎人智利詩人聶魯達講：「石頭不單是石頭，也會使用來攻擊敵人。」所以，咱也會使講：「詩不單是詩，也會使變成石頭。」詩若要變成石頭，一定要擱在現實的土地上，若擱在語言的房間內，永遠干單是詩而已。[154]

「石頭」代表著詩歌的攻擊批判功能，也代表著詩歌本質立場的堅持，而「詩若要變成石頭，一定要擱在現實的土地上」，更說明了李魁賢對詩歌現實性本質的堅持，必須要有這種對現時現地的關懷，才能夠讓詩的批判功能完整發揮。但用「石頭」形容詩，似乎詩是樸實無文、不加雕琢的，只要能達成批判功能即可，如此的詩作則落入李魁賢所謂「現實經驗論的社會功用導向」的陷阱，過度重視主題掛帥，而失去詩歌該有的藝術性，所以李魁賢又用「帶刺的玫瑰」來形容詩，他說：

> 詩不是一朵花，而是像聶魯達所說的，可以變成石頭。即使是一朵花，詩也應該是多刺的玫瑰。因為，詩不是擺好看的，而是要產生效用，有對抗和刺痛的效用。[155]

用花來形容詩，是著重在詩的藝術性，李魁賢雖然重視詩的藝術表現，但他瞭解詩質為體，技巧為用的道理，所以必須在精神本質確立之後，才會去做藝術方面的經營，而李魁賢眼中真正的詩，

---

[154] 同註 5，p.92。
[155] 同註 7，p.161。

即使藝術性強如花朵鮮豔，仍是「帶刺的玫瑰」，要給予閱讀者「刺痛的效用」，這刺痛是在於「喚醒」閱讀者，喚醒群眾對社會現況的重視，藉用喚醒來昇華批判的效果。所以李魁賢曾說，詩有「振聾啟瞶」的作用，他說：「我們還是堅持詩的批判效用，畢竟，在人文精神的反省上，詩有振聾啟瞶的作用，在精神文明的發展上，詩會記錄民族走過的生命」[156]。因此，李魁賢認為，有批判效用的詩歌，最能展現一首詩的價值，而不是受寵於傳播媒體，成為所謂「名詩」及「名詩人」，他在〈詩的見證〉一文中清楚地表明了他的立場及見解：

> 詩的價值不在於被選入課本，不在於被譜成校園歌曲，不在於被抄夾在高中女生的筆記簿，不在於列入朗誦會節目單內……，而在於有沒有使讀者感受到心靈的悸動、不快、悲痛……。[157]

「選入課本」、「譜成校園歌曲」、受高中女生喜愛、成為節目單的一部份，這些話都暗指了某些「大眾詩人」所創作的流行詩歌，而李魁賢認為這些詩即使受大眾歡迎，仍然不能稱為有價值的作品，其原因可以孟樊對「大眾詩學」的理解做說明：

> 讀者讀詩之餘，心理得到替代性的補償之外，尚可獲得亞里斯多德所謂的「淨化」的發洩，產生一種「無害的快感」，這「無害的快感」可說是一種娛樂。[158]

---

[156] 李魁賢：〈寫詩有什麼用〉，《李魁賢文集・第拾冊》，p.24。
[157] 同註 2，p.4。
[158] 孟樊：《當代台灣新詩理論》（台北：揚智文化事業股份有限公司，1998），

　　「無害的快感」一詞正可對照李魁賢所認知的詩價值所在──「使讀者感到心靈的悸動、不快、悲痛」，兩者的差別是非常明顯的。李魁賢創作詩絕非為了受大眾歡迎，而是認定以批判功能為詩作品的價值所在，所以他說：「詩畢竟不是潤滑油，也不是廣告招貼，而是時代齒輪間的砂粒，是良心的追緝令」[159]，但是，即使詩人已經知道詩的批判功能的重要性，但是詩的批判功能要如何實現？李魁賢在〈寫詩有什麼用〉一文中曾說：

> 寫詩有什麼用？誠然，對於不需要讀詩的人，詩一點效用也沒有；對詩要求「政治給出」這種直接社會性功效的人，會覺得詩軟弱無力，也是沒有什麼用。[160]

　　的確，以詩為「小眾文學」這觀點來看，詩的社會性功效是遠不及散文、小說、甚至是電影的，所以若以批判效用衡量詩，詩所能達成的功效是最小的，但是，認為「寫詩無用」的人，其觀點是長期以來受沒有批判精神的詩作所影響而來，詩人若能認知自己的身份能力所可達到的高度，以純真心靈抒情，以批判精神揭開事物本質，那麼詩的批判功能便能實現。再者，詩的批判功能在深入社會的黑暗面之後，更能顯出它的價值所在，長期以來詩被誤解為風花雪月的軟性文學，在李魁賢的認知中，能寫出社會的「假惡醜」，詩的效用才能獲得最大的發揮，他說：

> 詩的社會性有其順向和逆向的不同面向，順向在於歌詠社會的真善美，逆向在於批判社會的假惡醜。人性向上的揭露和

---

p.202。
[159] 同註 2，p.4。
[160] 同註 156，p.18。

頌揚，是詩的表達功能之一，但對社會陰暗面的批判，更是
詩的最大效用。[161]

　　李魁賢曾說「詩的存在，要以不阿諛社會、不取寵權貴、不討好
報紙副刊及雜誌編輯，才能顯示起碼的意義」[162]，以詩人超然的立
場來對社會作順向及逆向的描寫，對權貴、報章編輯都不討好，那
麼，詩的批判功能就能得到最好的發揮，這樣的詩作，也才能夠有其
存在的意義。

三、詩的教育功能

　　李魁賢在很多詩學散論中都曾提及詩的教育功能，例如他在
〈詩的教育〉一文中說：「詩具有社會性，可以發出教育社會的作
用」[163]；在〈邁向廿一世紀的詩文學〉一文中說：「只要我們理解
到文學發展的核心，就不應該忽略詩的創造、欣賞和教育」[164]。而
事實上，李魁賢所認定詩的教育功能和上文所討論的詩的傳達功
能、批判功能都是不可分割的，正因為詩有傳達意含經驗與批判的
功能，所以詩的教育功能才能夠成立。例如上文中所說詩具有傳達
美感經驗的效用，李魁賢認為，這種美感經驗所造成的共鳴效果，
正是教育效果的來源：

---

[161] 同註 151，p.443。
[162] 同註 2，p.4。
[163] 李魁賢：〈詩的教育〉，《李魁賢文集·第捌冊》，p.247。
[164] 李魁賢：〈邁向廿一世紀的詩文學〉，《李魁賢文集·第柒冊》，p.61。

> 詩的教養是從詩中的美感產生的，由詩人的經驗，透過形象
> 思維的美感創作，傳達給讀者引起共鳴，產生詩性感動，醞
> 釀教育的效果。[165]

　　所以，詩的功能是有機整體地在詩中呈現並在溝通傳達的過
程中在讀者身上產生效果，詩的教育功能也正在這種整體的傳達
上呈現。

（一）「詩人企圖用詩做為教育的手段時，已犯了詩的戒律」

　　首先，李魁賢先說明，若希望詩具有教育功能，詩人創作時必
須不帶有教育目的，他說：

> 詩人企圖用詩做為教育的手段時，已犯了詩的戒律。尤其是
> 藉美學觀念透過各種形式要求讀者接受那一種思考模式
> 時，無疑把詩帶進死路。[166]

　　詩人以詩做為教育的手段，是犯了「詩的戒律」，尤其是以詩做
為「美學」的教育，更是詩的死路，這可以讓一些運用超現實主義
及後現代主義技巧的詩人作為警語，因為許多運用西方新潮技巧的
詩人，他們的詩作都必須要經過許多批評家運用美學觀念來加以
解析，這首詩才完成其傳達，這樣的詩作品在李魁賢看來幾乎是西方
美學教育的範例，是完全錯誤的。詩人試圖以詩完成美學教育尚且不
可，若詩人以社會指導者自居，希望詩作品有社會指導作用，更是錯
誤的想法，李魁賢在說明詩具有社會教育功用後特別進一步說明：

---

[165] 同註 163，p.247。
[166] 同註 163，p.247。

　　詩具有社會性，可以發出教育社會的作用。但詩人在創作的時候，或是他作為一位詩人存在的時候，他不是一位社會指導人，他沒有這個立場。[167]

　　因此，他的創作不會是第二世界的「現實經驗論的社會功用導向」的作品，而是以藝術手段來加工，並且在「給出」的過程是「無所為」的，不是為教導人民而寫詩。李魁賢在〈台灣文學是社會共有的資產〉一文中說：

　　基本上，文學的功能在於用藝術手段表現社會的生活經驗，並沒有對人民產生直接教育的作用，除非那是一種宣傳品，而宣傳的文學只是把意識型態原樣呈現，沒有滲透社會矛盾與統一的辯證過程，所以是注定會失敗的。[168]

　　試圖透過詩來教育指導人民的詩人，如李魁賢所言，容易成為政治意識型態的傳聲筒，作詩只為宣傳的政治目的，李魁賢說，這種作品是「注定會失敗的」。那麼，若詩人不可以詩為教育的手段，那麼詩作要如何達成其教育的功能呢？李魁賢說，詩的教育功能若要達成，必須是「自發性的」、是「間接而被動的」[169]，他在〈台灣文學是社會共有的資產〉一文中說：

　　其實，文學只有間接而被動的教育效果，並無直接而主動的誘因。換一種說法，文學只有對需要文學的人，才能產生效用。文學的重點在於傳達經驗，只有透過感染

---

[167] 同註 163，p.247。
[168] 李魁賢：〈台灣文學是社會共有的資產〉，《李魁賢文集・第柒冊》，pp.146－147。
[169] 同註 163，p.248。

　　力量的表現，在潛移默化的感應中，達成經驗的轉接和
深化。[170]

　　透過文學家對經驗的傳達，產生「感染力量」，造成潛移默化
的效果，才是詩的教育方式，所以詩人應該注重詩的「藝術性」，
把握新穎經驗，做好藝術加工，將經驗傳達給讀者，便可以達成詩
的間接的教育功能。

　　李魁賢還認為，詩的教育效果是間接的，若欲求「直接的效
果」，則需要透過「文學外延力量」，也就是「評鑑」、「文學批評」
的工作：

> 文學要產生直接而主動的教育意義，透過文學內在的實質
> 既無能為力，惟有藉用文學外延力量，那就是評鑑的工作。
> 評鑑最實際有效的應屬文學批評。文學批評不但能對文學
> 內部進行反省和重整的工程，而且又可以把文學的影響力
> 投射到社會集體。文學是要透過文學批評才能具有教育的
> 功能。無論是文學形式的灌輸或意識內涵的傳達，於文學
> 本身只是表現而已，而經由文學批評，可以把文學形式轉
> 變為教育形式，意識內涵轉變為意識型態。於是，文學產
> 生了教育意義。[171]

　　李魁賢在文學評論的工夫也下得很深，他的《台灣詩人作品論》
更是文學評論的代表作，且李魁賢也常在報章詩刊中刊載對其他人
詩作、詩集的讀後感及評論，更可見得李魁賢在領略了詩的直接教

---

[170] 同註 168，p.147。
[171] 同註 168，p.148。

育方式之後試圖透過文學批評來產生教育意義的用心。比文學批評
更進一步的，是「文學史的整理」及「選集的編輯」，李魁賢說：

> 文學批評藉用理論的闡述，作品的分析，是直接的教育方
> 法。透過文學史的整理、選集的編輯，去影響讀者閱讀策略，
> 更是一種闡釋的過程。[172]

藉由文學史的整理及選集的編輯改變讀者的閱讀策略，讓讀者
可以更全面、更直接地受詩影響，也讓李魁賢的詩教育功能論更為
全面而完善。

（二）「詩具有認識和改造社會氣質的能力」

李魁賢認為，詩的重要教育功能在於「改變社會文化體質」[173]，
在〈邁向廿一世界的詩文學〉一文中，他更明確地說「詩具有認識
和改造社會氣質的能力」，他說：

> 詩是自由的顯現，因為詩具有認識和改造社會氣質的能力。
> 詩的本質是追求自由的表達，創造自由的、美好的理想空
> 間。詩人追求詩，就是在追求自由，可以作為社會的範本。
> 因為人的完善就是自由，而完善的自由也就是不侵奪別人的
> 自由，可以獲得人與人之間充分完美的心靈溝通，建立和平
> 的世界。[174]

---

[172] 同註 168，p.148。
[173] 同註 168，p.148。
[174] 同註 164，p.61。

　　詩的教育功能隨著本質的確立而發生，掌握詩的自由本質，帶領人們追求自由，瞭解完善的自由在於不侵奪別人的自由進而建立和平的世界。這種詩的功能取決於詩人能否創作出與讀者「共鳴」的詩，這是詩人的任務，也是他的使命。

　　最後，在詩的教育功能方面，李魁賢強調「詩的教養」，他著眼於現代社會物質凌駕精神的混亂現象，提出「詩的教養是克服異化的最好手段」，他說：

> 在二十世紀裡，由於科技發展神速，物質文明宰制一切，使人類無形中臣服於物質主義，而忽略了精神人格的養成。人類傾向於追求物慾，造成個人和社會的異化。詩的教養是克服異化的最好手段，因為詩是心靈豐沛的水庫，可以不時地準備安慰人類心靈的焦渴，產生一種類似宗教的安定力量。[175]

　　「異化」是現代人和社會的疏離所造成的現象，李魁賢則在此提出以詩來「安慰」人心、「安定」社會，以完成「詩的教養」。這種詩的教養不僅是讀者個人的提升，更有著對社會整體改質的提升效用，所以李魁賢對詩人們說，時時反省自己所創作的詩有沒有正面的教養功能，是藝術的責任所在，他說：

> 詩人的藝術表現在語言的配置和運用，應該享有充分的自由去嘗試，但詩人也應具有倫理規範，反省自己所創作的詩，對文化、社會大眾有沒有提供正面的教養功能，這應是藝術的責任所在。[176]

---

[175] 同註 164，p.61。
[176] 同註 146，pp.190－191。

正是這種藝術上的「責任感」替詩的教育功能背書，所以李魁賢的詩作品總能夠在立穩現實主義精神的立場後，藉由藝術加工的美感傳達造成感染力，進而完成了詩的教養，發揮其認識及改造社會氣質的能力，這是李魁賢對詩的教育功能的深刻理解與力行實踐的成果，也讓我們對李魁賢詩的功能理論的深遠眼光感到敬佩。

第二章　李魁賢的詩歌主題系統

　　每個詩人詩作品的取材範圍隨著詩人品性、審美情趣的不同而有區隔。我們知道，李魁賢的詩學理論重視詩的抒情本質，且其詩歌的抒情性並不限於一般詩人常見的「小我抒情」——僅重視自我形象的描繪、情感的抒發，他的詩歌取材範圍不僅著重於個體，更擴及於社會每個角落，完成所謂的「大我抒情」，這種將抒情性視為「小我抒情」與「大我抒情」綜合體的詩學理論，使得李魁賢的詩歌主題範圍廣闊，並在大我抒情的過程中完成了詩歌的社會性及批判性效用。今筆者試就李魁賢詩學理論中「意識決定作家的觀點和創作活動」[1]一語將其詩歌主題以「意識」來作劃分，區隔為「個體意識」及「社會集體意識」兩大主題系統[2]，來概括說明李魁賢「小我抒情」和「大我抒情」的整個詩歌主題系統[3]。

---

[1] 李魁賢：〈作家的屬性〉，《李魁賢文集・第捌冊》，p.269
[2] 趙天儀也曾以「個人意識與社會意識——是論李魁賢的詩與詩論」為題，在《笠》詩刊 193 期發表李魁賢的詩歌研究論文，可見得李魁賢詩歌本身即兼具有個體意識與社會集體意識的特徵。
[3] 本章借用大陸學者羅義華的〈李魁賢詩歌的意象系統〉的「系統」及其文中的「子系統」一詞，來劃分李魁賢的詩歌主題，在此說明。

壹、個體意識主題系統——小我抒情

在個體意識主題系統方面，筆者將以「自我剖白的子系統」、「情愛探索的子系統」及「生命體認的子系統」三方面將李魁賢詩歌主題直接呈現出「小我抒情」意味的詩歌統合於其中。「自我剖白的子系統」就是李魁賢詩歌主題較注重自我形象描繪、個體情感宣洩的詩作；「情愛探索的子系統」是李魁賢所作涉及男女間感情的詩作品；「生命體認的子系統」則是李魁賢詩中呈現生與死的體認的詩作品。

一、自我剖白的子系統

李魁賢的詩作中有很大部分是在「藉物象抒情，賦物象生命」，在這種即物主義式的創作中，物象也沾染了李魁賢的自我形象，例如〈高粱穗〉、〈檳榔樹〉、〈黑玉〉、〈相思陶〉等等不一而足，所以李魁賢自我剖白的詩作品數量是很多的，而且這些成熟期的詩作也被許多研究者用來做為李魁賢品性人格的佐證。但必須強調的是，李魁賢的詩歌創作從年輕時就開始，由國中三年級在《野風》雜誌上以「恆心」為筆名發表〈櫻花〉一詩開始，李魁賢就是個學生詩人，也曾加入現代派，沾染了現代主義的感傷頹廢風格，所以李魁賢也有過徬徨憂鬱、無病

呻吟少年期，在觀察李魁賢的詩作品時，這是不可以忽略的重要部分。以下，便以少年期和成熟期的詩作做劃分，也可就此窺知李魁賢在度過徬徨憂鬱的少年期後，在人格品性與詩作風格上有何重大轉變。

（一）少年期——徬徨與憂鬱

要探知李魁賢少年期徬徨與憂鬱的形象，最好的方法便是從李魁賢的第一本詩集——《靈骨塔及其他》中的詩作來一窺究竟。在《靈骨塔及其他》詩集中，感傷灰澀的氣氛非常濃厚，這當然也與李魁賢在現代派中對象徵主義的模仿有關。李魁賢在少年時期由於對未來充滿徬徨，對人世的感知也充滿矛盾，所以孤獨、混亂、煩悶、疲倦的感覺充斥該詩集，成了該詩集的特色之一。今且以〈孤獨〉、〈星期五〉及〈靈骨塔〉三首創作於 1957 及 1958 年間（李魁賢二十、二十一歲時）的詩為例，來瞭解李魁賢在少年期的自我剖白是怎樣的呈現。先看〈孤獨〉[4]一詩：

> 靜夜的長巷　失落了
> 三月的歌
> 和微笑
>
> 依然是空默——
> 小石子們在私語著
> 要摘去我飛躍的寂寞嗎

---

[4] 李魁賢：〈孤獨〉，《李魁賢詩集・第六冊》（台北：行政院文化建設委員會，2001），p.97。

> 其實　連寂寞的記憶也失落了
> ──靈性的我
> 孤獨地　走出無人的長巷

　　人在少年期時，總認為別人不瞭解自己，不能夠與自己溝通，所以產生了一種「自以為是」的孤獨癖性，這可以說是少年期常出現的一種心理病狀。很明顯地，在詩中「孤獨」、「寂寞」，其呈現的具體形象是一個「失落了」「微笑」與「歌」的少年，一個人孤獨地在「無人的長巷」漫步，自身的「靈性」是用以反抗外界質疑的唯一武器。〈孤獨〉一詩呈現出少年的孤獨與寂寞，但自恃仍有「靈性」的堅持，所以對世界仍未到疲倦、煩悶的地步。〈星期五〉[5]一詩，便將這種對世界厭煩的感覺表露無遺了：

> 而我只是疲倦地踱著
> 只是煩悶的循環
> 佔有冷冷的分割的時間
>
> 只是喧囂的噪音
> 　　　　電氣時代的苦惱
> 只是無由自主的悲哀
>
> 而　熱
> 呢喃地醒在九月末
> 熱
> 佔據著我乘涼的窗口
>
> 而我只能疲倦地踱著

5　李魁賢：〈星期五〉，《李魁賢詩集‧第六冊》，p.101。

　　〈星期五〉一詩所呈現的是少年對所處世界的厭煩，無論時間和空間皆如此，在時間上，世界只是無意義的重複循環，時間的流轉不帶有感情，只是時分秒的精確計算，所以李魁賢說只有「冷冷的分割的時間」。而就空間而言，世界只是噪音與電器的組合，人對世界的無力感，使李魁賢感到「無由自主的悲哀」。即使好不容易找到可以遠離塵囂、擺脫煩惱的角落，「熱」，仍然佔據著李魁賢「乘涼的窗口」，所以對這個世界李魁賢也只能倦態以對，繼續「疲倦地踱著」了。本詩與〈孤獨〉一詩有一共同點在於，兩首詩的主角雖然對世界採取不妥協也不願理解的的態度，但〈孤獨〉一詩中強調無人的長巷中只有「靈性的我」，而〈星期五〉一詩中少年「疲倦地」在世間「踱著」，可以說，雖然對外在世界失望，但少年對自身都是認同的。〈靈骨塔〉[6]一詩卻相反地呈現出少年自身的混亂與憂鬱：

　　　　風　軟軟的手　觸撫
　　　　原始　觸撫
　　　　　　原始渾沌的
　　　　　凌亂

　　　　凌亂？
　　　　　　　　靈夢覺醒
　　　　於黃昏
　　　　　　八角塔成
　　　　　　　　弧形的　　　憂鬱
　　　　憂鬱

6　李魁賢：〈靈骨塔〉，《李魁賢詩集・第六冊》，p.131。

　　　　如季節的

　　　　　　　門

　　　如原始

　　詩題「靈骨塔」便已呈現出一股陰涼的氣氛，再加上詩行結構的凌亂，藉「八角塔」、「門」及「黃昏」來引人聯想一黃昏中直立的寶塔形象，李魁賢所刻意營造的是使人背脊發涼的陰森感。而在這陰森的處所中，「渾沌」、「凌亂」、「憂鬱」都是無可避免的「噩夢」，不斷出現在少年心中的，已不僅是不被世人理解的「憂鬱」，更是無法抵禦外界質疑而造成自我認同消解的「凌亂」，少年期的徬徨與憂鬱在此詩中表露無遺。

　　藉由以上三首詩，可以知道李魁賢在少年期的自我剖白詩篇中，用了許多「孤獨」、「寂寞」、「疲倦」、「煩悶」、「凌亂」、「憂鬱」等等帶有負面感受的用語，足見李魁賢也曾經歷過一徬徨無助的少年期。鄒建軍、羅義華、羅勇成合著的《李魁賢詩歌藝術通論》一書中，也曾對李魁賢在《靈骨塔及其他》詩集中所呈現的少年期的困頓與迷惘做過解析。他們在賞析了〈幻之蛹〉[7]一詩後說道：

　　　　這首詩寫於 50 年代後期，當時詩人正是一個血氣方剛的青年，懷著對未來的無限憧憬。但他剛剛邁入社會，就遭遇了一些世俗的挫折，難免有一種困頓和迷惘的感覺。這種理想與現實之間的矛盾就構成了李魁賢早期詩歌中最主要的旋律。翻開《靈骨塔及其他》這本詩集，這類抒發內心苦悶、表現個人與社會巨大隔膜感的意象比比皆是。……當李魁賢

7　李魁賢：〈幻之蛹〉，《李魁賢詩集・第六冊》，pp.127－128。

正處於少年時期為賦新詞強說愁的年齡，自身的藝術素養還
不夠豐富，受到西方現代主義的洗禮而在自己的詩中用這種
模仿的象徵主義技巧來抒發內心的感悟時，失意的晦澀和結
構上的不完善是在所難免的。但值得肯定的是詩中的意象建
構相當精采，如「黑球的水晶體」、「酒色的冷冽」、「一行列
的季節，踏著四組舞」等。[8]

不過，隨著年齡的增長，心智的成熟，李魁賢的自我剖白詩
篇也脫離了陰冷灰澀的感覺，取而代之的是飽含著愛與熱情及自
我超越的詩篇，以下，便進入李魁賢「成熟期」自我剖白詩篇的
討論。

（二）成熟期──熱情與超越

到了「成熟期」，李魁賢已擺脫青少年的徬徨無助、憂鬱凌亂，
轉而對自我有明確的認知。在自我剖白中，所呈現的是穩固的自
我形象，此自我形象也等同於人格，所以羅義華在〈論李魁賢詩
歌中的意象系統〉一文以「人格自立的意象系統」稱這類詩歌，
又說明到：「可以將詩作看做是詩人真摯情懷與高潔品性的自我抒
發，又可以看做是詩人以此種情懷及品性來標舉於人世間，達到
他對人進行批判和實現自我超越的人格理想」[9]，擺脫了青少年的
憂鬱徬徨，李魁賢藉用即物主義的手法，對物象採取即物性的觀

---

[8]　鄔建軍、羅義華、羅勇成合著：《李魁賢詩歌藝術通論》（北京：作家出版社，2002），pp.106－107。

[9]　羅義華：〈李魁賢詩歌的意象系統〉，《笠》，218 期（2000 年 8 月），p.83。

察來完成自我的剖白，例如李魁賢在說明〈瓜葉菊〉一詩的寫作
背景時即說：「這種寫法是作者觀察瓜葉菊的形象，把詮釋附加於
瓜葉菊身上，其實也是作者藉物象來描述自己心情的寫照，瓜葉
菊成為作者假託的物象」[10]。可以說，李魁賢青少年期的徬徨憂
鬱，在象徵主義的洗禮下，譜成了憂傷的樂章，而李魁賢成熟期
的人格品性，也在新即物主義的幫助下，完成了最佳的呈現。以
下，將李魁賢成熟期的自我剖白主題詩作，分為「孤獨的存在」、
「飽滿的愛」、「內心的熾熱」、「立場的堅持」與「自我的超越」
五大部分。

1、孤獨的存在

　　李魁賢曾在詩的創作論中提到「詩人的要務：唯愛、唯孤獨」，
而其本身也因「一肚皮的不合時宜」，在人群中保持他「孤獨的癖
性」，反映在他詩作中的，是「孤獨」的詞彙與形象的不斷出現。
但必須強調的是，此處的「孤獨」與青少年期覺得想法與行為不被
世人所認同而造成孤獨感的普遍心理現象是不同的，此處的「孤獨」
是不被世俗名利所羈絆糾葛的「孤獨」，是「眾人皆醉我獨醒，舉
世皆濁我獨清」的「孤獨」。

　　先看〈黑玉〉一詩第一節：「在櫥窗的錦盒中／一道白刃的
光／投射我／孤獨的存在」，胡靜評此詩第一節言：「黑玉本是
純黑之物，無生命之物，而在詩人筆下脫胎換骨，有了靈氣。靜
謐的、柔和的展覽大廳裡，錦盒中的黑玉卻出了『一道白刃的光』，

---

10 李魁賢：〈瓜葉菊〉，《李魁賢文集・第壹冊》（台北：行政院文化建設委員
　　會，2002），p.335。

投射在『孤獨的存在』—詩人身上」[11]。在此詩中，詩人與黑玉已不可分，同是「孤獨的存在」，才會在彼此相遇交會的同時，有如「白刃的光」投射的觸電般的感受。又如〈台灣水韭〉[12]一詩，第一節中先提到「在絕嶺的夢幻湖／悄悄生長著／稀有的台灣水韭」，描寫台灣水韭遺世獨立的生態，末節中點出題意：「水韭奇遇的宿命／在清高的流域／固執著大地的愛／寂寞地生長著」。李魁賢解釋說：「『清高』兼具地理上清靜高嶺的自然實情，和遠離塵世（城市）不尚浮華的社會象徵意義。在如此類似香格里拉的世外桃源中，過著隱逸不為人知，實實在在在履行著不再漂移的、對大地執著的愛，寂寞生活著」[13]，在此，寂寞與孤獨便達到了更高的價值，是「清高」、「遠離塵世」的孤獨，而不是青少年不為世人理解的叛逆的孤獨。最後，來看〈天地一禽〉[14]一詩：

在你的形體之外／不容我的形體／存在嗎

經過長期的煉獄／我終於形銷／骨立

天地間原無所不在／我何惜化身一禽／獨立你體外

藉由天地之大與一禽之小做對比映襯，第二節中「經過長期的煉獄」，可說是人生與世事的歷練，「終於形銷／骨立」，即使形體

[11] 胡靜：〈論李魁賢詩歌的藝術技巧〉，《台灣文學評論》，2 卷 2 期（2002 年 4 月），p.77。
[12] 李魁賢：〈台灣水韭〉，引自李魁賢〈夢幻湖〉一文，《李魁賢文集‧第壹冊》，pp.218－219。
[13] 李魁賢：〈夢幻湖〉，《李魁賢文集‧第壹冊》，p.221。
[14] 李魁賢：〈天地一禽〉，《李魁賢詩集‧第二冊》，p.173。

消逝，支持形體的骨架仍直立不動。末節「我何惜化身一禽／獨立你體外」，即使使自己的形軀縮小，也只為實現「獨立」意志，「孤獨」於天地之外，完成最終的「孤獨的存在」。

  2、飽滿的愛

  李魁賢說：「詩人的要務：唯愛，唯孤獨」，而除了上文所談的李魁賢「孤獨的癖性」之外，洋溢在李魁賢詩中的，是「飽滿的愛」，但此處的「愛」，我將之與「鄉土熱愛」及「世界之愛」分開，因為後者有明確的對象指涉，並不能劃歸於自我形象描繪的主題中，此處以「飽滿的愛」為名，指的是李魁賢在詩中強調自身已被愛充滿身體，儼然成為愛的化身的人格形象。先看〈高粱穗〉[15]一詩：

  吸納陽光的愛／頭愈低／因為心中的秘密／使我感到羞怯

  即使被摘下／脫水　染色／置上他的案頭／低首的姿勢／就能映入他的心窗

  我看到自己飽滿／愛的生命／是的／秋已深

  本詩對案上的高粱穗做即物性的觀察，首句「吸納陽光的愛」，以陽光表現正向價值，而「頭愈低」除了表象的羞怯之感外，也隱含著果實愈加成熟的意蘊。末節「我看到自己飽滿／愛的生命」更是點出題意，並以「秋已深」這果實成熟的季節作結，

15　李魁賢：〈高粱穗〉，《李魁賢詩集・第四冊》（台北：行政院文化建設委員會，2001），pp.5－6。

其愛之飽滿與成熟表露無遺。陳玉玲評此詩時提到：「詩中的高粱穗因為吸納了陽光而飽滿成熟，陽光在此又等同於甘露。……陽光與稻穗的滋味相當，正如秋深的隱喻，都代表成熟的生命階段，是一個充滿了『飽滿愛的生命』的季節」[16]，以「秋」為「飽滿愛的生命」的季節，切中李魁賢詩作中時常出現「秋」的季節氛圍的用心。而另一首〈水晶的形成〉[17]更為多數研究者所喜愛：

> 椰子樹／排隊　舉手／拖住夜空／讓月光的天鵝絨／蓋在我身上

> 秋深之後／使我感到軀體上的溫暖／是比月光更無孔不入的／他的愛／自由的渴望

> 夜幕盡頭／我看不到回家的路／在月光懷抱裏／我看不到自己的位置

> 原來／我已化成水晶／全身透明／在黑暗中映照月光

與〈高粱穗〉相對，在此處「化為水晶」的李魁賢，是吸納月亮的愛，愛與自由的渴望，充滿在李魁賢的水晶晶體中，「全身透明／在黑暗中映照月光」，正同於高粱穗般，「愛」已飽滿全身，可以與月光互相映照。陳玉玲說：「不論是吸納陽光的高粱穗，或是映照月光而如水晶一般的通透晶瑩，都代表著對愛的憧憬、成熟與純潔。詩中的主角靜靜地讓陽光或月光，由上而下地照射在自己的

---

[16] 陳玉玲：〈空間的詩學：李魁賢新詩研究〉，《文學台灣》，第 30 期（1999年4月），p.184。

[17] 李魁賢：〈水晶的形成〉，《李魁賢詩集・第四冊》，pp.9－10。

身上，彷彿受一種珍貴的寵愛，感到內心的滿足與生命的成熟」[18]，斯為確論。

3、內心的熾熱

若觀之李魁賢詩歌中「人格自立的意象系統」，可以發現到，許多李魁賢觀察並藉之抒小我之情的物象，都有表面之下，極為熾熱的內心的形象。如上文所引〈黑玉〉一詩，其第三節即云：「像地層下的原煤／我內心有冷靜的火焰／在詩人的手掌下／因靜電感應而／燃燒」，藉黑玉的物象，感受其內心的「原煤」，一句「我內心有冷靜的火焰」，所指為黑玉，亦為詩人自身；又如〈石頭山〉[19]第三節：「我堅定不動的岩層中／無盡的地熱／有初婚男子的／心／情」，「無盡的地熱」也是內心熾熱的意象呈現；〈登七星山〉[20]一詩第二節：「我是局外的夏季／內心的岩層／有硫磺燃燒著的熾熱／卻不能像星星發亮」，也是直接闡明「內心」的「熾熱」；再如〈相思陶〉[21]一詩，起首第一節即謂：「用大地的愛／培植出來的／相思樹的木柴／燒出純青的爐火／把相思滲透到我的內心」，陶器取肉於土，但需經過爐火熬煉才能成形，一尊相思陶雖無火焰意象，卻在形體中飽含著熾熱的火焰。我們可以發現，李魁賢藉以隱喻內心熾熱的物象，都有一共同的特徵，也就是火與土的不可分割，如果「火」象徵詩人的熱情，那麼「土」就是象徵詩人的堅定，「火」與「土」的結合，代表著李魁賢的熱情已不是青少年期憑藉活力展現出的狂放四射的熱情，而是低調卻飽滿的熱

---

[18] 同註 16，p.186。
[19] 李魁賢：〈石頭山〉，《李魁賢詩集‧第四冊》，pp.63－64。
[20] 李魁賢：〈登七星山〉，《李魁賢詩集‧第三冊》，p.98。
[21] 李魁賢：〈相思陶〉，《李魁賢詩集‧第三冊》，pp.96－97。

情。李魁賢這種「火」與「土」的結合意象，陳玉玲稱為「地熱」，她說：「詩人眼中，地底蘊藏著無限的生命……地熱的內在性，使人不易察覺，卻經得起考驗」[22]，將詩人的熱情與對大地之愛相結合，是頗為獨到的見解。

再者，李魁賢常言內心的熾熱，而他也像一座火山，其內心的熾熱是隨時可能爆發的，例如在〈休火山〉[23]一詩中，便藉休火山的意象來做對自我深沉的闡露：

> 我可以沉默一百年／任人欣賞特立的獨型／任人敲擊開挖肆意作賤／任人砲轟演練毒辣的戰技／任人流彈四射沒有防備

> 沉默一百年後／人事純私語沒有公道／歷史白紙黑字的紀錄全部褪色／畫布上隨意調配我的色彩／地圖上根本把我滅跡

> 等到我把內心積壓的情緒／口吐真言向天空吐露／我不用琴弦伴奏／我不用翻辭典借字／因為我不是一座死火山

本詩藉休火山的獨白來連綴成詩，「我可以沉默一百年」，是因為遺世獨立，不隨流俗轉變意志，即使外界故做抨擊、醜化的動作，也無動於衷。但是，「孤獨」卻不減損內心的熱情，等到詩人「口吐真言」時，內心的熾熱將化作岩漿，燃燒大地。詩人在描繪自我形象時，總不忘提示內心熾熱，是飽滿的愛希望他如此，是孤獨的生存讓他不得不如此，詩人的人格品性禁得起迴旋反覆的思考，穩固且獨立的人格特質令人景仰與傾慕。

---

[22] 同註 16，p.188。

[23] 李魁賢：〈休火山〉，《李魁賢詩集・第二冊》，pp.134－135。

4、立場的堅持

　　李魁賢在詩的本質論中，總強調詩人要堅持立場，同樣地，在李魁賢的詩中，他也常會藉物象來表露他對立場的堅持。如〈植樹〉[24]一詩的末二節：

　　堅持我立足的土地／不願回到溫室／我的信心隨著太陽逐漸上升

　　只要太陽正直／在我頭頂上觀察／就會看到我堅挺的立姿／沒有一絲絲的黑影

　　「堅持我立足的土地」，詩人直接表露心跡，而「溫室」這吸引立場不堅定者的場所，他也不願回去。下句「我的信心隨著太陽逐漸上升」更將自我與太陽連結，他立場堅定的決心，由太陽來證明，當太陽在「頭頂上觀察」時，其「堅挺的立姿」就會自然展現。再來看〈芒草〉[25]：

　　芒草白白／搖擺一個秋天

　　打著旗語／告示／大地對／始終不肯／俯身相就的天空／只有讓田園荒蕪

　　然而／我在風中的姿勢／保持每次被壓制後／立即恢復／原有立場的堅持

　　我在廢耕地上／佔有生命實存的／原點／迎風向他／招示純情的　深情的／告白

24　李魁賢：〈植樹〉，《李魁賢詩集‧第三冊》，pp.41－42。
25　李魁賢：〈芒草〉，《李魁賢詩集‧第四冊》，pp.29－30。

　　我們看這首詩的第二節，詩人是明顯地藉芒草的物象抒情，是對芒草做即物性觀察後將詩人自身化為芒草而做的獨白，其言「我在風中的姿勢／保持每次被壓制後／立即恢復／原有立場的堅持」，很明顯地是堅持立場的人格特質的展現。李魁賢創作過許多芒草意象的詩作，楊四平甚至認為：「芒草在李魁賢的精神和詩歌裡，已成為一個在『惠』文學原型之外的又一個文學原型」[26]，何以如此呢？我們看李魁賢對「芒草」的觀察便可知，李魁賢在〈芒草的風姿〉一文開頭即談到：「芒草生命力強，隨處落地生根，在台灣不論高山或平地，到處可見，甚具土俗性」[27]，可見得，李魁賢喜愛芒草的「生命力」，而其生命力正展現於「立場的堅持」。李魁賢以芒草自詡，可看出他土生土長的台灣意識，也可以看出李魁賢對立場堅持的自我期許。

5、自我超越

　　在「自我超越」的部分，我們先看〈檳榔樹〉[28]一詩：

　　跟長頸鹿一樣／想探索雲層裏的自由星球／拼命長高

　　堅持一直的信念／無手無袖／單足獨立我的本土／風來也不會舞蹈搖擺

　　愛就像我的身長／無人可以比擬／我固定不動的立場／要讓他知道／我隨時在等待

---

[26] 楊四平：《中國新即物主義代表詩人李魁賢》，p.82。
[27] 李魁賢：〈芒草的風姿〉，《李魁賢文集・第柒冊》，p.94。
[28] 李魁賢：〈檳榔樹〉，《李魁賢詩集・第四冊》，pp.35－36。

> 我是厭倦游牧生活的長頸鹿／立在天地之間／成為綠色的
> 世紀化石／以累積的時間紋身／雕刻我一生／不朽的追求
> 歷程和紀錄

　　本詩創作於 1984 年李魁賢南下高雄舉行台灣省發明人協會理
監事會，在隔天清晨看到檳榔樹時受到感發而作。本詩第二、三節
中，「堅持一直的信念」、「單足獨立我的本土」、「我固定不動的立
場」，指的是李魁賢堅持立場的人格特質，而本詩首節「跟長頸鹿
一樣／想探索雲層裏的自由星球／拚命長高」及末節「不朽的追求
歷程和記錄」，則表明了李魁賢人格特質中不斷追求自我超越的立
場。事實上，在李魁賢的詩歌中，這種表明追求自我超越的想望，
他都用「鼓聲」來自我催促，不斷在詩歌中出現的「鼓聲」一詞，
已成了李魁賢詩歌創作的原型，鼓聲渾厚有力，猶如李魁賢的心
跳，彷彿在他的心中就有一面鼓，不斷地催促李魁賢完成自我超越
的追求歷程。在〈黃昏的意象〉[29]一詩中便說到「我聽見心中有一
面鼓」，而〈鼓聲〉[30]一詩第一節中也說：「鼓聲／不時在我心中出
現／有時是踩著有力的腳步／愈來愈近」，都直接將「鼓聲」與「心」
相連，鼓聲便在心中催促。末節二句「令人心慌的鼓聲／傳自偌大
天空的一面鼓」，更將這種自我超越的追求提升到更高的層次，因
為這渾厚有力，卻「愈來愈近」的鼓聲，已經讓李魁賢感到「心慌」
了，似乎害怕自己無法完全達到超越的任務，面對在心中催促自我
的鼓聲，竟也有心慌的感覺。由此也可反證李魁賢對超越的堅持，
絕不因無法達成而將這種自我催促的聲音從心中移除。所以李魁賢

---

[29] 李魁賢：〈黃昏的意象〉，《李魁賢詩集・第三冊》，pp.11－12。
[30] 李魁賢：〈鼓聲〉，《李魁賢詩集・第三冊》，pp.13－14。

還要「抓住鼓聲」，以「生命的雙手」來迎接勝利的到來。來看〈抓住鼓聲〉[31]一詩：

> 應該有鼓聲在背後催促，應該有鼓聲在兩岸吶喊，應該有鼓聲在水面上應和著雲層上隆隆的雷聲。

> 迎向前去，我的目標在遠方。我看到無限的遠景，在風中招手。我聽到無數的歡呼聲，在耳中鋪路。

> 我以脫韁躍出的姿勢，迎接未來歲月的驚濤駭浪。我以專注的眼神，集中全副生命的雙手，迎接逐漸臨近的輝煌。

> 我掌握著雷聲、風聲、勝利歡呼聲。我伸出手去，拔取就要出現在眼前的標旗。終於，終於，我抓住了一大片鼓聲。鼕鼕鼕鼕……

　　以散文詩的形式，描寫「在背後催促」的鼓聲不斷在耳邊迴盪，而渴望自我超越的個體，也不忘「迎向前去」，在這努力求取的過程中，鼓聲成了「歡呼聲」，也因此，在最末節自己終於「抓住了一大片鼓聲」，抓到了最後的勝利，個體的自我超越追求歷程得到最輝煌的結果。這首詩是李魁賢的自我人格剖白也是他期待實現的夢想，是一篇成功的散文詩。

　　李魁賢詩歌主題「自我剖白的子系統」討論至此，從這些詩歌中我們可以看到從少年期到成熟期李魁賢人格特質的轉變，也可從成熟期的詩歌中看到，李魁賢的人格品行已達到的層次，有人說，「愛」是貫串李魁賢詩歌的主題思想，除了有愛情、親情，以及鄉

---

[31] 李魁賢：〈抓住鼓聲〉，《李魁賢詩集・第三冊》，pp.225－226。

土之愛、大地之愛之外,李魁賢成熟期自我剖白的詩篇,是對自我
的生命之愛,只有完全認知到生命的存在,完全理解自我對生命的
熱愛,才能讓人格達到這樣的高度。

二、情愛探索的子系統

　　所謂「情愛探索的子系統」,是指李魁賢描繪男女情愛的情詩作
品,此處筆者將重點放在「愛情」方面。李魁賢的情詩在《枇杷樹》
時期都是寫給一位名叫「惠」的女子,是為特定某人而作,但這名
女子所帶給青年期李魁賢的浪漫綺思,使得李魁賢創作出了許多清
新優美的情詩,較著名者如〈枇杷樹蔭下〉、〈星子　打在枇杷葉上〉、
〈把昔日當口香糖嚼著〉、〈秋之午〉、〈未終曲〉等等,都以少女「惠」
為原型為母題來創作[32],大陸學者楊四平甚至認為《枇杷樹》可以「正
名」為《我與惠》[33],這些情詩雖然對象相同,但卻代表著李魁賢詩
歌作品的一個里程碑。該詩集脫離了《靈骨塔及其他》的灰暗感傷
色調,取而代之的是清新奇麗的想像,兩本詩集雖然創作時期相近,
但卻有著明顯不同的風格,代表當時仍處於混亂憂鬱的李魁賢終於
在世界中找到可以互相傾訴互相瞭解的愛侶,即使在《枇杷樹》詩
集中呈現出孤獨、憂鬱、寂寞的感受,都免不了沾染著熱戀的歡欣,
所以在《靈骨塔及其他》詩集中「靈性的」主人公,到了《枇杷樹》
中則將其靈性轉化為「特有的靈動感」,鄒建軍等就曾說:

---

[32] 楊四平:「李魁賢寫『惠』這個主題,至少有兩個層面的所指……換言之,
　　李魁賢在這裡已經試圖把愛情的對象上升到一種詩歌主題的原型。」同註
　　26,p.47。
[33] 同註26,p.47。

繼《靈》之後，1964 年葡萄園詩社出版了李魁賢的第二本詩
集《枇杷樹》這本詩集多是清新、樸實、真摯的愛情詩，整部
詩集基本上是為一個叫「惠」的女子所寫，是充滿了幸福和驚
喜感的一系列純真的想像，有一種少年人特有的靈動感。[34]

　　總而言之，在《枇杷樹》詩集中，李魁賢少年期的靈性未退，
並藉著對摯愛的熱情，營造出美麗靈動的詩篇。但必須注意的是，
李魁賢的情詩並不僅只在青年期熱戀的時候創作，在結為連理之
後，李魁賢也有多篇情詩問世，只是在描述男女情愛的作品在詩篇
中的比例明顯降低，而且內容也從情侶期的熱情宣洩，轉為夫妻間
的溫情表現，不論熱情與溫情，詩篇中都帶有濃厚的男女情愛之美。
以下，筆者將李魁賢在《枇杷樹》中的情侶熱戀期的情詩以「笑語」、
「眼淚」、「相思」、「熱戀」作概略的劃分，藉此來賞析李魁賢在該
情詩集中所欲表現的愛情之美。在其後以「相知相惜」與「一生一
世」將李魁賢對夫妻間的親情與溫情所書寫的情詩做概略的劃分，
希望可以將李魁賢詩歌中情愛探索主題的子系統作一全面的整理。

（一）情侶

　　所謂情侶期的情詩，泰半都集中在《枇杷樹》詩集中，從
詩篇中可以看出，李魁賢與「惠」正處於熱戀期，不僅「笑語」、
「眼淚」的意象不斷在詩篇中出現，且如〈熱浪　噢　熱浪〉、
〈含羞草〉等詩可見出男女之間的親暱動作，再加上在〈秋之
午〉一詩中有「我們絲絲的戀　在此地／飄盪著」的詩句，更

---

[34] 同註 8，p.107。

可證明兩人是有共識的相戀，所以此處的情詩筆者以「情侶」定名之。

1、笑語

在《枇杷樹》詩集的情詩作品中，「笑語」意象最深刻也最有名的詩作，便是〈星子　打在枇杷樹葉上〉[35]一詩：

> 遠方的渦狀星雲們／走過柵欄時／便忍不住要寂寞了
>
> 有一顆未命名的星子／一路擊破繁密的空濛／打在枇杷樹葉上──／哪　那是惠細碎的笑語
>
> 而我竟搖擺了起來／我連夢都沒有一個／僅能啜一口幽靈們喜歡的露
>
> 七月夜　什麼也沒有／只有惠的笑語……／有惠的笑語／一切便都有了……

正如上文所說，李魁賢《枇杷樹》的情詩創作時期與《靈骨塔及其他》創作時間相當接近，所以青少年多愁善感、無病呻吟的「寂寞」仍充斥詩篇，帶有陰森灰暗色調的詞彙如「幽靈」等仍時常出現，但熱戀時的情愫似乎使得一切都溫暖起來。一顆劃破天際的流星，在枇杷樹上如煙火般散開，這是「惠細碎的笑語」，浪漫主義與新印象主義的創作方法，使「惠」的「笑語」帶給李魁賢的感動得到最美麗的表達。該詩最後「有惠的笑語／一切便都有了……」更說明了熱戀中的青年是多麼地鍾情於對方。

---

[35] 李魁賢：〈星子　打在枇杷樹葉上〉，《李魁賢詩集・第六冊》，p.12。

2、眼淚

除了「笑語」之外，「眼淚」也是男女熱戀所不可或缺的「元素」，如果笑語意象呈現得最美麗的是〈星子　打在枇杷樹蔭下〉，那麼眼淚意象最美麗的呈現就是在〈枇杷樹蔭下〉[36]一詩了：

> 月的雲裳覆蓋／珍珠色的寂寞覆蓋／枇杷樹啊

> 在蔭下踱躞著／我的思念悠悠　且想著／會不會有一顆與惠同樣美麗名字的星子／掛在枇杷樹枝上　而我走過／正好跌落在我的懷裡

> 不安的夜色蔓延／而我竟步入陰影的重疊了／會不會就同在這個時候／惠在另一個地方也想著我／我聽說過／愛情喜歡吸吮眼淚／枇杷樹需不需要眼淚

> 七月的露很濃／夠裝滿一個池塘了／而在月的雲裳覆蓋下／枇杷樹數也數不完我珍珠色的寂寞

> 枇杷樹哪

本詩與前詩相同，「枇杷樹」與「星子」都存在著相同的指涉，胡靜在〈論李魁賢詩歌的抒情性〉一文中便曾說：「在李魁賢的心中，『枇杷樹』似乎有一種特別的意味，象徵著年輕、朦朧、柔美等。……在這些詩行中，『枇杷樹』——『我』，『星子』——『惠』形成多重意象的關聯與輻射，透視出『我』對『惠』朦朧真摯的情

---

[36] 李魁賢：〈枇杷樹蔭下〉，《李魁賢詩集・第六冊》，p.6。

懷」[37]。本詩的「我」形象依然，仍是寂寞獨行的人影，但一句「愛情喜歡吸吮眼淚」，也點明了李魁賢在熱戀中的激情面，「夠裝滿一個池塘」的不是「七月的露」，正是這對熱戀男女的眼淚。在〈把昔日當口香糖嚼著〉[38]一詩中也有著相同的眼淚意象，該詩第一段先說「斑鳩的祭司跋涉過很多很多／山嶺和邃谷／到達南方的海濱／盡情地哭了一個晚上／又一個晚上……」，一個晚上又一個晚上的哭泣，是相思所釀成的淚，而該詩末節說：

> 終於　初申時分　雨來了
> 雨　像惠的眼淚　落在我的心上
> 落在我的心上
> 總是簌簌不斷地……

雨一來，就想到「惠的眼淚」，可見得當時的李魁賢與惠這對熱戀的男女，的確是讓「眼淚」為戀情加溫的效果發揮得「淋漓盡致」。

3、相思

在〈枇杷樹蔭下〉第二節中，獨行的「我」正「在蔭下踱躞著／我的思念悠悠　且想著／會不會有一顆與惠同樣美麗名字的星子／掛在枇杷樹枝上　而我走過／正好跌落在我的懷裡」，而第三節中也說到「不安的夜色蔓延／而我竟步入蔭影的重疊了／會不會就同在這個時候／惠在另一個地方也想著我」，濃厚的相思之情充斥其間，也正是相思之情營造了整個情境，使得枇杷樹蔭下成了最佳的

---

[37] 胡靜：〈論李魁賢詩歌的抒情性〉，《笠》，227 期（2002 年 2 月），p.95。
[38] 李魁賢：〈把昔日當口香糖嚼著〉，《李魁賢詩集‧第六冊》，p.14。

相思之所。其實，熱戀中男女一旦分別，即使只是短暫的時間，相思也可能成為生活的全部。也的確，在李魁賢的情詩集《枇杷樹》中，相思之情幾乎滿溢詩集，每一首詩都沾染了「相思」的意味。例如〈向霧中〉[39]一詩：「果真　我是走向霧中的嗎／／當昏弱的星星隱去時／台北橋上的夜　更覺深沉了／而是否　妳亦將從我的心中隱去？／／徘徊在橋端　我在思索／這霧的粘度　相思的密度／以及澀澀的紅茶葉……／／噢噢　霧濃起來了」，同樣是在寂寞獨行的主角，用橋上的霧做為相思的具體形象，在整個深沉昏暗的氛圍中，相思如霧更加使人迷惘。再看〈無人依靠的喬木〉[40]一詩：

黃昏　獨自走過／拱形的石橋　走過池塘／走過無人依靠的喬木

薔薇花們都已枯萎了／等不到漂流的弦月船／等不到使愛人心跳的歌

季節是過去了／長長的音符們與幽靈／依在石橋上　爭論著／關於明日種種／關於季候風／以及黑色的吻種種

嗅著一朵枯薔薇／踱過去　又踱過來／哪　我竟走向無人依靠的喬木

　　同樣是寂寞獨行的「我」的形象，也同樣使用與《靈骨塔及其他》詩集中相同的陰冷意象如「黃昏」、「幽靈」、「黑色的吻」、「枯薔薇」等等，而在徘徊踱步之後，只能走向「無人依靠的喬木」，一種不見愛人的孤單落寞，相思雖不見於字面，卻在「等不到」的

---

[39] 李魁賢：〈向霧中〉，《李魁賢詩集·第六冊》，p.90。
[40] 李魁賢：〈無人依靠的喬木〉，《李魁賢詩集·第六冊》，p.16。

等待中展現。而另一首〈未終曲〉[41]則以音樂性的形式來展現對「惠」
的思念之情：

<pre>
    惠！   枇杷樹
惠！   雨下枇杷樹
    惠！   大寂寞的枇杷樹

透過稀薄的枝葉
透過妳稀薄的心
枇杷樹
無人依偎的枇杷樹啊

醒來的死魚目
乏力地
凝視著輕輕飄下來的鷗羽

    惠！   枇
惠！   杷
我的惠！   樹

        我是那樹
        立著   為了寂寞
        倒下   為了寂寞
</pre>

「寂寞」且「無人依偎」的「枇杷樹」——李魁賢自己，不斷地
在心中呼喊著「惠」的名字，孤單的自己只能在醒時張開「死魚目」，
「乏力地」繼續等待，而末節「我是那樹／立著　為了寂寞／倒下　為
了寂寞」，也說明了不管是生命的延續（立著）與終結（倒下），都不

---

[41] 李魁賢：〈未終曲〉，《李魁賢詩集・第六冊》，pp.74－75。

及因為惠的短暫離開所造成的孤獨寂寞感，整首詩篇所表達的相思之情透過篇章結構的巧思而以音樂形式呈現，在寂寞中仍難掩靈動的本性，是一首難得的佳作。再如〈五月是什麼樣的季節〉[42]一詩：

> 五月是什麼樣的季節啊／在被遺忘的年代裡／裊裊上昇著／自含露的荷葉上／自甦醒的枇杷樹頂蓋上
>
> （惠　妳看得出／　五月是什麼樣的季節不）／此刻　蒼鷹／自我窗外的藍空嬝嬝上昇／呼嘯著愛爬山的太陽／呼嘯著好奇地俯視我小室的／雲朵
>
> 很多被遺忘的往事／瞬間又被憶起／
> 薔薇啦　小舟啦　枇杷樹啦／鼓著肚皮的年代／
> 哼未終曲　相思著妳／　　——惠　我的惠……
>
> 五月　就是這樣令人感動的季節

　　這首詩不同於前幾首情詩之處，是在於已少了多愁善感的寂寞獨行的形象，而醉心於五月燦爛的季節景色中，在「藍空」、「太陽」、「雲朵」及「荷葉」、「蒼鷹」、「薔薇」、「小舟」、「枇杷樹」等可愛景象的環繞之下，只希望愛人能在身旁一同欣賞美景的心情呼之欲出。第二節的「（惠　妳看得出／五月是什麼樣的季節不）」及第三節「哼未終曲　相思著妳／　　——惠　我的惠……」更是讓相思之情溢於言表，逕點出「相思著妳」而不損及整首詩篇所營造的思念情緒及藝術效果。

---

[42] 李魁賢：〈五月是什麼樣的季節〉，《李魁賢詩集・第六冊》，pp.76-77。

4、親密接觸

所謂「親密接觸」，是指可以見到情侶雙方互相調情、親密接觸的形象的詩篇，筆者認為親密接觸的描寫以〈含羞草〉及〈中秋〉兩首詩為最佳。先看〈含羞草〉[43]一詩：

> 以清純的冷冽觸及你／及妳隨意肌組成的葉臂
>
> 那麼羞態的閉合／那麼垂垂的／且不時地用橄欖色的眼神瞟著／瞟著欲雨的／秋空

以「含羞草」遇到觸撫就會「閉合」的生物特質，來形容熱戀期間男女肌膚接觸的親密動作，再以「那麼羞態的閉合」來形容「惠」的矜持含蓄，一種簡單的含羞草形象，寫盡了親密接觸所帶給情侶間的感動。再如〈中秋〉[44]末三節：

> 冷冷的是無語的鐵欄杆／依傍小立／惠的手，溫暖如三月的春
>
> 遠山深黛　天上瀉下金色的瀑布／一池波光　映著惠的面龐
>
> 沉甸甸的靜／只有惠的細語／在夜空中／清越／如琴音

和〈含羞草〉一詩相同，都是以愛侶間的親密動作為主要描寫對象，在清涼的秋夜中，「惠的手，溫暖如三月的春」，從女方的手傳遞到男方的手這一股暖流，只有親密的愛侶才感受得到。從聲調色彩來看李魁賢所營造的情詩氣氛，情侶在約會中端詳對方的臉龐、傾聽對方的聲音、觸撫對方的小手，簡單

---

[43] 李魁賢：〈含羞草〉，《李魁賢詩集・第六冊》，p.125。

[44] 李魁賢：〈中秋〉，《李魁賢詩集・第五冊》（台北：行政院文化建設委員會，2001），pp.164－165。

的動作與畫面就可以讓自己感動許久，而這也只有熱戀中的愛侶可以感受了。

（二）夫妻

接下來筆者以從夫妻生活紀錄及感情抒發取材的情詩為討論對象，將情詩的討論由熱情與激情轉入親情與溫情，並以「相知相惜」及「一生一世」兩主題作為劃分依據。

1、相知相惜

所謂「相知相惜」，是夫妻兩人經過長時間的相處，彼此之間不但培養出深厚的感情與默契，彼此理解與融合，而更加珍惜對方的溫情。我們看〈惜情〉[45]一詩：

> 留給妳的天空
> 沒有財產　沒有金錢
> 沒有股票　沒有名分
> 沒有地位　沒有冬夏
>
> 留給妳的大地
> 只有詩情　只有花木
> 只有色彩　只有旋律
> 只有記憶　只有春秋

詩人明白地承認，沒有留下物質給對方，但卻能夠留下情感給對方，「詩情」、「花木」、「色彩」、「旋律」與「記憶」等等都是曾

---

[45] 李魁賢：〈溫情〉，《李魁賢詩集・第一冊》，p.191。

經令對方快樂且可永留心中的回憶。而詩人可以如此自承，對方也
必須是重情感而不重物質的人，詩人才能深情款款地寫下這首詩，
兩人之間「相知相惜」之情溢於言表。這首詩中較為特殊之處，是
「留給妳的天空⋯⋯沒有冬夏」,「留給妳的大地⋯⋯只有春秋」,
將四季做一截然劃分，其實立意由冬夏與春秋兩者對感情溫度的隱
喻聯想便可探知，冬夏的感情是強烈的，春秋的感情是溫和的，兩
人攜手至今，熱情早已化為溫情，但詩人瞭解，只有溫情長存才是
夫妻雙方得以相知相惜的主要原因，所以特別在詩中嵌入這種特別
的季節意象。

2、一生一世

所謂「一生一世」,是指李魁賢在詩中有明確的「一生一世」
的承諾的詩篇，當然這並非是青年人熱戀時期的激情表現，而是夫
妻在長久相處後認定對方而希求與對方一生相守的溫情展現。例如
〈手相〉[46]一詩，其首節「從他的掌紋裏／看到自己／一生一世命
運的原點／⋯⋯」及末節「好像種植相思樹／在河岸／不厭煩地／
映照重疊的影子／一生一世」,都明確且重複地提到「一生一世」
的字眼，該詩創作於 1984 年，李魁賢已年近半百，自然不是青年
人不負責任的承諾，而將「一生一世」的字眼鑲嵌在詩句中，更突
顯出詩篇所欲表達的真情實意。〈白髮癬〉[47]一詩其背後的意蘊更
加深厚：

> 只要你堅定不移地／佔有世界上受鍾愛的角隅／我便同樣
> 堅定不移地／依附在你石質堅持的表面

---

[46] 李魁賢：〈手相〉,《李魁賢詩集‧第四冊》, pp.15－16。
[47] 李魁賢：〈白髮癬〉,《李魁賢詩集‧第三冊》, pp.99－100。

在你火成岩的內層／永遠有暗中輻射的熱情／我青苔地衣
廣被你外表的冷峻／靠著你冷中的熱展現我的生機

即使我漸漸化成白髮癬／仍然緊緊和你結合一起／不分晝
夜　無論晴雨／即使作為你的裝飾也無妨

　　詩中「堅定不移」是夫妻的默契，而「我」即使從「青苔」化
為「白髮癬」，也仍然要「緊緊和妳結合在一起」，這是多麼深厚真
摯的愛情。而筆者何以言這首〈白髮癬〉有更深厚的意蘊？因為李
魁賢曾在《詩的紀念冊》中寫下這首詩的寫作緣起與過程，是在夫
妻相約爬山時見到白髮癬而寫下，當時李魁賢的心境，便完全表露
在這篇散文中，茲摘錄如下：

　　我們只說要爬山，就真的去爬山，也沒有約誰，也沒有跟
　　誰，好像每次行動就是妳和我，這是自然的事。……妳我
　　決定共同走人生道路時，好像毫無任何顧忌，但旅途崎嶇
　　坎坷，免不了時常齟齬。我似乎有些神經過細，老是擔心
　　萬一我有什麼意外，如何使妳和孩子能在生活上無虞匱
　　乏，又因生財無力，儘管已盡力而為，事業上卻無甚大作
　　為，因此常略顯寒愴。我又抱定交給小孩節儉的習慣，不
　　免令妳感到手頭拮据。生活上許多想法的出入，加上工作
　　上事倍功半，終於使我逐漸失去耐性。但我一直以不使妳
　　和孩子替家庭有任何擔心為志，遇到挫折也不輕易透露，
　　因為妳不會理解那種戰敗或成為俘虜的心情，甚至我被朋
　　友拖累到不得不變賣集郵應急的時候，也不敢讓妳知道真
　　相。然而，應該甘苦同當的理念，卻漸漸變成自己承受的
　　獨行，真覺得寂寞萬分。工作上沉重的負擔，使我失去對

妳說討好的話。我想負起我份內的責任,是我的義務,相
對地,妳負起妳份內的責任,也是妳的義務。我有時講幾
句中聽的話,就可以使妳感動很久,但我竟然吝於說好聽
的話。……過了中年,常常覺得是在下山歸途中,看過的風
景已不再引起驚奇,而上山慢,下山卻很快,我希望能和妳
一道慢慢走,雖然風景已看過,但我們可以談談生活上共同
的經驗,回味一下在記憶中逐漸消失的甘苦。最近常想,如
果我們步伐不諧,妳先走一步,我將如何?或者我先走一
步,妳將如何?我們的人生又無法割捨,讓我們慢慢走吧,
秋高氣爽好登山,風雨如晦不是更能體驗人生嗎?[48]

　　該文中寫下對妻子告白的話,有疼愛有包容,最後說到目前處
於生命的「下山途中」,只希望能和對方「一道慢慢走」,也道盡了
夫妻間一生一世的承諾在具體呈現中所散發出的溫情。

　　李魁賢的情詩作品,從少年到中年都有創作,後期的愛情詩篇
明顯比例明顯減少的原因,與李魁賢試圖將視角伸向社會,而較少
觸及自身的描繪的改變有關,但不論是情侶的熱情及夫妻的溫情,
李魁賢的情詩都讓人百讀不厭,堪稱現代詩中十分優秀的作品。

三、生命體認的子系統

　　所謂生命體認的子系統,其不同於自我剖白的子系統之自我形
象的描繪、自我心理與思想的抒發,乃是在李魁賢詩作中,針對「生

---

[48] 李魁賢:〈詩的紀念冊　五、白髮癖〉,《李魁賢文集・第貳冊》,pp.21－24。

命」所做出的哲理式抒情。其內容在闡述李魁賢對「生命」意義的理解、生命價值的發揮、生死問題的思考，以形象思維來呈現複雜的生命問題，是李魁賢詩歌的一大特色。今將李魁賢的生命體認的子系統粗分為「生之體認」與「死之體認」，來整理李魁賢生命體認主題的詩歌。

（一）生之體認

正如李魁賢在〈生命的詩〉[49]一詩中所說：「任誰／對生命都有無限的期待／但在渾沌中／任誰都不知道／生命會形成怎麼樣的面貌」，每個人對生命意義都有自己的體認與解釋，身為一位感覺敏銳的詩人，對「生命」自然有其更為深入的探索。而所謂「生之體認」，便是將李魁賢詩歌中對生命意義的探討及生命規律的理解做整理，其對「生命」的理解分為「生命的奮進」、「自然的規律」、「生命的流轉」三個層面來探討，茲分述如下。

1、生命的奮進

在李魁賢的詩篇中，我們可以看到李魁賢對生命的態度不僅是積極的，甚至可以說是「奮進的」，要將生命的價值發揮到極致，即使是「最後的衝刺」，也要有完美的呈現才能甘願。李魁賢的名詩〈陀螺的人生〉[50]便表明了自己的生命必須奮鬥與燃燒的必要性：

---

[49]　李魁賢：〈生命的詩〉，《李魁賢詩集・第一冊》，pp.257－258。
[50]　李魁賢：〈陀螺的人生〉，《李魁賢詩集・第三冊》，pp.227－228。

從著地的一剎那，我便開始打算，不休止地，直到倒下為止。我的生命便是在流轉的歲月中揮霍。

我在打轉中才能存在，我在打轉中才能顯示生命的意義。然而，我必須在大地上才能虎虎地旋轉，我必須在細索從我身上解開時，才生機活潑地轉動。

我始終自主地立足在大地上，我始終堅持擺脫一切束困後，才肯表現我旺盛能量的魅力。

這是我陀螺的人生，在眾目睽睽下，展現我落地就自強不息的過程，在天空底下，獨腳而立的雄姿。

　　本詩是一首散文詩，以陀螺的自白為主軸，將陀螺從脫離線的束縛、落地、打轉、直到倒下的過程喻為「陀螺的人生」。以陀螺意象隱喻人生雖然並不算新穎，但此詩卻藉由獨白的方式使人耳目一新。本詩第一節便表明了生命必須奮鬥到最後一刻的用心──「從著地的一剎那，我便開始打算，不休止地，直到倒下為止」，完完全全是李魁賢生命的奮進觀。第二節「我在打轉中才能存在，我在打轉中才能顯示生命的意義」，即表明「生命的意義」必須在個體的行為中才能完成。第三節更進一步表明，這種奮進的個體行為，能展現「旺盛能量的魅力」，生命意義因此呈現美感高度。第四節「落地就自強不息」形容的是陀螺，也是李魁賢自己。李魁賢在〈生命在曠野中呼叫〉及〈陀螺人生〉兩首詩中表現了其對生命的重視，不論是化成「匕首」做「最後衝刺」的「他」，或是「獨腳而立」的陀螺，其呈現的「自強不息」的生命奮進觀，都使李魁賢生命主題的詩歌達到不同的境界。

2、自然的規律

　　在李魁賢的某些詩篇中，我們似乎看到李魁賢在傷嘆青春已然不再的事實。在〈落髮〉[51]一詩第一節中可以看到這樣的詩句：「落髮後／頻頻回顧鏡中離我斷然而去的青絲／陪伴過不知什麼滋味的青春」，對青春「頻頻回顧」，似乎是不肯接受年老的現實。但傷嘆時光流逝一般人尚且難逃，更何況是感覺敏銳的詩人呢？而李魁賢雖然有極少數感嘆「青春不再」的詩篇，但我們知道，李魁賢對生命是尊重的，對自然的規律當然也能接受，對此，我們只要看〈春不老〉[52]一詩便可知：

> 春來春不老／春去春不老
>
> 以罕見謙虛的名字／以不顯眼的花蕾／展示自然的友善
>
> 春不老在四季保持青春／究竟是符合了自然的韻律／還是超越了季節的極限
>
> 人老去更順其自然吧／即使如此　還是謙虛活著／綻開隱密的花朵／暗中羨慶春不老／無視春來春去

　　以常綠喬木春不老為題材，起首一節表明春不老可以無視自然的規律「春來春去都不老」，並在末二句「暗中羨慶春不老／無視春來春去」中表明對春不老的羨慕之情，所以，我們從詩句表面上看，本詩似乎無法證明李魁賢重視自然規律的生命態度，但事實

---

[51] 李魁賢：〈落髮〉，《李魁賢詩集・第一冊》，p.244。

[52] 李魁賢：〈春不老〉，《李魁賢詩集・第一冊》，pp.213－214。

上，李魁賢曾撰〈春不老〉一文，文中便抒發了李魁賢對生命自然規律的尊重，他說：

> 由自然界的生態，回顧人的條件，其實人的生存同樣要受到生老病死的自然規律，就像春夏秋冬的季節輪替一樣。人會老是自然現象，正如花開花謝，要求青春不老其實是不可能的事，因為違反自然規律。人出生，就會長大，然後老去，不能對抗自然，所以要謙虛活著，不要抱著「人定勝天」的狂妄態度，人同樣要學習與自然和諧相處，不能妄想肆意破壞自然，改造自然，否則反而是人自己會身受其害。[53]

一種瞭解人類生存的自然韻律的生命體認於此已完全展露，也正是這樣的生命態度，使得李魁賢在有限的生命中，不斷努力，在「鼓聲」催促中追求自我超越，在「陀螺人生」中奮力打轉，都是為了活出生命價值的行為。

（二）死之體認

所謂「死之體認」，簡單地說，就是個體對「死亡」的認知與態度，只要是對李魁賢有初步認識的人都知道，他在年輕時曾創作出優秀的關於死亡的認知的作品——〈秋與死之憶〉三首。我們來看〈秋與死之憶　之二〉[54]：

---

53 李魁賢：〈春不老〉，《李魁賢文集・第壹冊》，p.360。
54 李魁賢：〈秋與死之憶　之二〉，《李魁賢文集・第六冊》，pp.41－42。

有一種很微弱的聲音，甚至聽不出它的聲音的；但我感覺到它。我能用嗅覺聞到，用觸覺觸及。那是屬於死的。

死，只是像細菌那樣的微體罷了。他在我的神經裡徜徉著，在我的血液裡泅泳著。

當剛剛一場急雨過後，我注視這些特別翠綠起來了的樹。它們葉綠素中間都包含百分之幾的死；而死，使它們生長得多麼愉快啊！

這種聽不出聲音來的聲音也使我娛樂，他們多麼富有個性啊！這些死！

喲！在我的眼眶裡吸什麼淚水喲！妳把夜都嚼去了許多。甚至，我在讀里爾克的馬爾特記事冊裡，死啊！蒙住我的眼睛玩什麼捉迷藏喲！

　　李魁賢在本詩中將「死」具象化，雖然沒有具體形象，但是卻是具有實體之物，是可以聞到、可以觸摸到的、可以被個體所感知之物。第二節更進一步，說到「死」就像細菌，在李魁賢的「神經裡徜徉」、「血液裡泅泳」，人與血液同在，在此也就與「死」同在，死在生之中，將此詩提升到了另一哲學高度。而第三節中，「死」在葉綠素中，也同樣是供給生命養分，更是將「死」化為「生」，甚至「生長的多麼愉快」。統觀此詩，「死」這一與「生」相對的概念，在李魁賢哲學思考中已合而為一，「死」與「生」同在，也使「生」更為愉快，死亡已不再令人害怕，而該是令人愉悅的了。這正是李魁賢的「死之體認」，在〈為了確

認內心的真實〉[55]第二節中，李魁賢也融入了同樣的對待死亡的態度：

> 為了確認內心的真實
> 向晶藍的天空袒露
> 在嘩然的雨中淋著
> 感覺神聖的美
> 感覺震顫的痙攣
> 感覺快樂的死亡的影子

「快樂的死亡的影子」，正是李魁賢對待死亡的態度，「不知生，焉知死？」在此已成了「已知死，更知生」了。正是這樣的「死之體認」，李魁賢〈秋與死之憶　之三〉[56]便將「死」摺疊起來，帶著一起去旅行了，我們看此詩前二節：

> 多麼使人安慰的一件事啊！倘若，死，也像百葉窗那樣可以自由地折疊起來。

> 那樣，我們可以任意地去旅行了。我們不會受到無重量感的空間的壓力，我們把他摺疊起來，作成任何可愛的形狀。

充滿個性、活潑、自由，也帶給生命養分的「死」的形象，充滿在李魁賢的〈秋與死之憶〉中，而這種「死之體認」也讓李魁賢的生命更加的豐富，更加的有價值。

---

[55] 李魁賢：〈為了確認內心的真實〉，《李魁賢詩集・第五冊》，p.41。
[56] 李魁賢：〈秋與死之憶　之三〉，《李魁賢文集・第六冊》，p.43。

貳、社會集體意識主題系統──大我抒情

　　不同於個體意識主題系統是屬於小我抒情的層面，在社會
集體意識主題系統中，李魁賢為「大我」創作，所謂「大我抒
情」，是指詩歌主題可能為社會上的某人而作（如〈清晨一男
子〉）、可能為某階層人而作（如〈雨夜花〉）、可能為人民而作（如
〈鸚鵡〉）、也可能為台灣而作（如〈百年胎記〉），甚至可能為全
世界而作（如〈祈禱〉）的詩篇。以下，將李魁賢詩歌中社會集
體意識的主題系統區分為「鄉土熱愛的子系統」、「社會省視的子
系統」、「政治批判的子系統」、「世界旅思的子系統」四大子系
統，希望能藉此將李魁賢的「大我抒情」詩作做一清晰的整理
與耙梳。

一、鄉土熱愛的子系統

　　李魁賢詩歌以「鄉土」為詩歌主題者大致可以再劃分為兩個部
分，第一是李魁賢小時候居住的淡水鄉下，李魁賢稱之為「小故
鄉」，第二部分則是「台灣」本土，李魁賢稱之為「大故鄉」[57]。

---

[57] 李魁賢曾說：「淡水可以說是作者的小故鄉，其實就是大故鄉台灣的一
　　部份，一個縮影。」李魁賢：〈在淡水聽海〉，《李魁賢文集・第壹冊》，
　　p.210。

（一）淡水之愛

　　李魁賢小時候因為戰爭疏散到鄉下，所以三、四歲就到淡水與祖父母同住，對淡水自然懷抱著濃厚的故鄉之情。李魁賢身為淡水知名作家，曾在 1983 年應台灣省教育廳之邀，撰寫為兒童介紹淡水的文章，李魁賢撰成〈淡水是風景的故鄉〉一文，本文以散文的形式，以李魁賢帶全家到淡水出遊為主軸連綴成篇，文章開頭以「爸爸」不明說要帶兩位子女去哪裡玩為起首，而引至「我們的故鄉」——淡水，我們看〈淡水是風景的故鄉〉一文開頭的幾段文字：

> 李斯棻和李斯棐姊弟倆人一清早就醒了。他們倆今天心情特別興奮，因為爸爸昨晚心血來潮，宣布說明日週末要帶全家去郊遊而且要在外面住一夜，但是地方要保密。大家猜了半天，爸爸還是故作神秘，不肯透露。後來拗不過大家，才說：「回淡水故鄉啊！」
>
> 「誰的故鄉呀？」斯棻和斯棐幾乎異口同聲的說。
>
> 「我們的故鄉啊！」爸爸說。
>
> 其實，斯棻和斯棐是在台北市出生和長大，雖然小時候也到過淡水，但在他們心目中，台北市才是他們的故鄉，他們不明白為甚麼爸爸老是把淡水當作故鄉懷念不已。[58]

58　李魁賢：〈淡水是風景的故鄉〉，《李魁賢文集・第壹冊》，p.179。

短短幾段文字，就寫盡了李魁賢對淡水的故鄉之情。堅持淡水是「我們的故鄉」，看在李魁賢子女眼中似乎不合理，但是李魁賢對淡水的愛卻表露無遺。我們先來看〈故鄉〉[59]一詩：

> 每次出遠門之前／早準備著以什麼樣的姿態回來
>
> 要是在空中失散了／就變成一片楓葉飄盪回到故鄉／故鄉有濕潤的泥土
>
> 要是在海裡沉沒了／就變成一尾香魚浪游回到故鄉／故鄉有潺潺的溪流
>
> 每次平添幾絲白髮回來／又開始計算著什麼時候適合遠行

故鄉是有「泥土」有「溪流」的溫暖濕潤的地方，即使一次又一次「出遠門」去看外面的世界，遇到挫折，「失散了」、「沉沒了」，但故鄉永遠是避風港、充電站，是落葉歸根的所在。李魁賢在台北工作並卓有成就之後，他又選擇回到淡水定居，在〈在淡水聽海〉一文中，李魁賢寫下回淡水定居及選擇淡水海邊為居住地的原因與心情：

> 作者小時候在淡水鄉下長大，中學畢業後，到台北市升學和就業，一住將近半世紀，動了返鄉念頭，一九九七年就在三芝與淡水交界處購買了鄉間別宅，假日在此度著清靜悠閒的日子。……作者雖然是在農村田園長大，習於山林的沉靜，但長大卻也喜歡海，喜歡海的豪邁，可是不諳水性，想親近海，往往只能靜觀。……淡水是作者的故鄉，作者最喜歡淡水海邊，除了北海岸曲折多變化的特點，有突兀的岩礁、白色的

---

[59] 李魁賢：〈故鄉〉，《李魁賢詩集・第四冊》，p.184。

沙灘等等美景外，主要是一種故鄉情感的臍帶連繫。這種對故
鄉土親人親的情誼，擴大就成為對台灣的愛。淡水可以說是作
者的小故鄉，其實就是大故鄉台灣的一部份，一個縮影。[60]

「一種對故鄉情感的臍帶連繫」一語將李魁賢與淡水緊緊牽繫
在一起，而後更把對淡水的故鄉之愛擴大為對台灣的鄉土之愛，將
台灣視為「大故鄉」，從小愛到大愛，也可見到李魁賢並不自我侷
限的格局。李魁賢從不隱藏對鄉土的熱情，對鄉土的熱情更明顯地
表現在他的「台灣之愛」的詩篇。

（二）台灣之愛

李魁賢以對台灣的熱愛為主題的詩作非常多。此於本書序中已
多舉詩例說明。在上文中曾提及李魁賢〈故鄉〉一詩，李魁賢用以
形容其對淡水故鄉的熱愛，但是若將故鄉意義放大，台灣也正是李
魁賢的「故鄉」。更進一層看，為了落腳於台灣，李魁賢以其對台
灣的熱愛，要付出一己之心力為台灣故鄉打下堅實的基礎。我們看
〈港邊〉一詩：

> 在夜裡窺視我們的眼睛／怎麼漸漸往港口移動？
>
> 啊，不，那是桅上的燈／成隊的漁夫正要動身／到海上去收
> 穫魚蝦
>
> 但是，那一艘是我們的船／帶著我們遨遊四方／走遍夢土上
> 的勝跡？

---

[60] 同註 57，pp.208－210。

啊，不，我要像這些海防的樹／像我們並坐的岸石／在此送妳
單獨遠適異域／在此迎接你倦心歸來／共同奠基我們的鄉土

我們有無限自由的天涯／供我們磨練意志／高唱我們愛情
的心聲／啊，不，我深切知道／就像我們共同低吟的民謠／
無論流傳世界上哪個角落／總不如在故鄉歌唱生動

李魁賢這首〈港邊〉詩是一首送別詩，在送一位女性朋友離開台
灣遠適異域之時，告訴友人，「我」將一直「在此迎接你倦心歸來／共
同奠基我們的鄉土」，充分表現了李魁賢反哺台灣的決心。李魁賢在
〈詩的紀念冊　一、港邊〉一文中曾寫下這首詩的創作背景，以抒情
散文的形式，李魁賢對友人「妳」的關心及對台灣的熱愛，表露無遺：

妳並不願離開台灣，但妳有不得不捨己遷就的理由，而且盡
量拖延了三年，也有不得不放棄繼續拖延的打算。妳要離走，
反而更加強了我要堅持鎮定的決心，那晚，我莫名地興起一
股使命感，「沒有我，台灣怎麼辦？」。[61]

「妳要離走，反而更加強了我要堅持鎮定的決心」、「沒有我，台
灣怎麼辦？」等等語句，都表現了李魁賢對台灣土地的熱愛及使命感。
再以〈國際機場〉這首李魁賢的長詩為例，李魁賢以在國際機
場巧遇老朋友台生的故事為詩歌敘述架構，並以此說出李魁賢以中
小企業家的身份在台灣經濟起飛時所做的努力，我們來看〈國際機
場〉一詩的末節：

讓發明家作先鋒　在太平洋不沉的航空母艦上
吹響號角　發射晨曦的光芒

---

[61] 李魁賢：〈詩的紀念冊　一、港邊〉，《李魁賢文集・第貳冊》，pp.6－8。

台生　我們都從挫折中站起來

貢獻出我們的心力　不管多微弱

盡了力　便是我們履行的天職

讓發明家創造　企業家生產　貿易商行銷

新產品　是我們生存的命脈

在國際上揚威而能受人禮遇的憑藉

是的　我們要齊步走　故鄉的呼聲

發音在我們心房的磁盤上

像不能化解的蠱　像養鴿子的苦澀茶水

無論走到地球上的任何角落總要回頭

我們就結伴往東飛

東方是日出之地　要夸父一般

讓我們來創造二十世紀的神話

在蓬萊之島　堅韌勝過耐寒的松柏

　　陳義芝在〈李魁賢詩中的現代性〉一文中評此段詩道：「〈國際機場〉，反應一九七〇年代台灣經濟起飛中小企業家奔波奮進的實況與心情，詩中的敘述者在人流穿梭的國際機場巧遇當年同事，回顧，瞻望，『東方是日出之地』，『讓我們來創造二十世紀的神話』，滄桑中有難掩的自豪，對家園的信念」[62]，李魁賢作為台灣經濟起飛期往返世界各地的發明家、企業家，在工作的過程中希望台灣能在自己付出心力的同時得到成長，更可顯出李魁賢以實際行動來實踐對台灣的熱愛之情。

---

[62] 陳義芝：〈李魁賢詩中的現代性〉，pp.7－8。發表於 2002 年「李魁賢文學國際學術研討會」。

　　李魁賢對台灣的使命感最熱切的表現，完成在李魁賢的名詩——〈留鳥〉[63]：

　　我的朋友還在監獄裡

　　不學候鳥／追求自由的季節／尋找適應的新生地／寧願／反哺軟弱的鄉土

　　我的朋友還在監獄裡

　　斂翅成為失語症的留鳥／放棄語言　也／放棄海拔的記憶　也／放棄隨風飄舉的訓練／寧願／反芻鄉土的軟弱

　　我的朋友還在監獄裡

　　本詩將「留鳥」的即物性觀察嵌入詩中，而以「候鳥」來作為對比，「不學候鳥」順從生物趨樂避苦的本性，「寧願／反哺鄉土的軟弱」，表現出對鄉土熱愛心理需求已凌駕於生理需求之上，成全了認同台灣的留鳥的心願。楊四平曾說：「李魁賢是土生土長的『台灣人』，堅守本土意識，抵抗迴避現實的鄉愁，直面現實，進行即物，在一切異化面前，勇於反抗，勇於挑戰，是李魁賢這只台灣留鳥的生命意識和詩歌追求」[64]，更是確論。

　　但李魁賢對台灣鄉土的熱愛除了表現在其認同台灣本土並願意永留台灣為台灣付出心力的決心之外，他是希望台灣能夠正式在「法理上獨立」的，他認為只有在台灣獨立並獲得國際承認後才算是擁有自己的「國格」。為此，他參與「建國黨」的籌組，並抨擊

---

[63] 李魁賢：〈留鳥〉，《李魁賢詩集・第四冊》，pp.149－150。

[64] 同註26，p.184。

發言反對「建國黨」籌組的「民進黨」是政治上的「倒退」行為，
甚至，在《千禧年詩集》中，李魁賢創作隱喻「台灣獨立」的詩篇
非常之多，如〈神說世界要有光〉[65]一詩第二節：

> 期待著你產聲的時候
> 我更早就祈禱著國家的產聲
> 我期待著你第一眼看見世界的時候
> 就自然看見了光那樣
> 台灣出生的時候
> 是人人可以睜開眼睛
> 看見真正陽光普照的島國誕生

　　從「我更早就祈禱著國家的產聲」及希望「看到真正陽光普照
的島國誕生」，李魁賢對台灣獨立的期盼不言可喻。再如〈你用哭
聲表示你的存在〉[66]一詩第三節也寫下：

> 你心裡要有準備
> 台灣有一天也要用哭聲表示國家的存在
> 因為周圍同樣有難以抵擋的危機
> 比狐更為兇惡的豺狼的眼睛
> 當台灣向這個世界宣告的時候
> 竟然也要用哭聲向世界招呼
> 但不管風雲如何變幻
> 台灣千萬族人同樣會用歡笑接納

---

[65] 李魁賢：〈神說世界要有光〉，《李魁賢詩集・第一冊》，pp.9－10。
[66] 李魁賢：〈你用哭聲表示你的存在〉，《李魁賢詩集・第一冊》，pp.11－12。

以嬰兒剛出生的啼哭所表現出的生命力，引到「台灣有一天也要用哭聲表示國家的存在」，並說到即使將在國際引起軒然大波，「不管風雲如何變幻」，他相信只要是認同台灣的台灣人都會接受台灣國家的產生，因為「台灣千萬族人同樣會用歡笑接納」。李魁賢期盼台灣獨立的呼籲，最明顯地表現在〈大家來建國〉[67]一詩之中，不論從詩題及內容看，李魁賢都確確實實地將台灣獨立的政治立場表現在其中：

> 台灣人真乖／人叫咱企　咱就企／人叫咱坐　咱就坐／人叫咱恬恬　咱遂不敢出聲

> 歸百年來　台灣靜悄悄／干單有風聲雨聲和槍聲／無論什麼怨嗟統吞忍在腹肚內／變成頭殼空空　腹肚寔寔

> 台灣人真打拚／透早做到抵下昏／賺錢飼某飼子顧三頓／統是為著建立一個家庭

> 有家　遂無國／恰如鳥有巢　遂無樹林／大家探聽咱的國家在何位／有人講東講西　統無影無跡

> 台灣人真勇敢／咱的國家靠咱家己來創／咱該大聲講出咱的愛　咱的希望／建國！建國！！建國！！！

這首詩以台語漢字來創作，以「台灣人真乖」這一悖論做起頭，影射台灣尋求法理獨立的過程受中共及國際打壓的政治現況，第二節則寫出台灣四百年來不斷更換殖民政權的悲情歷史，第三節作一轉折，隱喻台灣經濟起飛時期所有台灣人一同努力賺

---

[67] 李魁賢：〈大家來建國〉，《李魁賢詩集・第二冊》，pp.144－145。

錢的拚勁，但末句「統是為了建立一個家庭」則為下文「有家　遂
無國」作了提前的諷刺，認為台灣人在擁有豐裕的生活後卻忘了
台灣尚未有自己的國格，在李魁賢的認知中，台灣在創造經濟奇
蹟之後，「咱的國家在何位」卻是無法回答的問題，所以李魁賢在
第四節中就正式表露其希求台灣獨立的期盼，「建國！建國！！建
國！！！」將三個「建國」疊加並串連成句，更可見李魁賢對台
灣獨立的渴求。

　　以上，討論李魁賢詩歌主題中「台灣熱愛」主題的詩歌，從李
魁賢自認已與台灣合而為一，到李魁賢不忘「反哺鄉土」的「留鳥」
的熱情，再到李魁賢對台灣獨立「建國」的期盼，在在都表明了李
魁賢對台灣熱愛的心跡，而李魁賢對台灣的熱愛也成了李魁賢詩歌
一鮮明的標誌，可以說，李魁賢作為一「道道地地」的台灣本土詩
人，他所創作的以愛台灣之心為主題的詩歌，必定可以在台灣永久
傳誦。

二、社會省視的子系統

　　所謂「社會省視的子系統」，簡單說，就是李魁賢所創作的「社
會詩」。李魁賢的詩學觀重視「真摯性」，他強調，一位真摯的詩人，
所關心的必然是「現時」「現地」的事物[68]，而李魁賢也正是一位

---

[68] 李魁賢曾說：「凡是真摯的文學或詩人，他所探索的問題與事件，所表現的
　　知性與感性，在時間上，莫不是「現代的」，在空間上，莫不是「現地的」，
　　因此構成文學或詩的時代性與民族性。又因其有時代性，所以才可能造成
　　歷史，因其具有民族性，才可能在世界的文學裡佔一席之地。」李魁賢：〈為
　　「地域性」進一解〉，《李魁賢文集・第陸冊》，p.44。

真摯的詩人，他以敏銳的觀察力洞察社會，並以詩對社會進行省思與批判。在「社會省視的子系統」下，筆者再將此類詩歌區分為「都市人的疏離現象」與「結構性的社會病徵」兩大範疇，來概括整理李魁賢的社會詩。

（一）都市人的疏離現象

　　「疏離感」是現代人最容易產生也最普遍的心理現象。在光鮮亮麗的進步時代的表象下，所連帶犧牲的是人與人、人與世界之間的密實感，隨著社會的進步、人口的暴增，人與人之間的空間距離縮短，但心理距離卻拉大，這現象在都市中更是明顯，而問題更不只此，都市人彼此之間疏離感連帶造成社會問題的層出不窮，並使得社會問題得不到群體力量的解決，只能任由社會上每個小問題自然地擴張為大問題，卻是無力解決。身為一位對社會有著使命感與責任心的詩人，對這種疏離感當然有更深一層的體會。

1、人與自然的疏離

　　隨著現代科技的發展，隨著「科學至上」的深入人心，人類不再將自然當成單純的生活空間，而是可以攫取資源的對象，人類不自覺地成了戕害自然的主謀，這種戕害自然的行為之所以無法為現代人所普遍認知，究其原因就是「人與自然的疏離」所造成，對現代人而言，自然已是全然的「物」，人對自然不但不再存有「神格化」的敬畏，甚至「人格化」的對等尊重也全然喪失。這種現象，看在對世界有愛，且細心觀照自然萬物的詩人眼中，當然是非常痛

心的。所以李魁賢撰寫了不少控訴現代人傷害大自然的詩篇。我們先看〈不會歌唱的鳥〉[69]一詩：

> 起先只是好奇／看鋼鐵矗立了基礎／接著大廈完成了／白天　窗口張著森冷的狼牙／夜裡　窗口舞著邪魔的銳爪／對著我們的巢

> 因為焦慮　聲帶漸漸僵硬了／有如空心的老樹／於是人類在盛傳：／鳴禽是一種不會歌唱的鳥

「鋼鐵」、「大廈」這些標誌人類進步的產物，讓人類有可以遮風避雨的堅固的「巢」，隨著人類生存空間的擴張，相對地便是攫取其他生物的生存空間，使「鳴禽」這些生物，都只能在書中見到，真正的生存空間中卻失去了牠們的蹤影，「於是人類在盛傳：鳴禽是一種不會歌唱的鳥」直接點出人類的愚昧及被淹沒的對自然的責任心。這首詩亦可當作「政治詩」理解，在五、六〇年代，台灣仍在白色恐怖陰影的籠罩下，「森冷的狼牙」、「邪魔的銳爪」對著想呼喊發聲的知識份子威脅著，而當知識份子也被迫噤聲時，「鳴禽」也就成了「不會歌唱的鳥」了。

李魁賢九二一地震組詩，也是控訴人類對自然破壞所造成的大地反撲。我們看〈山在哭〉[70]一詩：

> 山在哭　你聽得見嗎／沒有人在傾聽／沒有人知道山的哭聲

> 現代人不認識山／不知道山會口渴　山會流淚／不知道山會痛　山會癢　山會酸／以為溪澗是山在低語／瀑布是山在高歌

---

[69] 李魁賢：〈不會歌唱的鳥〉，《李魁賢文集・第五冊》，p.31。
[70] 李魁賢：〈山在哭〉，《李魁賢詩集・第一集》，pp.270－271。

但你聽得見山的哭聲嗎／只會肆意糟蹋的山鼠／善於偽裝
圓謊的假獵人／誰都不耐煩傾聽

只不過驚動了一下大地／山終於嚎啕起來／被吞噬的人不
知道／倉皇逃難的人不知道／徬徨無依的人也不知道／紛
紛的落石是山的眼淚

　　第一節中「沒有人在傾聽／沒有人聽見山的哭聲」及第二節
中「現代人不認識山」，都說明了人與自然的疏離，而第二節末
「以為溪澗是山在低語／瀑布是山在高歌」則化用了文學中常用
的平板的隱喻，並以此反證現代人旅遊時帶著愉快的心情去看自
然是自私的，純然將自然看作物，卻附庸風雅地讚美自然，在李
魁賢看來是可笑的行為。「只不過驚動了一下大地／山終於嚎啕
起來」，以「嚎啕」大哭隱喻九二一地震時大地反撲的能量釋放，
也說明了人與自然疏離後對自然所作的自私行為，是會使大地感
到悲傷的，更點出了詩人認為自然對人類有情，人類卻對自然無
情的用心。

　　2、人與社會的疏離

　　人與社會的疏離感，更是社會問題層出不窮的主要原因。辛旗
說：「在商品和資本武裝之下，絕對掌握金錢的個人把一切歸到自
己身上，整個社會和別人的存在對他來說不過是達到個人目的的一
種工具，人的價值和人際關係的社會性無形中被抹殺掉了」[71]，人
與社會的疏離，造成自我價值被抹殺，也因物質化的價值觀，人將

---

[71]　辛　旗：《百年的沉思──回顧二十世紀主導人類發展的文化觀念》（台北：
生智文化出版事業公司，2002），p.105。

125

他人視為一種商品，李魁賢的〈繁榮〉[72]一詩便是批判被商品化的現代人的詩作：

> 從黑暗街角／飄出一位黑衣人
>
> 大學生一千／高中八百／一邊唸著菜單／一邊像螞蝗咬住了／行人的背影不放
>
> 吃掉了腐蝕的人影／吸進了純潔的女血／把都市的夜景／蠶食成麻臉
>
> 在輝煌的高樓陰蔽下／蠕動的螞蝗／以細胞分裂的方式／隨著建築業／繁榮起來

　　第二節「大學生一千／高中八百」明確以商品標價來定義人，正是人被商品化的顯例，「腐蝕的人影」是無法抗拒誘惑的嫖客、「純潔的女血」則是加強了女孩子被迫以商品形式陳列於社會的無助。在末節中，詩人提到，在這以人為商品的社會中，這種惡質的社會問題，只會像「細胞分裂」一樣不斷增加擴張，末句以「繁榮」來反諷都市，也反諷都市人的缺乏自覺。再如〈笑給紫羅蘭聽〉[73]一詩：

> 他曾經笑給紫羅蘭聽
>
> 歌給三色堇　憂愁給水仙
>
> 愛情給含羞草

---

[72] 李魁賢：〈繁榮〉，《李魁賢詩集‧第四冊》，pp.108－109。
[73] 李魁賢：〈笑給紫羅蘭聽〉，《李魁賢詩集‧第五冊》，p.38。

> 然後公園關閉了
> 開闢成超級的停車場
>
> 如今他賣夜來香給淋病
> 黃菊給百日咳　白蓮給癲癇
> 玫瑰給嬉痞

本詩將「紫羅蘭」、「三色菫」、「水仙」、「含羞草」這些自然的美麗的花卉，與「夜來香」、「黃菊」、「白蓮」與「玫瑰」這類做為藥材及酒店女子「花名」的花卉作對比，第一節與第三節是明顯的對比結構，從光明到黑暗的過程，中間只經歷了「然後公園開闢了／開闢成超級的停車場」這都市文明發展的過程，全詩反諷意味濃厚。〈地下道〉一詩，更是以深沉的詩味，新穎的意象，將都市人被「同制化」、「商品化」的社會現況直接點出。我們來看〈地下道〉[74]一詩：

> 每次被餵入自動屠牛機器裡／然後成為香腸的一段被擠出
>
> 在廢棄污染的天空下／被擠出的眼睛總是先看到／迷你裙
> 公共電話亭　警察局／然後是巍峨的銀行
>
> 所有的香腸都可賣錢／於是銀行的計算機／比焦灼的臉色
> 更為匆忙

自恃有獨特個體性的都市人，進入地下道又出來之後，已成為一段一段的香腸，李魁賢在此以新穎的比喻，將都市人被商品化的形象確確實實地描繪出來。而受社會價值觀影響的都市人，在走出

---

[74] 李魁賢：〈地下道〉，《李魁賢詩集・第五冊》，p.47。

地下道後，眼中所見，能被自我所認知到的事物，一樣是和自己相同價值的商品，「迷你裙」形容被物化的少女，「警察局」反諷隨處發生的社會問題，「巍峨的銀行」更是反諷自認進步的都市文明，已將全人類納入物質的體系中。

（二）結構性的社會病徵

本節李魁賢對社會省視批判的詩篇，其所剖視的社會病徵都是有時代性的。何以言「結構性」？我們可以〈飛蚊症〉[75]一詩為例來闡明：

> 堅持一甲子的清白／視網膜上突然／出現了飛蚊
>
> 不會妨礙視線／只是干擾／我的視覺意識
>
> 意識卻困擾了生命的意志／我對女兒說：「實在／不甘願群蚊亂舞的餘生」
>
> 女兒卻淡然地說：／「那沒有什麼呀／我從小就這樣長大的呀」
>
> 我質問她從來都沒有提起過／女兒竟說：「我以為／人的眼睛都是這樣的呀」
>
> 啊　原來結構性的病變／早就從下一代著手了／無論體質語言　生活習慣……

本詩藉由李魁賢父女間的對話連綴成篇，以「那沒有什麼呀／我從小就是這樣長大的呀」的青少年口吻，說出社會的「結構性病

---

[75] 李魁賢：〈飛蚊症〉，《李魁賢詩集・第二冊》，pp.156－157。

變」，也就是說，在李魁賢眼中，社會病徵是現時現地的整體環境造成的，某些社會亂象雖然突出，但是卻必須放回到社會整體來反省，因此筆者言「結構性的社會病徵」。李魁賢雖然在社會省視的詩作中，會以某些特定的社會現象作為批判的題材，但是李魁賢知道，人類價值觀的轉變，才是造成社會亂象的主因。先來看〈流行名牌的時代〉[76]一詩：

> 迷信流行名牌的時代
> 人人穿上三千元的襯衫
> 名牌利用廣告媒體
> 來包裝人體
> 把人體當作最後的廣告媒體
> 我拒絕這樣的安排
> 我穿的是三百元的普通襯衫
> 和名牌是同樣布料同樣工廠生產
> 我把三千元買書裝在腦袋裡
> 培養自己的名牌格調
> 如果我也一樣穿三千元名牌襯衫
> 只花三百元買書
> 就變成百貨公司的衣架
> 畢竟我穿的是別人的產品
> 名牌不名牌有什麼關係
> 我關心的是自己的格調
> 在迷信流行名牌的時代裡

---

[76] 李魁賢：〈流行名牌的時代〉，《李魁賢詩集・第三冊》，pp.114－115。

　　「名牌」製造商藉由廣告宣傳名牌，崇尚名牌的人被「包裝」之後，成了名牌「最後的廣告媒體」，人的主體價值被物質所取代而不自知，便是一種社會的「結構性病變」，李魁賢自知無法改造社會，只能自我堅持，詩末言「名牌不名牌有什麼關係／我關心的是自己的格調」正是此意。再如〈台北異鄉人〉⁷⁷一詩：

> 我在台北出生
> 在台北居住五十六年
> 卻是台北的異鄉人
> 我不知道從大飯店頂樓
> 　　看到的是什麼樣燦爛的街景
> 我不知道滿街的 KTV
> 　　在裡面唱歌遊樂是什麼樣的心情
> 我不知道一桌五萬元的酒席
> 　　享用的是什麼樣的口味和心腸
> 我不知道夜半過後燈火不滅的街道上
> 　　什麼樣的人在活動和遊蕩
> 我不知道都市邊緣的山坡地
> 　　蓋滿了美輪美奐的違章別墅洋房
> 我不知道都市命脈的淡水河
> 　　漂流的是惡臭難聞的黑水廢液
> 我不知道為什麼一個月三萬元養家
> 　　經常加班會使妻子罵我在外談情說愛
> 我不知道許多人每月收入一萬多

---

77 李魁賢：〈台北異鄉人〉，《李魁賢文集‧第三冊》，pp.118－119。

要租房子養小孩顧三餐
我不知道清道夫三更半夜搬運垃圾
　清晨天未亮還要趕往自己的區域打掃
我不知道有房子出租的人無所事事
　收入就超過一般人日日的辛勞
我不知道更有人坐在冷氣房看看電腦螢幕
　喝咖啡聊天打電話每月進帳數百萬
我不知道政府宣稱貧富收入比五倍
　用什麼樣的經濟指數和統計數字計算
我實實在在是台北的異鄉人
我在這裡居住五十六年
卻一點也不瞭解台北市什麼模樣

　　全詩以「我不知道……」的固定形式的句子，將李魁賢身處於台北市所看到的社會現況——形之於筆端，詩中主要呈現階級差異造成的社會不公，而階級的差別主要正是來自於資本主義社會，台灣在日治時期已是半工業半農業社會，進入今日的工商業社會，不論是價值觀或是生活習慣、語言、態度，受社會體制的影響制約，以致於身處不公平不合理的社會也不自知。李魁賢以詩人的敏銳看到社會失去公平正義的現象，卻苦於無法影響旁人，所以成了「台北異鄉人」，居住在現時現地，卻好像非現時現地之人，心中的鬱悶可想而知。知識份子看透資本主義社會的本質，卻無法以一己之力改變，對感覺敏銳的詩人將造成的巨大無力感可想而知，但李魁賢仍試圖以社會詩的創作來批判社會，即使效能有限，李魁賢還是相信詩有拯救心靈的功能而創作不輟，詩人的使命感與責任心由此可見。

三、政治批判的子系統

（一）對專制政府的批判

　　李魁賢出生於 1937 年，正是太平洋戰爭爆發的那一年，經過八年後，國民黨政府接收台灣，由於接收過程不當，至 1948 年爆發二二八事件，而後更企圖以國家機器箝制人民言論自由，釀成白色恐怖，除此之外，政府許多倒行逆施的愚民政策，看在李魁賢眼中，更是不斷試圖在詩中表現其不平之鳴，所以成就了許多具有李魁賢風格的名政治詩。以下，便以「二二八事件」、「白色恐怖」、「愚民政策」三方面來分述李魁賢對專制政府的批判。

1、二二八事件

　　二二八事件發生時，李魁賢正值十歲，雖然這次的政治事件對當時尚就讀淡水水源國校三年級的李魁賢而言，不至於因此產生太多的政治思考，但是對童年的李魁賢來說卻有著難以抹消的記憶。是故，李魁賢以二二八事件為主題的詩，便常以兒童的視角來看待整個二二八事件，其中最有名者，便是本書序中所提過的〈老師失蹤了〉[78]一詩：

　　　復課後／郭老師沒有來上課／大家很納悶／感到學校冷冷
　　　清清／個個沒精打彩

---

[78] 李魁賢：〈老師失蹤了〉，《李魁賢詩集‧第三冊》，pp.203－206。

剛從師範學校畢業的郭老師／從城市裡來到我們鄉下學校／擔任老師／課餘帶著同學唱遊／玩躲避球　種菜勞動／戰後常因缺乏老師而改自習的課／漸漸正常／郭老師受到同學們的愛戴／更特別受到林老師的喜愛／常常在一起談笑

二月末日／鄉下父老議論紛紛／城市傳來的消息／有人憤慨　有人憂心／第二天聽郭老師宣布停課／不定期放假／同學們好不容易才喜歡上課／反而感到不適應／而且不上課／一定要整天在田裡做工／累得腰直不起來／村莊裡開始動盪不安／常有不明身份的人來探路／後來聽說有人帶隊／去接收駐紮在柑仔園內／砲台部隊的武器／聽說帶隊的就是郭老師

休假一段時間後／開始復課／大家再也看不到郭老師／卻有很多故事在流傳／有人描述他如何衝進砲台／我們想像他跑田徑賽的速度／有人說他如何帶著木劍／制服衛兵跳過高牆／順利進入營區／我們想像他練劍時的英武／有人說後來軍隊要抓他／他躲進大屯山／有人說看到他獨身攀山越嶺／朝海邊的方向

郭老師失蹤了／我們終於又回到沒有老師的日子／只有林老師有時來代課／但有人說她從此沒有笑容／後來林老師調走了／聽說回到城市裡／我們鄉下學校只剩下校長和教導

　　整首詩歌以平白的語言，敘事體的架構，兒童的視角表達「英雄殞落」的遺憾。李魁賢自己對這首〈老師失蹤了〉有過說明，他說：

事件發生時，李魁賢是淡水水源國校三年級的學生。鄉下地處偏僻，沒有直接受到動亂波及，但感染到「鄉下父老的議論紛紛」，關心「城市傳來的消息／有人憤慨　有人憂心」這種不平靜的氣氛，而切身不可磨滅的印象是，哥哥剛好到台北外婆家，父母對其安危的焦急惶惶不可終日的情緒，以及後來清鄉時，下課途中被軍隊隔空放槍的恐懼。然而，最使作者耿耿於懷的是，受學生愛戴的老師，在事件後失蹤了。由於孩童對事件內容以及老師的行動和參與的過程，不盡明瞭，故詩中處處以「聽說」、「有人描述」、「有人說」的詞彙。這種「傳說」雖然不是作者親眼目睹，但在鄉下風氣比較閉塞，人際間率皆熟悉，且對老師的敬重，消息該是確實的，應非捕風捉影。而當時許多中小學老師正當青壯年紀，不是躲避追捕，便是被逮或無辜受害，而作者記憶中失蹤的老師「英武」造型，與何瑞雄對受害者的「英雄」塑像，相互呼應。[79]

總而言之，李魁賢的〈老師失蹤了〉一詩藉由兒童的口吻記錄了二二八事件發生後在淡水鄉下的聽聞，雖然沒有二二八事件的現場目擊，卻也更增加了想像的空間。二二八事件造成當時台灣人許多依附關係的被迫割離，之後的白色恐怖也使得台灣人敢怒不敢言，甚而將這些記憶納入集體潛意識之中，李魁賢以其在野代言人的角色，不斷撰文疾呼以藝術手段來釋放這段集體潛意識，正與其童年經驗有不可分割的關係。

---

[79] 李魁賢：〈詩人童年中的二二八經驗〉，《李魁賢文集‧第玖冊》，p.20。

2、白色恐怖

　　國民黨政府自從撤退台灣之後，不斷思索喪失中國政權的敗因所在，其歸結出的敗因主要在思想層面，在他們的認知中，中國國民黨之所以敗給中國共產黨，是由於思想宣傳上的失利，是故「蔣政權退守台灣的前十幾年間，這套加諸台灣人民的『反共抗俄』的政治神話，是以蔣介石的個人英雄主義與國家主義、民族主義互為表裡。……歷史上任何一個惶惑不安的政權，必然採取高壓手段來整肅心目中的異議份子，以收殺雞儆猴、震懾人心之效。蔣介石為了在台灣建立穩固的統治，透過兩套互為表裡、相輔相成的法制來進行，即『戒嚴法』與『動員戡亂時期臨時條款』」[80]。藉由這兩項凌駕於憲法之上的法條，國民黨政府進行了長期的白色恐怖統治，不論是整肅左翼運動份子、台灣獨立份子，或是藉由情治特務單位來製造冤獄假案以進行迫害，都讓台灣人民在日常生活中惶惶不安，李魁賢一首〈聲音〉[81]，便是形容白色恐怖期間，家中電話被情治單位監聽的普遍現象，從側面描寫白色恐怖所帶給人民的恐懼感：

　　　　是什麼樣的一種聲音／無法辨識／無法聽清楚的聲音／不
　　　　該給予輕視

　　　　被輕視的聲音／常會在交談中出現／隱隱約約／好像在什
　　　　麼地方插進來／一種細細的魔音／在看不見的地方／被輕

---

[80] 李筱峰：《台灣史一百件大事・下冊》（台北：玉山社出版事業有限公司，1999），pp.38－39。

[81] 李魁賢：〈聲音〉，《李魁賢文集・第四冊》，pp.138－140。

視的那種聲音／使全身震顫／是空中的電話線／因強風而
擺盪嗎／有時像是在窄巷裡／無風無月的夜裡／一陣碎細
的腳步聲／緊跟在身後／附魔一樣地粘在背上／到底是什
麼樣的聲音／會迷幻一般的／常在電話中出現／注入虛弱
的心房裏／搖搖晃晃

有一天會不會像迷魂一樣／被帶領到何處去／大概是從來
沒有去過的地方／那時候　朋友們再見吧／那是不許回頭
的地方

　　一種無法辨識的、微弱的聲音，常在電話中出現，這種恐怖
的感覺就有如狹窄暗巷中跟在身後的黑影，當時台灣人的「虛弱
的心房」，似乎已難再抵擋這種恐怖的氛圍，再加上受監聽者有時
甚至被情治單位冠上一莫須有的罪名，就有可能不能回頭了，李
魁賢本詩將白色恐怖期間人民惶惶不安的心情從側面描繪，勾勒
得淋漓盡致。

　　3、愚民政策

　　若談及李魁賢的政治詩代表作，幾乎每個人都會提到〈鸚鵡〉[82]
一詩，的確，在七〇年代大環境尚未給予政治詩適當的發展環境時，
李魁賢已藉由「鸚鵡」這一物象，對專制政府的愚民政策做了最嚴
厲的批判。迄今為止，中國出版許多詩選集與台灣詩賞析之類的書，
選用〈鸚鵡〉者約有十種之多。本詩並被翻譯成多種語言（包括英
文、日文、荷蘭文、希臘文、塞爾維亞文、羅馬尼亞文等）在各國
發表，可見此詩受到青睞的情形。

---

[82] 李魁賢：〈鸚鵡〉，《李魁賢詩集‧第五冊》，pp.53－54。

　　〈鸚鵡〉一詩發表於 1971 年，對於當時國民黨政權對台灣人民進行「白色恐怖」的思想控制作了一針見血的批判，詩人以知識份子的身份，憑藉一腔愛台灣的熱情，將政府長久實行「愚民政策」之下的台灣人民，以鸚鵡只能學習人的語言卻無法思考的形象生動地表現出來，並以描繪刻畫鸚鵡的主人強迫鸚鵡對自己歌功頌德的嘴臉，對當權者的欺世盜名和虛偽面目做了一次有力的反諷。我們來看〈鸚鵡〉一詩：

　　「主人對我好！」／主人只教我這一句話

　　「主人對我好！」／我從早到晚學會了這一句話

　　遇到客人來的時候／我就大聲說：／「主人對我好！」／主人高興了／給我好吃好喝／客人也很高興／稱讚我乖巧

　　主人有時也會／得意的對我說：／「有什麼話妳儘管說。」／我還是重複著：／「主人對我好！」

　　李魁賢以鸚鵡善學人語、容易訓練的這兩個著眼點來做發想，其所隱喻的是便是所有處身在威權體制之下的台灣人民。

　　第一節一開頭，「主人對我好！」，就將題目表明的角色設定「鸚鵡」引致下一個出現的角色——「主人」，表現出了鸚鵡本身的「奴僕」地位，但一句「主人對我好！」卻將奴僕的處境稍微提高，因其表現了上層與下層階級之間的和諧相處，這給了讀者一個提示，就是主人與鸚鵡之間可能是良善的主僕關係。但第一節第二句「主人只教我這一句話」卻否定了之前的提示，因為鸚鵡雖然可以學人話，但是只能憑記憶，而沒有閱讀或思考的能

力，因此鸚鵡的知識和訊息來源完全操在「主人」的手裡，「主人」卻只提供這一句話作為可以記憶的資料，可見得這根本是主人對自己的歌功頌德，卻希求從自己的奴僕口中聽到以滿足其無恥的虛榮心。

再者，第二節又重覆了「主人對我好！」這表現了鸚鵡本身只有這一句話可供使用，完全沒有選擇的餘地，也將鸚鵡無意識地將人語吐出，本身的語言就已無意義的用意表達出來。第二句「我從早到晚學會了這一句話」更加強表明主人對自己的歌功頌德是多麼地殷切，深怕鸚鵡將這一訊息資料給遺忘了，這也更進一層地刻畫了主人厚顏無恥的嘴臉。

第三節，客人的角色出現了。如果說在全詩中，鸚鵡的角色是用來隱喻在威權體制下生存的台灣人民，主人的角色是用來隱喻居高臨下掌控政權的領導者，那麼客人就應該是用來隱喻外來的賓客——外國使者，或是親近主人、就近在主人身邊歌功頌德的類似古代「門下食客」的弄臣式人物。當這些「客人」出現的時候，鸚鵡就會說「主人對我好！」，這對鸚鵡而言是無意義的語言，可是聽在可以理解人語意義的客人與主人耳中，就被視為真實，這是多麼的荒謬啊！尤其是客人來的時候，這種情況更是會受到渲染。所以「主人高興了」「客人也高興了」，鸚鵡學舌得到了正面的增強，又更深一層的強化了這一無意義的行為，可以想見鸚鵡本身是多麼「樂意」在眾人面前一再重覆地說「主人對我好」啊！

最後一段，將本詩拉至高潮，主人的一句「有什麼話你儘管說」。將主人的厚顏無恥刻畫到極點。鸚鵡沒有思考人語的能力只有記憶人語的能力，飼養鸚鵡的主人不可能不知道，卻要求鸚鵡說出在記憶庫中所沒有的話，這不是和鸚鵡相處久後誤將鸚鵡認

同為平等的人類，而是以人類對寵物這種居高臨下的傲慢所說出的不具意義的另一句話。主人的「得意」暗藏了一切都在控制之下的信心，因為他相信鸚鵡絕對不會說出其他的話，所以「有什麼話你儘管說」雖然表面上表現了主人的開明，卻是反過來更深一層地諷刺主人對鸚鵡強烈控制慾。

在本詩最後，鸚鵡還是重覆「主人對我好！」，這句話將全詩首尾貫穿，刻畫了鸚鵡思想受控制、主人的厚顏無恥，也深刻地隱喻長期在威權體制、白色恐怖之下的畸形的台灣社會，透過鸚鵡、透過鸚鵡的主人，一個人民深受思想控制、統治者又無恥地要求被統治者對自己歌功頌德的社會實況如現眼前，掌權者的「愚民政策」被一針見血的突顯出來，這絕對是一首值得讀過本詩的人一起深刻反省的好詩。

4、箝制人民言論自由

專制政府的愚民政策只能夠透過體制對廣大人民做催眠式的愚民統治，但是對知識份子來說，政府的愚民政策是無法令其心服的，所以專制政府便在體制內設下限制與陷阱，使得知識份子失去發表言論的權利，這當然也與專制政府的白色恐怖統治及愚民政策有不可分割的關聯。在〈酒瓶蘭〉[83]一詩中，李魁賢藉酒瓶蘭的物象來隱喻言論自由的喪失：

> 不能說的話／如像不能開的花／只有埋藏在肚子裏
>
> 不能說的愛／如像不能結的果／也是埋藏在肚子裏

---

[83] 李魁賢：〈酒瓶蘭〉，《李魁賢詩集‧第四冊》，pp.61－62。

閉了嘴後／就長成這樣的酒瓶肚子／發酵著酸甜苦辣

拒絕成長的自己／整日披髮作絃／彈著曼陀林的肚子

長鋏歸來乎／言論不／自由不可說　不可說……

　　不能說出口的「話」與「愛」，過多地埋藏在肚子裡，使得肚子不斷膨脹，「酸甜苦辣」也只能在肚子裡「發酵」。第三節中的「拒絕成長」是反抗性的展現，「披髮作絃」雖是酒瓶蘭具體形象的描繪，但「反射於人的舉止時，則暗喻著披頭族對現世社會的反抗行徑」[84]。而最末節引用馮諼與孟嘗君的典故並轉換文字，直接點出題旨「言論不／自由不可說　不可說……」，並以「言論」及「自由」作層遞展現，暗指不僅是作為自由一部份的言論自由已喪失，就連自由本身也已不存在，一樣是旁敲側擊的反諷了專制政府對台灣人民言論自由的箝制。本詩創作於 1985 年，1987年蔣經國總統才宣布解嚴並開放黨禁與報禁，結束將近四十年的戒嚴體制。李魁賢在戒嚴體制之下，仍甘冒大不韙地創作批判政府的政治詩，李魁賢本身知識份子的使命感與責任心在他的政治詩中閃現燦爛的光輝。

　　5、對歷史的竄改

　　國民黨政府退守台灣後，曾有過光復大陸的政治神話，而為了箝制台灣人民的思想，也竄改了很多可能會刺激省籍族群的歷史，其中尤以二二八事件為最顯例。此種竄改歷史的行為，美其

---

[84] 李魁賢：〈台灣詩人的反抗精神〉，《李魁賢文集・第拾冊》，p.168。

名為擺脫灰暗過去，團結族群，但是若真要讓人民的悲痛消失，歷史是絕不能抹消，絕不能竄改的，身為知識份子的李魁賢，在 1973 年寫下了〈擦拭〉[85]一詩來對專制政府竄改歷史事實的行為做批判：

> 白紙上留下的污點／想用暴力的手指擦拭／無法掩飾的紀錄／想用刀片細心刮除
>
> 再好的技術／也會傷害到無瑕的紙質／纖細的血管被割斷後／怎麼彌補平勻的完整
>
> 在心靈的宣紙上／不小心弄污了怨恨的斑點／要用愛的畫筆加以渲染／自負的手不要輕易擦拭

用平白的口語化文字、簡單的隱喻及濃厚的人道主義精神連綴成詩篇，雖然有些語言鬆散、指涉過於直接之處，仍難掩本詩所呈現的愛的光輝。除了〈擦拭〉一詩較為研究者所討論之外，筆者認為〈歷史是拒絕〉[86]一詩也頗能代表李魁賢對歷史事實真相的堅持：

> 歷史是／一朵拒絕凋謝的花／單純紅紅的良心／環伺黑黑的紋齒
>
> 有人要移植溫室裏／試試改變水土／有人用巫術和護符／罩住那晶瑩的／原型

---

[85] 李魁賢：〈擦拭〉，《李魁賢詩集・第五冊》，p.76。
[86] 李魁賢：〈歷史是拒絕〉，《李魁賢詩選・第四冊》，pp.128–129。

有人卻細心用彩筆／在花瓣上繪出／一些條飾／變造在陽
光下的／視覺反射／形成撩亂的波紋／告訴小孩說／這才
是漂亮的花

在原質的黑夜裏／歷史是／沒有色彩的存在／原型　永遠
／是不變的體質

歷史是／一朵拒絕褪色的花／單純紅紅的良心／環伺黑黑
的紋齒

　　與〈擦拭〉一詩不同之處在於，〈擦拭〉詩中試圖竄改歷史者，
是以「暴力」脅迫使人民不敢言，進而完成歷史的竄立，但〈歷史
是拒絕〉一詩則將這些歷史竄改行為形容為「細心用彩筆／在花瓣
上繪出／一些條飾」，是企圖以美麗的話語來取代歷史的真實，而
這些話語雖然使真相聽來更動聽，但是李魁賢強調「歷史是／沒有
色彩的存在／原型　永遠／是不變的體質」，以花的真實來形容歷
史的真實與不容更動。

　　總結上述，我們可以知道，李魁賢對專制政府的批判與諷刺，
不僅將砲火集中在政府已犯下的既定行為事實（如二二八事件、白
色恐怖統治等），更在思想的層面試圖藉由歷史真相的還原來與專
制政府相抗衡。李魁賢站在人民的立場，藉由政治詩的創作對權威
體制的抗爭，這是李魁賢詩學功能論的具體實踐，也是他所堅持的
「反抗精神」最具體的展現。

（二）對無恥政客的批判

　　若是站在人民的立場對威權政府做批判諷喻，那麼掌握政治資源卻不思國計民生之利的政客，更是人民所深惡痛絕的對象。李魁賢站在人民的立場為人民發聲，無恥政客當然也成為李魁賢創作政治詩最佳的題材。先看〈袋鼠〉[87]一詩：

> 天性戒慎
> 野地裡有一絲風吹草動
> 就挺身而立壓縮腿部的彈簧
> 自從入主公園之後
> 看的人也多了
> 警戒根本沒有必要
> 躺著吃真舒服
> 青草地　陽光被
> 伸伸懶腰
> 起來走動也是踱方步
> 偶爾興起一陣草原的鄉愁
> 縮起退化的前肢
> 蹦跳兩三下
> 卻像是鬆弛的彈簧
> 只有示範性動作
> 示範著被豢養的歷史規則而已

---

[87]　李魁賢：〈袋鼠〉，《李魁賢詩集・第三冊》，pp.293－294。

　　由這首詩的表面上看來，似乎並沒有太大的政客的影子，但是我們看李魁賢在〈動物、詩與政治〉一文中對〈袋鼠〉一詩的解析，可以發現李魁賢是以「入主公園」、「鄉愁」、「被豢養」等詞彙來暗諷隨國民黨政府來台的萬年國大代表，他在文中說：

> 自然界中的袋鼠有其符合大自然規律的存在，其屬性與自然諧和，可是落入人的控制手中，雖然「入主公園」，卻成為「被豢養」的動物。由天性戒慎的警覺性墮落到慵懶的毫無作用，偶然的示範性動作不但是生理上的行為，也是政治上的動態。這種袋鼠型的政治人物典型，在封閉的島嶼存在，本身豈竟也是「歷史規則」嗎？在人民要求國會改造的呼聲中，也會激勵袋鼠來幾招示範性動作，為了袋中兒子能繼續享有公園裡的被豢養生活。[88]

　　「萬年國會」是台灣從被國民黨政府接收以來長久的政治沉痾，一直到李登輝繼任總統，1988 年 11 月 7 日通過「第一屆資深中央民意代表自願退職條例」草案，翌年（1989）3 月 1 日這群被稱為「法統」的老國代才開始陸續退職，本詩創作於 1988 年 12 月，是針對政治時事的創作，看在當時的閱讀者眼中，想必會有更大的批判效果。再如〈裸體的將軍〉一詩：

　　一九九零年／悲情的城市／國王替將軍製作民主的新衣／跟國王的新衣一模一樣

　　將軍習慣晨泳／習慣晨泳後早餐／習慣早餐後接受訪問／習慣接受訪問時繼續咀嚼／咀嚼著穿新衣過新年的夢／就像童年一樣／就像獏一樣／咀嚼著龐大的夢長大

---

88 李魁賢：〈動物、詩與政治〉，《李魁賢文集・第拾冊》，p.77。

夢中聽到街上的喧嘩／憧憬著過新年的熱鬧／攀上游泳池
館的玻璃窗／只見群眾高聲喊著抗議的口號／彷彿是百分
之九十擁戴的聲音／將軍穿上新衣／以裸體的姿勢／出現
窗口／檢閱城市中的悲情人民

運用童話故事「國王的新衣」的典故，以一位從小就作著「龐
大的夢」的政客為主角，並巧妙地加入了「游泳池」的場景，諷喻
這位登上高位卻穿上「民主的新衣」的將軍，站在玻璃窗邊，「以
裸體的姿勢」來「檢閱城市中的悲情人民」，對這類操作國家機器
以得高位卻罔顧民意的政客做了最深刻的諷刺。

（三）對「祖國」符號的批判

基本上政治詩的創作若以狹義的諷喻作用言，該政治詩的批
判對象應以本國政府、政客的缺陷作為批判對象，但此處為何要
加入一「對『祖國』符號的批判」的討論呢？這與李魁賢本身鮮
明的台灣獨立政治立場有密切的關聯，正因李魁賢對台灣獨立有
著熱切的渴望，所以政壇上從早期「反攻大陸」的政治神話，到
後期「三民主義統一中國」的口號，甚至現今政壇上的統派勢力，
都令李魁賢感到厭惡，而這厭惡感的最大來源，就是來自於李魁
賢對「祖國」這一虛幻政治符號的反感，所以若要討論李魁賢
政治詩的所有內容，他對「祖國」符號的批判是絕對需要討論
的重點，甚至可以說，正是這一部份台獨立場鮮明的政治詩，
使得李魁賢的政治詩有不同於其他詩人政治詩的「本色」。如其
〈保證〉[89]一詩：

---

[89] 李魁賢：〈保證〉，《李魁賢詩集・第二冊》，pp.76－78。

是的／中國人不打中國人／以前每逢雙日／我們向金門放幾顆砲彈／不過是要維繫自家人／打打鬧鬧的感情

是的／中國人不打中國人／不過學生人多擁擠的天安門廣場／我們會發動武裝坦克車／侍候他們回老家／以免挨餓

是的／中國人不打中國人／不過千島湖遊客太多貪玩／我們會準備火焰器什麼的／把出事的船隻和人體／付之一炬引人注意安全

真的／中國人還是比較喜歡打外國人／不管是俄羅斯人朝鮮人／不管是印度人　安南人／或者其他民族／不管是西藏人　維吾爾人／至於／你說台灣人呢／那是什麼國家還是民族／唔唔　你是說台灣人／嗯嗯　你是說台灣人／台灣人嘛　哼哈

　　本詩前三節以「是的／中國人不打中國人」為起頭，將八二三砲戰、天安門事件及千島湖事件這些耳熟能詳的事件嵌入各段之中，並以悖論的方式讓這些荒謬的政治語言在詩中作最諷刺的顯露。末節開頭「真的／中國人還是比較喜歡打外國人」，將中國壓制境內少數民族的行為也批判得淋漓盡致，詩篇最後的「台灣人嘛哼哈」，更將中國人對「台灣」符號的不屑神情表露無遺。再看〈祖國的變奏〉[90]一詩：

我聽見有人經常在高喊祖國
例如廚師　半夜就要起來準備
第一件事就是找煮鍋

---

90 李魁賢：〈祖國的變奏〉，《李魁賢詩集‧第二冊》，pp.168－170。

例如流浪者　無所事事　喜歡幻想
讀武俠小說專挑作者諸葛
例如莊稼老漢　一生精力被土地吸乾後
想吐露幾句不好意思說出口的髒話
就看豬哥的影集替他吐出心中淤積的痰
不管白天亮還是不亮
祖國有許許多多的糾葛
有時是主過　其實是主要罪過的縮寫
因為不知道什麼是罪過才是真正罪過
有時是主國　其實是無主之國的逆說
因為不知道誰是主人才會這樣設想
由諸葛或是豬哥在煮鍋裡炮製一個祖國
有時又是蛆窩　看似蠕動的生命肥肥胖胖
在夢裡卻會令人像患瘧疾般發抖
我聽見有人經常在喊祖國
是因為阻隔產生非現實的美感距離
然而　美感距離同時在邏輯上就會產生
政治距離　文化距離　血統距離
意識型態距離　祖先幾代的譜系不清
時間記錄不全的無法測量的距離
時代背景下家不家國不國的許多認知的距離
最簡單的邏輯不用演算
住國才是夠稱得上是祖國
住過而且要繼續住下去傳到子孫
自己升格到祖父輩的那個可愛的地方
不必高喊什麼口號或貼什麼標語

才能留給子孫一個

真正的祖國

從「祖國」開始，加入了「煮鍋」、「諸葛」、「豬哥」、「阻隔」、「住國」，甚至是「蛆窩」的諧音詞彙，隱喻著人民對「祖國」符號的混淆不清。李魁賢認為，「祖國」符號之所以一直為人所用，是因為「阻隔產生非現實的美感距離」，事實上，在李魁賢的務實論中，「住國才是夠稱得上是祖國」。本詩末數句更體現出李魁賢的台獨政治立場，所謂「真正的祖國」，正是李魁賢所立足的台灣這塊土地，讓台灣成為一個國家，「祖國」才不再是虛幻的政治符號，而有真正的意含。

四、世界旅思的子系統

李魁賢由於良好的外語能力及需時常往來國內外的工作之故，有很多機會可以在世界各地走動，進而將在各地的所聞所感創作成詩及撰文成篇，其旅遊詩在《秋天還是會回頭》中最多，其他散見於各詩集中；旅遊散文集如《歐洲之旅》、《東南亞見聞散記》等，內容也非常豐富，可說李魁賢足跡之廣，已踏遍世界。再者，李魁賢時常於旅遊見聞中，反思該國人的社會環境，其政論散文集如《台灣文化秋千》等，將在外國（尤其是瑞士）的見聞納入台灣文化的反思中，便是一個顯例。總而言之，李魁賢的詩歌主題除了表現在濃厚的鄉土之愛之外，更有深廣的世界之愛，其「世界旅思的子系統」構成了李魁賢詩歌主題不同於一般詩人的特色所在。

（一）中國旅思

李魁賢的《祈禱》詩集「第一輯」即為「中國觀察」，內容主要為李魁賢在中國旅行過程中的所見所感。從這些中國觀察詩中我們可以明顯感受到李魁賢對中國政治及文化的批判。以下，便以「文化批判」及「政治批判」作為兩大軸線來整理李魁賢中國旅思的詩歌主題。

1、文化批判

中華文化博大精深，一直是中國人引以為傲的，而李魁賢何以對中國有文化方面的批判呢？這可以〈駱駝——八達嶺長城〉[91]一詩為代表：

> 居庸關外
> 沒有人知道
> 你是怎樣爬到山嶺上來
> 在裝飾中國風景的長城牆外
> 你裝飾著荒涼的季節
> 重複著遲遲起立又蹲下
> 蹲下又遲遲起立
> 任遊客以你裝飾照片中的真實
> 你茫然的眼神中
> 忘了如何鍛鍊腳力

---

[91] 李魁賢：〈駱駝——八達嶺長城〉，《李魁賢詩集・第三冊》，pp.154－155。

跋涉過更荒涼的歷史

反正沒有人知道

你是怎樣爬到山嶺上來

裝飾著中國的裝飾文化

等到暮色降臨

還不得休息

　　全詩以在長城上的駱駝為主體，以即物的創作方式，將一疲憊、只供遊客拍照用的駱駝做為隱喻的物象。李魁賢常在政論散文中撰文抨擊中國文化的「虛矯性」，他曾說：「『實事求是』雖然是好的立志守則，但虛矯自誇的浮華態度，卻是中國文化令人不自在的表象之一，而以自稱『中國』集大成。樸實、務實的台灣精神，五十多年來被中國文化經之營之，不知不覺當中多少感染這種浮誇的虛無作風」[92]，可見得李魁賢對中國裝飾、浮誇的文化性格是非常不喜歡的。

　　2、政治批判

　　中共政權對人民民主自由的箝制是眾所周知的，李魁賢到中國旅遊時感受最深的也是「隨處令人感到沒有一個安定的個體」，即使目前大陸早已改革開放，但離民主自由仍有一大段距離。李魁賢基於對人民的同情，在聽到寒山寺的鐘聲時，沒有興起張繼的鄉愁，只感到「我舉杵／敲鐘三下／自己震耳欲聾／卻傳不出池邊的牆外／滿天細霜凍僵了自由的聲波」[93]，強調「自由」被如「滿天細霜」的體制所「凍僵」，批判之意溢於言表。李魁賢中國觀察的

---

[92] 李魁賢：〈虛矯的文化身段〉，《李魁賢文集‧第捌冊》，p.346。
[93] 李魁賢：〈鐘聲──蘇州寒山寺〉，《李魁賢詩集‧第三冊》pp.163－164。

詩歌中，以批判中國缺乏人權的主題為最多，今以〈鐘乳石洞——桂林蘆笛岩〉[94]一詩為例，：

> 張口
> 在傳統巨岩鎮壓下
> 叫喊了幾千年
> 不惜嘔出肺
> 　　吐出腑
> 呈現空無的心機
> 任你們
> 隨意進出檢視
> 終究
> 只有人類史上熬出的精華
> 鐘乳石柱的硬骨
> 依然
> 哽在喉中
> 支撐著上下顎
> 嘶喊著：
> 還給我的人權

　　李魁賢將鐘乳石洞中的石柱想像成「哽在喉中」的「硬骨」，一種想說話卻不能說話的憤慨由鐘乳石洞宏大的形象展現出來，最後一句：「還給我的人權」更是直接點出題旨。其〈太湖石——蘇

94　李魁賢：〈鐘乳石洞——桂林蘆笛岩〉，《李魁賢詩集・第三冊》，pp.151－152。

州獅子林〉[95]一詩也是以「多少來來往往的子民／期待著心底的怒吼／即使一聲悶哼」做結語點出題旨。由這三首詩可以發現,在李魁賢的觀察中,中國的自由民主不僅受到體制的箝制,人民事實上是連要求人權的權利都沒有的,所有為自由民主而作的呼喊都被「凍僵」、被「哽在喉中」,只能「在心底怒吼」,對中共的專制政權作了最嚴厲的諷喻。

(二)世界旅思

李魁賢的足跡遍及五大洲,其世界旅行的詩篇除了散見在各詩集中的零星篇章外,比較集中的是《赤裸的薔薇》中的「旅歐詩抄」及《秋天還是會回頭》全部的詩篇。可以說,李魁賢由於有可以出差旅行世界各國的「先天優勢」,得以在旅行過程中創作詩篇,使得「世界旅遊詩」成了他不同於一般詩人的特色所在。而欲對李魁賢的世界旅遊詩做分類的話,可以發現,其旅行詩篇開始即可粗分為「小我抒情」及「大我抒情」,其「小我抒情」的篇章如〈櫻島火山〉等即是以櫻島火山自況,其他純粹描繪風景名勝的詩篇而不涉及嚴肅政治社會課題的詩篇亦多,這類詩篇多集中在《赤裸的薔薇》的「旅歐詩抄」之中。而在「大我抒情」方面,李魁賢在世界各地旅行時,多會從社會、政治、歷史等方面進行反思並創作成詩,藉由各地獨特的政治社會歷史背景,為每一個旅行地留下批判的聲音,再者,李魁賢曾創作過為數不少的「反戰詩篇」,雖然這並非李魁賢旅行所見(如「海灣戰事」),但由於涉及世界各地

---

95 李魁賢:〈太湖石——蘇州獅子林〉,《李魁賢詩集‧第三冊》,pp.178-179。

所發生的事情，所以也歸於「世界旅思」的範疇來討論，於此先做說明。

1、旅遊詩情

所謂「旅遊詩情」指的是李魁賢在世界各地旅遊時，藉由詩篇來描繪景物，賦予景物感情而連綴成的詩篇，其中雖沒有嚴肅的政治社會課題，但可以明顯在詩篇中感受到李魁賢對萬物的喜愛及夢幻的綺思。我們先看〈萊茵河〉[96]一詩：

> 萊茵河細細的長流
> 卡蘭達山在你之上　你歌唱著
> 卡蘭達山在你之下　你歌唱著
> 從雪封的山的故鄉　到雪封的牧原
>
> 台灣的青年來到妳的身傍
> 也成了一條忘情的支流
> 穿過松樹林間　靜靜地歌詠著
> 細細的不盡的長流

描寫萊茵河之美，李魁賢藉由「歌唱」表示萊茵河的動感，將萊茵河的源頭與下游以「雪封的山」及「雪封的牧原」的美麗意象來呈現。第二節李魁賢也作為一位訪客出現其中，「成了一條忘情的支流」，被萊茵河之美牽動，隨著萊茵河到世界各地旅行。又如〈漢城柳〉[97]一詩：

---

[96] 李魁賢：〈萊茵河〉，《李魁賢詩集・第五冊》，p.15。
[97] 李魁賢：〈漢城柳〉，《李魁賢詩集・第四冊》，p.17。

　　高麗新婦／解開如雲的髮髻／在漢城街頭／站成一排／柳樹

讓秋天／逐一校閱

　　我站在終端／等待成為／他的最後一棵垂柳

　　形容韓國漢城的柳樹是高麗的「新婦」，將柳樹加上嬌羞、聽
話的女子形象，而垂下的柳絲，是高麗新婦解開髮髻後的髮絲，
更增添柳樹的柔美。〈冰河岩〉[98]一詩則以北歐冰河地形為題材創
作，並融入李魁賢的自我形象：

　　冰河到海口的距離／只是風／冰河時代到海洋時代的距離
／只是雪

　　帶著懷念妳的夢／走過風的世紀／帶著懷念妳的相思／涉
過雪的紀元／大西洋啊／我急急奔向妳／數年才移動寸步
／我還是堅定地邁向宿命的至愛

　　直到妳不再澎湃／我就把整個山的岩層呈獻給妳／按照原
始的約束／不說一句話

　　不純粹描寫景物，而是以景物抒發小我之情，李魁賢藉冰河地
形成形的困難及所需時間的久長，抒發自己對愛情的執著，即使「數
年才移動寸步」，還是會「堅定地邁向宿命的至愛」。這種藉景物抒
小我之情的創作方式，充滿在李魁賢的旅遊詩作當中，這類詩作由
於少了政治社會等嚴肅課題，再加上李魁賢獨特的創作手法，使得
詩作總可以洋溢著清新優美的藝術風格。

---

[98] 李魁賢：〈冰河岩〉，《李魁賢詩集・第二冊》，p.232。

2、歷史反思

李魁賢在這些歷史古蹟遊覽時，時常藉由該地所發生過的歷史，以及這些可見的歷史陳跡，將有形的現存空間與無形的歷史時間作虛實交會的構思，這些以該地歷史為題材的旅遊詩篇。我們先看〈雅典的神殿〉[99]一詩：

> 多利斯巨柱支撐著／一片神話的天空／神話卻像浮雲一般飄逝／留下巨柱／支撐著歷史的廢墟

> 沒有趕上歷史的饗宴／現代遊客／紛紛擠進巨柱下的廢墟／把自己裝模作樣的姿勢／拍進歷史的鏡頭裡

> 每個人都用不同的角度／詮釋神殿的遺址／在唯一不變的世俗天空下／神早已失去了立身的場所／躲進歷史的角落

雅典神殿曾經是希臘的宗教據點，雖然依舊以均衡對稱之美標誌著建築界古典主義的美的極致，但是隨著時間的流逝，石柱們少數已損壞風化，多數雖然留存，但雅典神殿已不具有完整的形體。第一節中說巨柱支撐著「一片神話的天空」，但時代進步，科學至上，神話已不再重要，像浮雲一般飄逝在天空中，神殿也成了「歷史的廢墟」。而與雅典神殿這歷史古蹟最明顯的諷刺對比就是現代遊客，旅行拍照，卻遺忘了歷史的嚴肅，遺忘了神話的價值，所以「神早已失去立身的場所／躲進歷史的角落」。詩中呈現歷史的無情與宗教價值的喪失，是一首成功的歷史反思詩作。又如〈泰姬瑪哈的幽影〉[100]一詩：

---

[99] 李魁賢：〈雅典的神殿〉，《李魁賢詩集・第二冊》，pp.187－188。
[100] 李魁賢：〈泰姬瑪哈的幽影〉，《李魁賢詩集・第二冊》，pp.277－279。

暮色靄靄　鬼影幢幢／細雨竊竊私語／雨滴像蒼蠅／馬鞭
揮也揮不走

前後擁至的／似有形又似無形／無燈　對不需燈的世界／
有燈亦似無燈

而需要燈的世界／無燈便成另一世界／在幽明的世界裡／
泰姬瑪哈就成為凝固不動的鬼魂

歷史不如愛情故事／愛情故事不如／耗資難以計數的古代
建築／古代建築不如白天的太陽

太陽不如一位大臣來訪／將泰姬瑪哈封鎖／停止一般人參
觀／大臣成為白天無人得見的幽魂

幽魂可以無形膨脹／如泰姬瑪哈龐大的陰影／填滿似有形
又似無形的／傳統和社會體制

夜色靄靄　細雨竊竊／外面有更多準備／蜂擁而至兜售的
遊魂／馬鞭揮也揮不走的雨滴……

　　泰姬瑪哈陵是蒙兀兒汗國第五世皇帝沙迦罕為其愛妃——
塔芝瑪哈所建的陵墓，在三百年前用了二萬名工匠及五百萬盧
比才建造了這座大理石藝術建築，如今是世界七大奇景。不但
是建築物之最，更因為其中淒美的愛情故事，使得泰姬瑪哈陵
比其他的風景名勝更增添人情的氣味。李魁賢到了泰姬瑪哈
陵，興起了一股古今對比的反思，「歷史不如愛情故事／愛情故
事不如／難以計數的古代建築」，對泰姬瑪哈陵耗費人力物力只
為成就帝王一己之私情的行為感到不齒，而尤有甚者，「太陽不

如一位大臣來訪／將泰姬瑪哈封鎖／停止一般人參觀／大臣成為白天無人得見的幽魂」，對以政治力凌駕群眾利益的政客做了犀利的批判，這種以獨佔名勝參觀權為傲的政客，不過就是在陵墓之中的遊魂，一樣是不尊重歷史的人。對泰姬瑪哈陵這類耗費人力物力的歷史古蹟，李魁賢在其中得不到旅遊的歡欣，反而將視角伸向當地社會，替當地人民發聲，如此更可表明李魁賢對全人類的大愛。

3、政治反思

所謂「政治反思」是指李魁賢在世界各地旅行時，以該地的政治社會背景為題材所創作的詩篇，在這類詩篇中，各地不合理的政治制度與社會現象都會被李魁賢所批判，有時李魁賢也會以當地的政治現況來和台灣的政治現況作比較，也可以看出李魁賢對台灣鄉土的念念不忘。我們先看〈西貢‧一九七一〉[101]一詩：

一個乞丐／兩個乞丐／三個乞丐／躲進街角黑暗的夢

一個士兵／兩個士兵／三個士兵／躲在酒吧黑暗的體臭

一排槍聲／二排槍聲／三排槍聲／叫醒四處逃竄中黑暗的血

一個朝代／兩個朝代／三個朝代／擠進不知如何拼湊的黑暗的版圖

全詩以意象並置的方式呈現，「乞丐」、「士兵」、「槍聲」都代表越南西貢的惶惶不安，但是在政治高層的人，只顧著權力鬥爭的

---

[101] 李魁賢：〈西貢‧一九七一〉，《李魁賢詩集‧第二冊》，pp.189－190。

政治遊戲，不斷地改朝換代，已經讓人民厭煩，因為一個、兩個、三個……不斷增加的朝代，都不能夠帶來光明，只能夠「擠進不知如何拼湊的黑暗的版圖」，李魁賢在此為越南人民發聲，批判其不公的政治現象。

　　李魁賢在世界各地旅行所創作的政治詩，亦有藉該國的政治現況反思台灣政治現況的詩作，最有名的是李魁賢在波羅的海三小國旅行時所創作的詩，我們看〈塔林女導遊如是說〉[102]一詩：

> 從俄羅斯到愛沙尼亞／塔林女導遊色喜地說：／「我們又獨立了！」／街上的笑容開在花的臉上／我們也有蝴蝶會飛過波羅的海／即使沒有海鷗和遊艇多

> 「你們獨立了　幸福嗎？」／當然　女導遊色喜地說／我們恢復了尊嚴／我們有了自己的三色旗／藍天　肥沃的黑色大地和純白的心／我們有自己的貨幣／價值是俄羅斯盧布的一百倍

> 俄羅斯人在愛沙尼亞／有的變成我們的親戚朋友／有的變成外國人繼續僑居／我們的鴿子在廣場遊息／我們的畫家把風景畫裝飾街道／任人把愛沙尼亞的回憶帶回裝飾生活和美夢

> 塔林女導遊充滿自信的幽默和開朗／掃除了俄羅斯的嚴肅和陰霾

---

[102] 李魁賢：〈塔林女導遊如是說〉，《李魁賢詩集‧第二冊》，pp.207－208。

　　另外兩首分別是〈里加街頭畫家如是說〉[103]——談拉脫維亞、〈維爾紐斯旅館會計如是說〉[104]——談立陶宛，以上三首詩是李魁賢在波羅的海三小國旅行時所創作的詩篇，都是以三小國公投和平獨立的政治事件為題材，藉三小國中的女導遊、畫家、會計之口，表達出國家獨立後的快樂，「我們恢復了尊嚴／我們有了自己的三色旗」之後，國人「充滿自信的幽默和開朗」，這正與李魁賢對台灣獨立的渴求期盼相呼應。而在〈維爾紐斯旅館會計如是說〉一詩末三句:「台灣發行自己的錢幣／不是一個獨立的國家嗎／我們立陶宛是獨立後才擁有自己的錢幣」，更以立陶宛人的疑問來反襯台灣國格的不堅實，明白點出李魁賢在世界旅行時仍不忘他對台灣政治前景的反思。

4、反戰詩篇

　　李魁賢的反戰詩篇數量很多，而且多被研究者所喜愛，如〈叮嚀〉、「海灣戰事」組詩等，雖然這些詩篇並非李魁賢在該地旅遊時所寫，但由於題材範圍涵蓋世界，所以也將之放在「世界旅思」的範疇中討論。我們先來看〈叮嚀〉[105]一詩:

　　　　我還要跟著軍隊走／還有需要我們保護的土地／我不能帶著你們／不是我狠心不管

---

[103] 李魁賢:〈里加街頭畫家如是說〉,《李魁賢詩集‧第二冊》,pp.209－210。
[104] 李魁賢:〈維爾紐斯旅館會計如是說〉,《李魁賢詩集‧第二冊》,pp.211－212。
[105] 李魁賢:〈叮嚀〉,《李魁賢詩集‧第五冊》,pp.99－100。

讓我偶然發現你們兄弟四個／在逃難的路上／已是老天眷
顧的安排／自從荷槍出門起／何嘗敢夢想再見／只是料不
到這種情況／也沒想到母親會和你們走散／如今你們要緊
緊拉在一起／不要再分離／老大　你已經十歲了／就由你
來當班長／好好帶著你的弟弟

我立刻要去追上部隊／不能詳細告訴你們怎麼走／反正你
們也沒有鞋子／踏著土地最堅實

還有，遇到有水的地方／先洗一把臉吧／眼淚不要再白流／
留著回來灌溉田園噢

　　〈叮嚀〉一詩是以越戰為背景的。全詩以父親的口吻，巧遇在
戰爭中失散的孩子，卻只能以簡短的字句「叮嚀」孩子，一句「已
是老天的眷顧」可見人民在戰爭中已無力求家園的保全，只求能與
家人見上一面的悲涼場面。「老大　你已經十歲了／就由你來當班
長」，一個十歲的孩童要負起照顧弟妹的責任，做父親的卻只能耳
提面命再目送他們離開，戰爭中人民的辛酸血淚在簡短的對白中已
表露無遺。

　　李魁賢的「海灣戰事」組詩，更可見出李魁賢對戰爭的反
感。先看〈浪蕩的黑手〉[106]一詩：「黑夜裡／向海灣浪蕩伸過來
／油污的黑手／／全世界禁不住／打了寒顫」，將波斯灣戰爭中
流於海面上的石油比喻作「黑手」，讓「全世界禁不住／打了寒
顫」，短短五句詩，寫下波斯灣戰爭時以人民生活物資做為戰爭
手段的無恥，而且全世界也為此付出了代價。除此之外，石油流

---

[106] 李魁賢：〈浪蕩的黑手〉，《李魁賢詩集‧第三冊》，p.187。

入海中對生態環境的破壞也可想而知，我們看〈海鳥的塑像〉[107]一詩：

> 黑煙籠罩著天空／黑油封鎖著海灣
>
> 自由的海鳥／避開空中的砲火／泅水上岸／掙扎過沼澤般的海灘
>
> 站在一塊岩石上／看到同伴／都換上了喪服／自己也變成了一隻烏鴉／翅膀再也張不開／啼聲也黏住了／漸漸僵硬成一尊塑像／茫然對著無法開口的天空

「自由的海鳥」變成了「烏鴉」，一身油污李魁賢喻之為「喪服」，更是形象化地點出了海鳥在這一波人類的戰爭中所受的無辜傷害，翅膀、聲帶都無法張開，而成了「一尊塑像」，正是戰爭的殘酷。李魁賢對戰爭的反感除了表現在對戰場的描繪之外，更表現在對主導戰爭者的批判上，我們先看〈語言戰爭〉[108]一詩：

> 一方說是聖戰／另一方說是正義的戰爭
>
> 還沒有看到砲火／語言的戰爭／先來一段／開場白
>
> 等到最後的砲火／聲嘶力竭後／沒有倒下的／就掌握了戰爭的正義／就是戰聖

「聖戰」與「正義的戰爭」，兩方各有美麗的說詞，但都是為鼓吹人民上戰場對人民所做的愚弄，「語言的戰爭／先來一段／開

---

[107] 李魁賢：〈海鳥的塑像〉，《李魁賢詩集・第二冊》，pp.189－190。
[108] 李魁賢：〈語言戰爭〉，《李魁賢詩集・第二冊》，p.186。

場白」顯示出李魁賢對這些政治語言的不齒與不屑，而末節更是表明了對政治的批判及對歷史的諷刺，「沒有倒下的／就掌握了戰爭的正義」，這是何等的諷刺！而最末句「就是戰聖」刻意將「戰勝」改為「戰聖」，「戰勝」代表著實質的勝利，「戰聖」則是帶有語言符號的象徵意義，因為在政治語言的加持下，勝利者不只可以獲得實質的利益，更可以神格化的身份主宰更多的國家，在此詩中，李魁賢所表現的批判力度是非常大的。最後再舉李魁賢的〈玫瑰花〉[109]一詩為例：

> 歐洲的公園／盛開著紅玫瑰／亞洲的私家花園／盛開著白玫瑰
>
> 中東油田／被飛彈強迫／盛開著遮天蔽日的黑玫瑰
>
> 美國的玫瑰／卻開出了愈來愈大的／喇叭花

　　研究者對李魁賢此詩有多種解釋，鄒建軍等曾謂：「公園裡的『紅玫瑰』是熱烈開放的，是自由不拘的，然而既然開在公園裡，人來皆可以觀賞或撫玩，大概特別容易殘損。亞洲私家公園裡的『白玫瑰』，大概是一向見不到陽光的緣故，蒼白無力的姿態，昭示給人私家花園的罪惡與不公」[110]，為前兩節下了相當好的註解。而第三節以「遮天蔽日的黑玫瑰」隱喻石油，也隱喻戰爭所帶來的黑暗，末節最令人玩味，「美國的玫瑰／卻開出了愈來愈大的／喇叭花」，美國在波斯灣戰爭中雖然扮演著正義的角色，但是撇開政治語言不談，他們還是為了實質利益出征，所以李魁賢譏刺這些看來美麗的

---

[109] 李魁賢：〈玫瑰花〉，《李魁賢詩集・第二冊》，p.191。
[110] 同註8，p.59。

「玫瑰」開出只會大聲放送美麗政治語言的「喇叭花」，是非常深沉的諷刺。

　　以上，以李魁賢旅遊世界各地所撰的詩篇為討論對象，從中我們可以明顯感受到的是，李魁賢對全人類的大愛，也正是「愛」，使他的詩歌得以傳誦國際並達到更高的精神高度。

第三章　李魁賢詩歌藝術表現

　　本章將從李魁賢詩歌中藝術手法的運用及意象、語言、篇章架構的經營特色來審視李魁賢詩歌。

壹、藝術手法

　　在藝術手法方面，筆者著眼於李魁賢創作歷程的轉變，所以將之區分為「象徵主義」、「現實主義」與「新即物主義」三方面。李魁賢在年少時期曾加入現代派，受現代派提倡現代主義的影響，其《靈骨塔及其他》及《枇杷樹》詩集中充滿著象徵主義的影響，後來隨著李魁賢重新出發後，其創作視角伸向社會各個角落，詩作中有明顯的現實主義的色彩，而在最後李魁賢所堅持並以為自身特色的新即物主義更是必須討論的重點。

一、象徵主義

象徵主義是歐美現代文學中出現最早、影響最大的詩歌流派。興起於十九世紀七十年代的法國，其先驅者是波特萊爾，後繼者如韓波、馬拉美等，而於 1886 年由莫雷亞斯發表〈象徵主義宣言〉，從此，象徵主義便在法國文壇上風起雲湧，其後擴展到歐美各國，體裁也從詩歌擴展及各藝術門類，象徵主義的影響可說至今未衰。

再者，象徵主義在藝術上，反對浪漫主義那種過於感傷、直陳其事等諸種文學傾向，竭力探求內心的「最高真實」，並堅信真理是超現實的，是理性所不能把握的，只能通過象徵來暗示以接近真理。是故，在李魁賢的早期詩作，尤其是《靈骨塔及其他》詩集中的大部分詩歌，都充斥著象徵主義影響的痕跡，隱喻、象徵、暗示、意象迭加等手法的運用幾乎在詩集中的每一首詩呈現，前章所曾提及的〈孤獨〉、〈星期五〉、〈靈骨塔〉等就是象徵主義藝術手法的展現，其他如〈印象之一〉[1]：「七項火燄往事的遞嬗／類似七重天的輪迴……／／季節　說是／一粒粒微妙的染色體構成」，由「七重天」的廣大到「染色體」的微小，印象涵蓋著往事與季節的變換，迴環反覆，由極大而極小，是人的思考的變換之功；〈晨間〉[2]：「海燕成熟的翅膀滑落的水珠／在晨間醒來／便手拉手地跳起圓舞曲」，由輕靈的意象，水珠的滑落、跳舞，展現晨間時萬物甦醒的生命力；又如〈海上夜語〉[3]一詩：

---

1 李魁賢：〈印象之一〉，《李魁賢詩集・第六冊》，p.107。
2 李魁賢：〈晨間〉，《李魁賢詩集・第六冊》，p.114。
3 李魁賢：〈海上夜語〉，《李魁賢詩集・第六冊》，p.103。

夜急急地跟蹤著　艦長
太平洋上的懸月　照著你的彳亍
你飲著腥腥的北來的季候風

星星們被推落入了你金邊的袖
你盈盈地擁著明日的花朵
擁著海洋的戶籍　擁著幻想的鎖

水紅的珊瑚　橘黃的貝殼
以及銀藍的海燕　夜夜夢著你呢
而你卻夢著獨腳亞哈布的故事
　　莫比・狄克的幽魂

　　這首詩可做為李魁賢以象徵主義筆法創作的代表。以〈海上夜語〉為題，可見其描寫內容以海上水手的所見所感為題材，詩人在書房中天馬行空地臆測海上水手之所見，其意象疊加而出，將海上夜景描繪地有暗夜的陰柔美，也有暗夜的驚悚。第一節中，「懸月」照著「彳亍」，描寫海上水手的無助與不定，「腥腥」的風，是大海的味道，「星星們被推落」更進一步寫多雲的暗夜，但「明日的花朵」、「海洋的戶籍」與「幻想的鎖」，則帶來的希望的味道；第三節中，描寫水手懷抱夢想與勇氣航行海上，有珊瑚、貝殼與海燕的陪伴，夢著亞哈布與白鯨莫比・狄克的故事，以著名小說角色做為意象，更進一步加強了海洋的神秘與美感。再者，本詩以「夜」、「艦長」、「太平洋」、「懸月」、「北來的季候風」、「星星」、「金邊的袖」、「明日的花朵」、「海洋的戶籍」、「幻想的鎖」、「珊瑚」、「貝殼」、「海燕」、「獨腳亞哈布的故事」、「莫比・狄克的幽魂」這一連串的象徵意象相互迭加，隱喻海上船員的冒險心情，也是明顯的象徵主

義式的寫作手法。由以上詩作品可知，李魁賢早期受現代派影響，象徵主義的寫作手法幾乎構成其第一本詩集《靈骨塔及其他》的全部詩作。

　　還可以進一步討論的是，在吳曉東的《象徵主義與中國現代文學》一書中曾提及：「《惡之花》被波德萊爾自己稱為『病態的花』。這種病態首先直接體現在詩歌擇取的題材之上。波德萊爾歌詠的是迥異於浪漫主義詩人習慣的題材之外的『腐屍』、『吸血鬼』、『猶太醜女』、『骷髏舞』、『破鐘』、『撒旦』等意象。這些都給讀者以全新的感官刺激，把讀者帶到了一個新的充滿病態、頹廢和邪惡的意象世界」[4]，吳曉東對象徵主義的認識，正可於李魁賢《靈骨塔及其他》詩集找到更多例證。首先，以「靈骨塔」詩題為詩集名稱，正表現出李魁賢最想要給讀者陰冷頹廢甚至是病態的感官刺激；再者，詩集中陰森可怖的意象俯拾即是，如〈荒野上〉[5]中的「孤魂」；〈亡靈〉[6]中的「亡靈」；〈影子・死〉[7]中的「墓碑」、「死」、「幽靈」；〈勝利者〉[8]中的「吸血的刀」、「屍體」、「屠宰場」、「亡靈」；〈日落以後〉[9]的「葬禮」等等，整部詩集簡直可以用「鬼影幢幢」來形容，這是李魁賢年少時期灰暗的內心世界的外向投射，在他詩興來時，森冷可怖的意象也隨之在腦中浮現，如此也的確創造了「一個充滿病態、頹廢和邪惡的意象世界」。

---

[4]　吳曉東：《象徵主義與中國現代文學》（合肥：安徽教育出版社，2001），p.23。
[5]　李魁賢：〈荒野上〉，《李魁賢詩集・第六冊》，p.92。
[6]　李魁賢：〈亡靈〉，《李魁賢詩集・第六冊》，p.95。
[7]　李魁賢：〈影子・死〉，《李魁賢詩集・第六冊》，p.96。
[8]　李魁賢：〈勝利者〉，《李魁賢詩集・第六冊》，pp.108－113。
[9]　李魁賢：〈日落以後〉，《李魁賢詩集・第六冊》，p.115。

　　李魁賢早期雖受象徵主義的影響，但當時正是年少輕狂的時期，對西方象徵主義是崇拜傾慕多於審慎接受，藝術消化力不足使他對象徵主義僅能止於模仿而未能入其堂奧，對此胡靜也說：「當李魁賢正處於少年時期為賦新詞強說愁的年齡，自身的藝術素養還不夠豐富，受到西方現代主義的洗禮而在自己的詩中用這種模仿的象徵主義技巧來抒發內心的感悟時，詩意的晦澀和結構上的不完整是在所難免的」[10]，是故，李魁賢的象徵主義藝術手法基本上不能算成功，但是，隨其對現實主義基盤的確立及創作路線的轉變，象徵主義的主知與純詩觀念不再是李魁賢的自我設限，而是在詩歌創作中更自由運用的藝術手法，使其詩歌中的象徵、暗示、隱喻技巧更為圓熟，而創作出具有象徵隱喻性質的意象，使詩歌呈現更深沉的詩味，這是一種自象徵主義的超脫，也是李魁賢「精神論是現實主義，方法論是各種流派」[11]的詩學理念的具體實踐所達到的成就。

二、現實主義

　　李魁賢曾說：「個人的詩觀一向堅持現實主義精神的基盤」[12]，「現實主義」在李魁賢的詩歌創作中，其影響層面在於詩的本質精神。但事實上，李魁賢也吸納了現實主義藝術手法的影響而表現在詩作中。廣義的現實主義是一種正視現實的創作方法，強調創作的社會性和真實性。在李魁賢的詩作中，我們可以發現為數不少的以

---

[10] 胡靜：〈論李魁賢詩歌的藝術技巧〉，《台灣文學評論》，2 卷 2 期，p.74。
[11] 李魁賢：〈這是大家的詩——《愛是我的信仰》自序〉，《李魁賢文集‧第陸冊》，p.313。
[12] 李魁賢：〈選詩的偏見〉，《李魁賢文集‧第陸冊》，p.304。

現實主義藝術手法創作的詩歌,例如前章所引〈塔林女導遊如是說〉一詩,以旅行愛沙尼亞時所聞所見,描寫該國脫離俄羅斯獨立後瀰漫在當地的歡欣氣氛;〈叮嚀〉以越戰為背景,寫身為軍人的父親不得不離開已失去母親的孩子;〈老師失蹤了〉則完全以敘述體的形式呈現二二八事件後孩童所喜愛的老師從此消失的回憶。除了這些詩作外,李魁賢還有很多反映當代政治社會現況的詩作,如〈垃圾五重奏〉[13]的第一首:

> 為了經濟發展加緊生產的
> 垃圾
> 為了刺激消費超買囤積在家裡的
> 垃圾
> 已經快要影響呼吸的
> 垃圾
> 趁著除夕清理出來
> 佔領了都市的街頭巷尾
>
> 為了拯救都市
> 清潔隊員忙著清運垃圾
> 一車又一車
> 運往堆積在青山裡
> 從人人寄棲的公寓垃圾箱
> 搬回到大自然永遠的家

---

[13] 李魁賢:〈垃圾五重奏〉,《李魁賢詩集・第二冊》,pp.14－19。

　　平白淺易的語言，不斷重複出現的「垃圾」二字，李魁賢以沉重的心情譜成了〈垃圾五重奏〉的第一首，其詩歌以人們為了發展經濟不斷攫取大自然的資源，在過度地生產後製造了大量的垃圾，而在「除夕夜」這個約定俗成的「大掃除」的日子，將所有囤積在家中的「垃圾」丟回大自然這「永遠的家」。很明顯地，這首詩所控訴的對象是經濟發展的本質、人性貪婪與浪費的習性以及身處惡劣環境中卻毫不自覺的人類，而其中「趁著除夕清理出來」則以人們歡欣過年的背景，諷刺大掃除是最大量地製造垃圾的行為，凸顯了人類只顧自身而不顧自然環境的愚昧。清潔人員在「拯救都市」後，垃圾「一車又一車／運往堆積在青山裡」也是以都市和自然做反襯，暗示著人類正一步一步地走向毀滅。這首現實主義的詩作，表現出李魁賢詩作的批判性，而其詩中所表現的社會性現實性，更顯露出現實主義影響的痕跡。再如〈蜆港即景〉[14]一詩：

> 第一個落海／是被擠下的大孩子／母親還緊拉著／另外三個小的／悶在難民船甲板上的人叢裡
>
> 第二個落海／是被擲下的嬰孩／醫師宣告無藥可救之後／隨著超載的行李一起祭海／哭昏的母親無人理睬
>
> 第三個落海／是失手墜下的小孩／被族人掙扎拉上船的母親／轉身跳入絕望的海／一聲不響
>
> 紛紛落海的是／被趕到岸邊的兵士掃射／驚惶失措的壯丁

---

[14]　李魁賢：〈蜆港即景〉，《李魁賢詩集・第五冊》，pp.96－97。

　　〈蜆港即景〉一詩與〈叮嚀〉同屬「越南悲歌」組詩之一，以旁觀者的立場，近乎殘酷地描述了戰爭中倉皇逃命者的眾生相。整首詩充滿「落海」意象，前三節皆以小孩與母親的連結為主軸，末節則以「壯丁」做結，將在逃命中只顧自己保命卻輕賤他人性命的現實情況表現地深刻沉重，其底層則是控訴戰爭的無情與引發戰爭者的不仁與殘酷。第一節中孩子被擠落的母親，選擇照顧剩下的三個孩子，悶在難民船上為三個孩子苟活；第二節中嬰孩被丟落的母親哭昏了卻無人理睬，其中將無藥可救的嬰孩與「超載的行李」等值的寫法，更是令人感受到戰爭與人性的殘酷；第三節中失去孩子的母親即使被救上船，仍選擇跳落海中與孩子同死；前三節孩子的落海與母親的反應，寫成了三個故事，也典型化地描繪了殘忍戰爭中的社會實況。而最末節，苟且求活的「壯丁」們，終究在難民船靠岸後被士兵掃射，之前犧牲他人生命以求苟活的人也不能保全性命，而且戰爭也沒有因此結束。詩中各種場面的描繪都怵目驚心，卻又歷歷如在目前，這種現實主義的寫法使得李魁賢的政治詩有著批判的強度。

三、新即物主義

　　「即物主義」是為補「表現主義」之不足而興起，起於二十世紀二十年代的德國，強調在寫作時注重「即物性」，透過對物象做持久性的關注以直逼人的心靈世界，有「即物審視」、「寫實精神」、「質樸風格」、「爽朗語言」等特徵。李魁賢曾說：「這種風格對國內詩壇《笠》詩刊為發表園地的詩人發生很大的影響」[15]，而中國

---

[15] 李魁賢：〈德國文學管窺〉，《李魁賢文集・第柒冊》，p.346。

學者楊四平，則在闡述了里爾克與李魁賢的詩作關聯性後說到：「李魁賢的這種寫作和思想的轉變，導源於此間他大量地研讀並翻譯里爾克的文學作品」[16]，李魁賢身為笠詩社中專門譯介里爾克作品的詩人，在「笠詩社」與里爾克的雙重影響，以及李魁賢自身的創作路線修正之下，堅持現實主義基盤，新即物主義已成為李魁賢幾十年來最顯性的藝術創作手法。

　　李魁賢不但假借物象介入社會的變動，以「新即物主義」做為與時代對抗的手段，而且其「新即物主義」還較西方的「即物主義」更增添了「人道的、現實的、社會的、批判的積極因素」[17]。其新即物主義代表詩作中最有名的是〈鸚鵡〉一詩，在創作過程中，李魁賢對鸚鵡做即物性觀察，知道「鸚鵡是舌頭最發達的鳥類。鸚鵡的舌頭又肥又厚，十分柔軟，構造和人相似，所以善學人語。牠的智力很高，容易訓練，是人們喜愛飼養的鳥」[18]，進而以鸚鵡善學人語、容易訓練的特性來描寫，藉由鸚鵡的物象特性，隱喻在專制政府的愚民政策統治下的台灣人民，而創作成有名的政治批判詩。再如李魁賢的另一首名詩〈留鳥〉，一樣做即物性觀察，但和〈鸚鵡〉不同之處在於，鸚鵡為單一物象，而〈留鳥〉詩則是對「留鳥」與「候鳥」兩種物象做偶極性的觀察，以留鳥的熱愛本土與候鳥的隨時遷徙兩相對照，對堅守本土意識的人們做了歌頌。本文前章所引用的李魁賢詩作，泰半也都是以新即物主義的藝術手法創作而成的，如「自我剖白子系統」中所引之〈高粱穗〉、〈櫻島火山〉、〈芒草〉、〈檳榔樹〉、〈酒瓶蘭〉、〈登七星山〉、〈相思陶〉等，都是進入

---

[16] 楊四平：《中國新即物主義代表詩人李魁賢》，p.142。
[17] 同上註，p.143。
[18] 李魁賢：〈鸚鵡〉，《李魁賢文集・第壹冊》，p.261。

物象之中，藉物象抒情；另外像〈白髮癬〉藉白髮癬抒發願與妻子
一生相守的情志，〈春不老〉藉春不老抒發對生命的自然規律的尊
重。在社會詩與政治詩等批判性強的詩作中，除了上文提及的〈鸚
鵡〉及〈留鳥〉外，還有〈袋鼠〉、〈鐘乳石洞——桂林蘆笛岩〉等，
都是藉由對物性的即物性觀察而進入物象之中，再藉由物象抒發己
意，對政治社會現況作深刻的批判。由此可知，李魁賢對新即物主
義的表現手段不只是理論上的認知，在具體實踐上也創造了許許多
多的代表佳作。茲再舉〈狗在假寐〉[19]一詩為例：

> 聽到腳步聲／睜開眼睛／不知道／是天亮還是向晚
>
> 聽到鑼鼓聲／睜開眼睛／不知道／是迎神還是出殯
>
> 聽到吵架聲／睜開眼睛／不知道／是要分手還是在一起
>
> 聽到鳥叫聲／睜開眼睛／不知道／自己飛不上去還是剛掉
> 下來

　　這首詩以並置的對照架構為結構方式，以半睡半醒的狗與喧囂
嘈雜的世界做對比，並藉狗這一物象抒情。信仰、情愛這些看似十
分重要的事情對一隻半睡半醒的狗而言根本毫無意義，詩人藉由狗
的物象來反諷世間的無端紛擾，於狗尚且無謂，況於人哉。每節皆
以聲音作起首，吵醒了半睡半醒的狗，第一節中的「腳步聲」，使
狗不知「是天亮還是向晚」，是人們工作時間的隱喻，天亮上班，
傍晚下班，是上班族規律的生活，但對不用工作的狗來說，根本沒
有意義；第二節的「鑼鼓聲」則是宗教信仰的隱喻，不論是「迎神」

---

[19] 李魁賢：〈狗在假寐〉，《李魁賢詩集・第二冊》，p.112。

的喜或是「出殯」的哀，對狗而言根本沒有差別，對牠來說只是一群人以及一陣吵雜的鑼鼓聲罷了；第三節的「吵架聲」，可以由後文看出是一對男女的爭吵，男女之間分手也吵、在一起也吵，對狗而言根本沒有差別，此處也隱喻著演藝圈或是其他公眾人物中男女的分分合合，在媒體的炒作下，使得分手與結合都變得如此無謂；末節的「鳥叫聲」則化用「莊周夢蝶」的典故，狗在半睡半醒之間，忘了自己是狗或是鳥，在睡夢中隨著鳥叫聲飛翔，在醒來後發現自己身處地面，也忘了「自己飛不上去還是剛掉下來」。統觀此詩，最末節似乎沒有隱喻諷刺的成分，事實上，前三節所隱喻的正是世間的無端紛擾，而末節則強化了狗的悠閒與超然，兩相比較之下，「假寐的狗」實比人類來的高明多了。這首詩以新即物主義的手法，進入物象之中，藉物象抒情，並體現出「社會的、批判的積極因素」，亦可稱為李魁賢新即物主義的代表作。

　　李魁賢的新即物主義創作，完成了「即物審視」、「寫實精神」、「質樸風格」、「爽朗語言」，並且藉由物象抒情，達到主體與客體的統一，更在其中加入「人道的、現實的、社會的、批判的積極因素」，這種由詩論的闡發到創作的具體實踐，使李魁賢的多數詩作都可以統領在新即物主義的藝術風格之內，也使其詩歌創作藉由新即物主義的藝術手法而風格突出。

貳、意象的經營

　　詩人對意象的經營是有意識的，在觀察世界事物時，詩人就不斷地在儲存意象，當創作詩歌的靈感來時，意象便在詩人的腦海中

取捨剪裁，並以最終形式呈現在詩歌中，因此，欲探究一位詩人的詩歌創作的藝術高度，從探究其意象經營便可知其梗概。李魁賢曾說：「我對詩創作的基本理念，是『抒情』和『意象』的結合」[20]，便可見其對「意象」的重視。

一、意象的鮮活創新

在討論李魁賢的詩歌創作論時我們知道，李魁賢論意象時頗重視意象的「新穎」，因此李魁賢在創作詩歌時便致力於以新穎的意象來抒發感情。而其對意象的要求除了「新穎」之外，更要求其「尖銳鮮活」，他認為，詩歌的繪畫性正來自於意象之尖銳突出[21]，詩人欲表現的藝術效果也正由此展現[22]。可以說，李魁賢詩歌意象的鮮活創新來自於李魁賢創作觀念的自覺，而在具體實踐中，他也以新穎鮮活的意象來使讀者得到新奇與驚訝的閱讀趣味。他在〈荷花〉一文中評析自己的〈夏荷〉便曾發此豪語：「詩通常要別出心裁，寫別人沒有寫過的，那才能算是創作」[23]，對自己創作新穎意象的能力頗為自得。而李魁賢的所發現的新穎意象除了前一章所提到的幾首令人印象深刻的詩，如在〈漢城柳〉中將漢城柳樹比喻為「高麗

---

[20] 李魁賢：〈詩人是天生的在野代言人──郭楓訪李魁賢談詩〉，《李魁賢文集・第拾冊》，p.6。

[21] 李魁賢：「詩的繪畫性，就在詩的意象之尖銳突出。」李魁賢：〈片論現代詩一、詩的繪畫性〉，《李魁賢文集・第參冊》，p.154。

[22] 李魁賢：「意象的尖銳與鮮活，端視該意象之特殊性，以及詩人表現的效果。」李魁賢：〈現代詩的欣賞　五、想像〉，《李魁賢文集・第參冊》，p.142。

[23] 李魁賢：〈荷花〉，《李魁賢文集・第壹冊》，p.330。

新婦」；在〈鐘乳石洞──桂林蘆笛岩〉將鐘乳石洞中的石柱比喻為哽住巨獸之口的刺；在〈海鳥的塑像〉將海鳥被油污染黑的身體比喻為穿上喪服；在〈地下道〉中將被同制異化的都市人比喻為一條條的香腸等等，都可以顯見李魁賢創造意象的功力。除以上幾首詩之外，還有非常多的例子可以證明李魁賢發掘新穎意象的功力：

仙丹花是高齡的產婦（〈仙丹花〉[24]末句）

咚　咚　咚／跑過小巷／好像踩在白鐵皮上／霓虹燈／是銳眼的唯一證人（〈都市夜景〉[25]第一節）

心聲／長期禁錮在包裝紙內／趁沒有潮濕之前／迸發咆哮／抗議恭喜恭喜的討好諂媚（〈放鞭炮〉[26]第一節）

他們在草地上／啄到未被土地消化的／昨夜掉落的星星（〈麻雀啄星〉[27]第二節）

浮上來／是為了用尾鰭／狠狠拍天空／一巴掌（〈鯨魚：一則寓言〉[28]第二節）

望著窗外／一剎那間／地面的燈火卻全面亮起來／像擦火柴一樣（〈著陸的感覺〉[29]第二節）

月慘白的臉／看墓地舉起手臂／眾多的芒花（〈月夜〉[30]）

---

[24]　李魁賢：〈仙丹花〉，《李魁賢詩集・第一冊》，pp.200－201。

[25]　李魁賢：〈都市夜景〉，《李魁賢詩集・第四冊》，pp.130－131。

[26]　李魁賢：〈放鞭炮〉，《李魁賢詩集・第四冊》，pp.49－50。

[27]　李魁賢：〈麻雀啄星〉，《李魁賢詩集・第一冊》，p.240。

[28]　李魁賢：〈鯨魚：一則寓言〉，《李魁賢詩集・第一冊》，pp.255－256。

[29]　李魁賢：〈著陸的感覺〉，《李魁賢詩集・第三冊》，pp.94－95。

清晨／騎機車上工／沿路／像拉鍊一樣／拉開／一日的序
幕（〈晨工〉[31]）

紅鶴／站在水中／踩著春天的爛泥／／午后／在假寐中／
夢見自己變成荷花／／卻還不忘／和天空爭吵／吵得臉愈
來愈紅／／夏天跑來看／熱／鬧成一片（〈夏荷〉[32]）

炎熱在街上流動／／因為色盲／所以不知道／他也是色
盲的司機／但他用太陽能作燃料／／多麼單調的下午／
他發現竟有一株綠色植物／在炎熱的街上流動／而忽然
倒在他的車輪下／／瞬間變成了一朵玫瑰／很多人圍過
來看／啊　一朵盛開的紅玫瑰／開在正午的街上（〈正午
街上的玫瑰〉[33]）

倒下去的時候／身體彎曲成 C 形／苦心建造一個外子宮／
懷裡猶緊抱著授乳的嬰兒／好讓他重享出生前的安寧（〈越
南悲歌　婦女二〉[34]）

　　以上幾首詩都藉著新穎意象的發掘，大大地擴增了一首詩的藝
術感染力，也讓讀者因此獲得閱讀的愉悅感，從可愛的景物詩到嚴
肅的政治詩，都在新穎意象的加分下展現了最佳的效果。
　　李魁賢發掘新穎意象的創作方式還可以再做進一層的闡
述，也就是中國學者古繼堂在評析李魁賢詩作特色時所提到的

30　李魁賢：〈月夜〉，《李魁賢詩集・第一冊》，p.230。
31　李魁賢：〈晨工〉，《李魁賢詩集・第三冊》，p.289。
32　李魁賢：〈夏荷〉，《李魁賢詩集・第一冊》，pp.156－157。
33　李魁賢：〈正午街上的玫瑰〉，《李魁賢詩集・第五冊》，pp.32－33。
34　李魁賢：〈越南悲歌　婦女二〉，《李魁賢詩集・第五冊》，p.98。

「反其意而出新」，並進一步說：「我覺得作為一位卓越的詩人，李魁賢具有強烈的創新意識和創新勇氣。他的創新首先表現在內容上對陳俗觀念的挑戰和突破」，甚至讚之曰：「李魁賢在這舊傳統的習俗面前是位創新的勇士」[35]。李魁賢突破陳俗觀念的創作方式可以〈鸚鵡〉一詩為顯例，李魁賢跨越了傳統上「鸚鵡學舌」的刻板印象，而將鸚鵡比喻為被統治者以愚民政策愚化之後的廣大人民，可以說，「反其意而出新」正是〈鸚鵡〉一詩得以成為李魁賢代表作的最重要因素。另一首〈蛾陣〉[36]也是突破了傳統上「飛蛾撲火自取滅亡」的觀念，給飛蛾賦予另一層的深意：

黑夜裡／誰點上一根蠟燭／搖晃著虛弱的光明希望

一隻蛾，兩隻蛾，三隻蛾……／從黑暗中撲上去／燒炙了烈士的夢

用前驅撲滅蠟燭的罪行／讓繼續破繭而出的新生蛾／成群結隊在夜的盡頭集結／迎向真實的朝陽

　　黑夜裡點起蠟燭的「誰」，以「虛弱的光明希望」，吸引一隻隻不間斷撲向燭火的飛蛾，陸續破繭而出的新生蛾，成了烈士的後繼者，繼續不斷地為「虛弱的光明希望」犧牲生命，他們在生命最終所寄望的，是「真實的朝陽」。這首詩突破「飛蛾撲火」的窠臼，將飛蛾趨光的生物特性轉化為其為光明遠景而犧牲的自由意志，在此，飛蛾可以說就是為台灣爭取自由民主卻一再被政府壓迫威脅的

---

[35] 古繼堂：〈透明的紅蘿蔔——論台灣詩人李魁賢的詩〉，《文學界》，第 25 期（1988 年 2 月），p.25。

[36] 李魁賢：〈蛾陣〉，《李魁賢詩集‧第四冊》，p.114。

民主鬥士，結尾「真實的朝陽」正是自由民主的隱喻。由〈蛾陣〉一詩便可見得李魁賢「反其意而出新」的功力，這首詩也因此增加了它的藝術感染力。〈輸血〉[37]一詩也是突破並擴延單純輸血的觀念，而得到「反其意而出新」的奇效：

> 鮮血從我體內流出／輸入別人的血管裏／成為融洽的血液
>
> 我的血開始在別人身上流動／在不知名的別人身上／在不知名的地方
>
> 和鮮花一樣／開在隱密的山坡上／在我心中綻放不可言喻的美
>
> 在不知名的地方也有大規模的輸血／從集體傷亡者的身上
>
> 輸血給沒有生機的大地／沒有太陽照耀的地方／徒然染紅了殘缺的地圖
>
> 從亞洲　中東　非洲到中南美／一滴迸濺的血跡／就是一葉隨風飄零的花瓣

　　將輸血的單純意義擴延，認為戰爭正是一場「大規模的輸血」，人民的流血傷亡，正如同將血液輸送給土地，但是這種輸血是沒有意義的，只能「徒然染紅了殘缺的地圖」，最後說「一滴迸濺的血跡／就是一葉隨風飄零的花瓣」，強烈控訴了戰爭的無謂與無情。這首詩以其新穎的意象成為李魁賢反戰詩篇的代表作，也由此可見李魁賢「反其意而出新」的能力。李魁賢瞭解發掘新穎意象的重要，也具體地落實在他的詩歌實踐中，可以說是李魁賢詩歌藝術成就的一個鮮明標誌。

---

[37] 李魁賢：〈輸血〉，《李魁賢詩集・第三冊》，pp.233－234。

二、意象的簡潔明晰

　　李魁賢曾說:「意象語言所產生的文字,簡潔、明晰,是基本的要求」[38],其要求實不止於語言文字,在詩歌整體的意象呈現上,其「簡潔明晰」的意象經營風格也是李魁賢詩歌藝術特色之一。李魁賢少年期的創作,由於受到現代主義的影響,晦澀模糊的意象表現在其《靈骨塔及其他》詩集中[39],但後來的《枇杷樹》詩集,李魁賢「善於捕捉意象」的功力備受肯定,意象在詩中已漸脫去模糊晦澀的缺失,只是仍稍嫌繁重。可以說,「簡潔明晰」的意象經營風格自《赤裸的薔薇》詩集後便成為李魁賢的自我堅持,他也一再提醒後學勿陷入堆砌意象玩弄語言的創作陷阱中。在前章李魁賢詩歌主題的討論中,我們便可以從他大部分詩作中發現其「簡潔明晰」的意象經營風格,李魁賢的一些代表詩作如前已引述的〈鸚鵡〉一詩,只出現「鸚鵡」、「主人」、「客人」三意象;〈故鄉〉一詩則以「楓葉」與「泥土」、「香魚」與「溪流」兩對意象連綴成詩;〈玫瑰花〉一詩以「紅玫瑰」、「白玫瑰」、「黑玫瑰」與「喇叭花」四種意象來做為世界各地外交政策的隱喻,其中紅、白、黑三色玫瑰又是相接近的意象;再如〈高粱穗〉、〈芒草〉、〈玉蘭花〉、〈陀螺的人生〉等詩,更是只以一個意象來連綴成篇。即使是看來意象比例過重的短詩,仍能體現出簡潔明晰的意象風格,例如〈笑給紫羅蘭聽〉

---

[38] 同註 20,p.10。

[39] 對此,羅義華也曾謂:「受象徵主義的影響,《靈骨塔及其他》中諸詩的意象多少有些含混模糊、晦澀難懂。」羅義華:〈李魁賢詩歌的意象系統〉,《笠》,第 218 期(2000 年 8 月),p.81。

一詩，短短三節十句，就出現了「紫羅蘭」、「三色菫」、「水仙」、「含羞草」、「夜來香」、「黃菊」、「白蓮」、「玫瑰」等意象，但其實該詩的意象是可以區分為兩組，前四種植物代表著「高貴、純潔、無私與愛」，後四種植物則代表著「骯髒、卑鄙、無奈」，意象似繁實簡，仍是簡潔明晰的意象風格。李魁賢詩歌的意象經營常以「簡單明晰」來呈現深沉的詩味，羅義華曾言：「李魁賢詩作的意象比較單一集中，即使有多個意象組合，也往往是為了突出某一中心意象，絕不追求意象的含混複雜」[40]，的確如此。

李魁賢詩歌雖然堅持「簡潔明晰」的意象經營風格，但其意象簡潔的效果卻在於整體意象的「集中」，「中心意象」決定「旁襯意象」，而旁襯意象的簡潔明晰則連帶使中心意象所欲傳達的詩旨更為清楚。我們看〈櫻島火山〉[41]一詩：

> 蓄積心中的烈焰／忍不住／向天空吐露
>
> 正像烽火臺／從九洲末端／越過大隅海峽／越過太平洋／傳達愛的訊息
>
> 我是不死的火山／心中的烈焰／一定要讓他知道／不願壓在心底

這首詩以日本櫻島火山的獨白為主體，詩旨在於詩人欲「傳達愛的訊息」，他將櫻島火山的噴發想像為火山向愛人傳遞愛的訊息，其熱情如火山噴發的烈焰，「一定要讓他知道」。這首詩也可解釋為對台灣的熱愛，李魁賢即使離開台灣到日本旅行，心中念念不

---

40 同前註，p.85。
41 李魁賢：〈櫻島火山〉，《李魁賢詩集・第四冊》，p.20。

忘的仍然是台灣這塊土地，他要「從九洲末端」並「越過太平洋」，
將思念之情傳給台灣知道。這首詩的中心意象是「櫻島火山」，但
此詩中還有「烽火臺」意象，此意象即在暗示火山烈焰如同欲向四
面八方傳遞訊息，而「太平洋」意象則以其廣大暗示不受空間限制
地傳遞愛的訊息。「烽火臺」、「太平洋」都是文字簡潔、效果明晰
的意象，集中地襯托出作者所欲抒發的真正詩旨，中心意象的感染
效果因此而增強。

可以說，李魁賢詩歌意象的經營是以「簡潔明晰」為其主要創
作準則，簡潔明晰的意象所帶來的詩歌可感性與流暢性的藝術效
果，使李魁賢的詩歌總是易懂情深，這是李魁賢正確的創作理念的
成功實踐。

三、意象的多向歧異

所謂「意象的多向歧異」，是指李魁賢的詩歌意象本身包含著
多重的意指，在閱讀李魁賢詩歌及探究其詩歌意涵的時候，詮釋的
角度不同就可能有截然不同的結論，對於此點，李魁賢是有意識地
去使自己的詩歌意象達到「多向歧異」的效果的，他曾說：「字語
意義的含混及多樣性，是詩人取之不盡的蘊藏」[42]，並說「詩的語
言，是一種聯想的語言。一首詩，不在向讀者指出什麼，而是要讓
讀者聯想到什麼」[43]，這種對意象與詩歌整體的加工，促使讀者去

---

[42] 李魁賢：〈現代詩的欣賞 四、意會與言傳〉，《李魁賢文集·第參冊》，
pp.138－139
[43] 李魁賢：〈片論現代詩 三、以詩論詩〉，《李魁賢文集·第參冊》，p.158

做聯想的功夫，造成意象本身並非一點即破，而是要讀者與詩人一同潛入詩歌世界中去探索，這正是「意象的多向歧異」所能達到的藝術效果。這種「多向歧異」的意象，在李魁賢詩歌的研究者眼中更是取之不盡的寶藏。中國學者古繼堂對李魁賢〈盆景〉[44]一詩的解釋可為代表：

> 擺設在會客室的角落／一株錦藤／攀附在枯死的棕櫚樹上
>
> 緊纏住枯木的錦藤／投影的範圍只限花盆的區域／不知道還有其他的世界／還有晶瑩的令人心慌的天空
>
> 才長出了幾葉的錦藤／拼命纏繞已無生機的棕櫚／僅靠吸吮澆注在鬆懈柱幹上的水分／遺忘了光合作用的辛勞與喜悅
>
> 錦藤呀　錦藤／依附在枯死的棕櫚樹上／藉用棕櫚顯示自己虛假的身材／永遠無法僵化的極限／向天空探索風雲真實的面目

這首詩以「錦藤」與「棕櫚樹」兩個物象為主體，以兩者的依附關係，呈現出錦藤的無知和強取豪奪與棕櫚樹的無私付出，兩相對比，而不明言主要意指為何，中國學者古繼堂對此詩便做了許多的聯想，我們來看這一段文字：

> 例如他的〈盆景〉，詩人在此詩中描寫的是一種悲劇形象，詩人用象徵手法，把錦藤和棕櫚兩者的依附關係，描繪成一個有生命但無骨頭的生物，附在一個有筋骨但卻沒有生命的植物身上。假如我們作一些聯想：一部份有知識但缺少靈魂的人，依附在一個行將崩潰的政權；一個有活力但卻無主見

---

[44] 李魁賢：〈盆景〉，《李魁賢詩集・第五冊》，pp.73－74。

的兒子不能獨立生活，在死啃著一個行將就木的老父親；一
個奴性十足的漢子，依賴著一個破落戶的主人等等的社會現
象，都可以與〈盆景〉中的情景相吻，這說明〈盆景〉一詩
有較大的生活含量。一首詩的含量往往和它的生命強弱、質
量高低、含蓄程度深淺等連在一起。詩含蓄的生活量越大，
輻射面越廣，往往質量就越高，生命力就越強。李魁賢的
〈盆景〉一詩，超越擺設──形式主義，無根──思親懷
鄉等意義的描寫，而獨闢蹊徑，取其依附關係入詩是有新
意的。變化是詩的生命，詩人必須不斷變化創新，才能點
鐵成金。[45]

　　古繼堂此處提到很重要的一個觀點，就是李魁賢詩歌「生活含
量」的問題，也為李魁賢詩歌意象的多向歧異下了一個很好的註
解，「詩含蓄的生活量越大，輻射面越廣，往往質量就越高，生命
力就越強」，李魁賢詩歌意象的多向歧異除了可以帶給讀者「聯想」
的藝術趣味之外，其底層的理性邏輯結構以及詩歌中所飽含的生命
力，都可以增加其詩歌的藝術感染力。

四、意象的通感轉換

　　「通感」是意象呈現方式的一種，詩人藉由詩語言將某些已被
世人以固定感覺認知的物象賦予新的認識方式，使讀者隨著詩人的
思緒，以各種不同的感覺去感受同一種物象，因此，顏色可以觸摸、
溫度可以傾聽，讀者在通感的意象中得到新奇的藝術趣味，也因使

---

[45]　古繼堂：《台灣新詩發展史》（台北：文史哲出版社，1997），pp.377－378。

用不同的認識方式去感知事物，而得到較之日常生活更深一層的感
受。李魁賢的詩歌意象經常以「通感」的方式呈現，許達然在「李
魁賢文學國際學術研討會」中，就以李魁賢詩歌意象的通感為題
材，發表了〈李魁賢詩的通感〉一文，文中以「直的通感」與「橫
的通感」對李魁賢詩歌的通感意象做了一番檢視。而李魁賢對於「通
感」的意象呈現方式也是有自覺的，他在說明自己〈花的聲音〉一
詩時，就曾提到：「一般人只注意到花的顏色和嬌媚，也就是視覺
印象。而不會像對待飛禽那樣去注意美妙的聲音，那是聽覺效果，
因為花不會發聲。可是詩可以使我們諦聽花的聲音，那是視覺和聽
覺轉換的結果，因為詩人把花擬人化的時候，花也變成有靈性的
人，會表達喜怒哀樂，使人和花更為接近」[46]，詩人有意識地藉由
感官認識方式的轉換，賦予讀者新奇的感受。我們先看其〈工廠生
活〉[47]詩的第一節：

> 千萬匹馬達的吼聲
>
> 如陽光般　穿過密密麻麻的
>
> 管線　落下來
>
> 粘在黝黑的鋼鐵親屬的肌膚上
>
> 因感動而搖擺　而反響
>
> 回音如琴絃般
>
> 絲絲飄盪

這首詩的第一節就是很明顯的感覺轉換的通感意象，在詩人的
眼中，馬達所發出的聲音，竟連同可見的陽光，一起「粘在黝黑的

---

[46] 李魁賢：〈花的聲音〉，《李魁賢文集‧第壹冊》，pp.362－363。
[47] 李魁賢：〈工廠生活〉，《李魁賢詩集‧第五冊》，pp.105－107。

鋼鐵親屬的肌膚上」，由聽覺為始以聽覺作結，一個小節就呈現了
聽覺→視覺→觸覺→聽覺的轉換過程，讀者隨著詩人的思緒不斷地
轉換自己的感官認識方式，其藝術感染力由此可見。再如〈安達魯
西亞的歌聲〉[48]一詩：

> 安達魯西亞的歌聲／歌聲有陽光的味道／陽光　陽光塗著
> 蜂蜜／歌聲在地中海邊飄揚
>
> 安達魯西亞的葡萄／葡萄有陽光的味道／陽光　陽光塗著
> 奶油／葡萄在平原田野葡匐
>
> 安達魯西亞的橄欖／橄欖有陽光的味道／陽光　陽光塗著
> 乳酪／橄欖伸手向天空祈禱
>
> 安達魯西亞的濛霧／濛霧有陽光的味道／陽光　陽光塗著
> 灰泥／濛霧封鎖陌生的丘陵

　　這首詩以並置的對照架構呈現，整首詩所予讀者最直接的感受
是「安達魯西亞」與「陽光」的連結關係，似乎到了安達魯西亞，
便可以徜徉在陽光的照耀下，李魁賢此詩給了安達魯西亞的「歌
聲」、「葡萄」、「橄欖」、「濛霧」不同的認識方式，並巧妙地將「陽
光」意象鑲嵌其中，彷彿陽光無所不在，甚至滲透進了各種身處於
安達魯西亞的事物之中。第一節以「歌聲」起首，並言「歌聲有陽
光的味道」，已將歌聲的聽覺認識方式轉換為味覺，而「陽光塗著
蜂蜜」，是視覺與味覺之間的相互轉換，末句再回到「歌聲」，以聽
覺作小結，因此，第一節中便呈現了聽覺→味覺→視覺→味覺→聽

---

[48] 李魁賢：〈安達魯西亞的歌聲〉，《李魁賢詩集・第二冊》，pp.303－304。

覺的轉換歷程；第二、三節則以「葡萄」、「橄欖」為主體，呈現視
覺→味覺→視覺→味覺→視覺的轉換；第四節最為特殊，「濛霧」、
「陽光」、「灰泥」同樣是以視覺為認識方式，除了「陽光的味道」
在其中做味覺的轉換之外，三個視覺意象也彼此做了本質的轉換，
讀者也隨著李魁賢的思緒，將安達魯西亞的濛霧添加了陽光的味道
與灰泥的顏色，大大增添其藝術感染力。又如〈藍色山脈〉[49]一詩：

> 太陽繪畫的遠山／是亮麗耀眼的鋅藍色／星星躲藏的近巒
> ／是朦朧神秘的銅藍色

> 鳥聲帶著鄉愁／從潺潺的水藍揚升到／悠悠的天藍／有層
> 次分明的節奏

> 在群山環繞中／坐靛藍　靠紫藍／倚灰藍　撫蒼藍／自己
> 竟然也凝固成一座山

> 忽然間　發現身上／已經染成了湧來的多重藍色／包括遠
> 遠從回憶中投射過來的／海的蔚藍

　　本詩以「遠山」與「自己」為主體，描寫在不同的時間詩人
對山的不同感受，而本詩特出之處在於，詩人對遠山所有的感受，
全部以「藍色」為主調，以「鋅藍」、「銅藍」、「水藍」、「天藍」及
「靛藍」、「紫藍」、「灰藍」、「蒼藍」到「海的蔚藍」，各種不同的
顏色代表著不同的心情，不僅給人以新穎的認知感受，而且通感的
感覺轉換也使自己深深融入遠山美景之中──「發現身上／已經染
成湧來的多重藍色」，自己已成遠山的一部份了。本詩第一節以太

---

[49] 李魁賢：〈藍色山脈〉，《李魁賢詩集・第三冊》，pp.57－58。

陽的明亮與星星的暗光對比，山景有著「鋅藍」與「銅藍」的差別，兩種藍色有著不同的質地；第二節更為特殊，山的藍隨著鳥聲的節奏，而有著「水藍」與「天藍」的差別，以顏色形容節奏，以視覺變化形容聽覺變化，是很巧妙的藝術手法；第三節中詩人自己在藍色的包圍下，已成為山的一部份；而第四節發現自己身上的多重藍色後，隨著回憶，又感受到了「海的蔚藍」，將無形的回憶以「海的蔚藍」來形容，不僅脫出傳統中藍色即代表憂鬱的俗套，更以「海的蔚藍」增添其回憶的廣闊性與活潑性，其藝術感染效果也更加擴大。

　　李魁賢詩歌意象的「通感轉換」，使詩歌意象得以擴延讀者的感官認識方式，藉由不同感官的刺激，使得讀者閱讀時得以獲得新穎的奇趣，其藝術感染力也因此擴增。

　　經由對李魁賢詩歌意象的探究，我們發現李魁賢對意象經營的用心獨到，其「意象的新穎鮮活」與「意象的通感轉換」增加了閱讀時「驚訝」的趣味；其「意象的多向歧異」增加了閱讀時「聯想」的趣味；其「意象的簡潔明晰」則增加了詩歌的可感性與流暢性，每一種意象經營方式，都大大增加了他的詩歌藝術效果。

參、語言風格

　　詩是凝練的語言，所以詩人對語言的經營更為重視，誠如在本文第三章第三節──「詩歌語言論」所討論的，李魁賢論詩語言時厭棄將語言視同為詩的觀念，他說「語言本身是無所謂的」來強調

詩質為本、語言為末的觀念，他也說「語言的鍛鍊是十分必要的」
來表現他對詩歌語言經營的重視。

一、清新優美

　　李魁賢「清新優美」的語言風格，從《枇杷樹》詩集開始已
成為其「小我抒情」詩的基調，尤其在李魁賢的愛情詩中，更完
全體現了清新優美的語言經營風格，如前章所引〈枇杷樹蔭下〉
的第一節：「月的雲裳覆蓋／珍珠色的寂寞覆蓋／枇杷樹啊」就是
一例，「雲裳」呈現的是溫柔細緻的質感，覆蓋著「枇杷樹」——
詩人自己，一種溫柔覆蓋的氛圍已營造成功。在《枇杷樹》詩集
中有俯拾即是的詩例可用來佐證李魁賢對語言的「清新優美」的
自我要求：

　　　　用多情的喇叭花／吹奏一支黃昏的曲調／像風的耳朵那麼
　　　　軟軟地／招來淡淡的暮色／招來惠那美麗的唇的意象（〈黃
　　　　昏的意象〉[50]第二節）

　　　　螢火蟲們忙於汲水／他們用什麼當斝啊／或人哪／你用什
　　　　麼來舀取一滿瓢的夜色啊（〈滿滿的一瓢夜色〉[51]第一節）

　　　　長年漂泊的弦月船啊／承載多少的流星雨／美麗的唇哪／
　　　　承載多少的寂寞（〈唇　守住一份寂寞〉[52]第三節）

---

[50] 李魁賢：〈黃昏的意象〉，《李魁賢詩集・第六冊》，pp.7－8。
[51] 李魁賢：〈滿滿的一瓢夜色〉，《李魁賢詩集・第六冊》，pp.9－10。
[52] 李魁賢：〈唇　守住一份寂寞〉，《李魁賢詩集・第六冊》，pp.17－18。

珊瑚　貝殼與熱帶魚的三重奏／海燕的圓舞曲／迴旋著
一個圓盤／迴旋著　一個虹輪／／水紅　銀藍　橘黃　石
青／眼睛　唇與眉的三重奏／髮帶的圓舞曲／迴旋著　一
個心靈的沉醉／迴旋著　一個夢的飛躍（〈七重天覆蓋下〉[53]
末二節）

五月飢渴的心／汲取妳的涓流的／泉啊　我是飲於斯／又沐
於斯的歸途的浪子／把風塵的影子／浸沉於你澄澈的眸裡／
／——惠　妳是我的泉／我的愛麗絲（〈泉啊〉[54]末二節）

　　以「清新優美」的語言風格呈現青年期對愛戀的感受，使得男
女間純純的戀，也因這種語言風格而予人簡單而美麗的感受。李魁
賢對語言「清新優美」風格的要求當然不以愛情詩為限，在描繪自
然景物時，李魁賢有時也以如是的語言風格來呈現出景物清新美麗
的一面，如前章所引〈水晶的形成〉的第一節：「椰子樹／排隊／
舉手／讓月光的天鵝絨／蓋在我身上」就將月光的溫柔與詩人融於
月景之中的清新感受表露無疑。我們再看〈冰上〉[55]一詩：

冰上綻開一朵鳶色茉莉／嫣然的紅顏　瞬間／在水晶池裡
化成撩亂的花序

重疊的影子／是一組層層裹住的複瓣

啊　少女就是詩的孿生／溫柔的手足／投射著永恆的旋律

---

[53] 李魁賢：〈七重天覆蓋下〉，《李魁賢詩集・第六冊》，pp.21－22。
[54] 李魁賢：〈泉啊〉，《李魁賢詩集・第六冊》，pp.80－81。
[55] 李魁賢：〈冰上〉，《李魁賢詩集・第五冊》，p.23。

　　這首〈冰上〉應是李魁賢在欣賞花式溜冰時所創作而成，首句將溜冰的少女出場形容為「冰上綻開一朵鳶色茉莉」，以鳶色茉莉花形容少女，以「綻開」形容少女出場時如花開般美麗並使人愉悅的感受；而第二節多人在場上表演，李魁賢又將之形容為「一組層層裹住的複瓣」，仍以花的意象來隱喻溜冰的少女；最末節說「少女就是詩的孿生」，因為少女可以引起詩人無限的詩思，故稱其為孿生，而又說溜冰少女的美麗舞姿，在舉手投足間都可以「投射永恆的旋律」，將其舞姿以恆常的時間為喻，說明其使人感動的程度。整首詩皆是以清新優美的語言撰成，也正因這樣的語言風格，使得這首詩中的溜冰少女，得以因此呈現出更為令人喜愛與愉悅的感受。再如〈山茶花〉[56]一詩：

（一）

晨曦是我的初戀

我懷著初戀的夢想／彷彿春風沿著綠地／輕聲低喚／山茶花呀　山茶花

我層層裹住的心情／由粉白變成粉紅／我粉紅色的花瓣／是女人的臉

（二）

晚霞是我的熱戀

---

[56]　李魁賢：〈山茶花〉，《李魁賢詩集・第三冊》，pp.35－36。

我執著熱戀的現實／儘管西風席捲沙地／激烈喊叫／山茶
花呀　山茶花

我層層展開的心情／由粉白變成粉紅／我粉紅色的花瓣／
是男人的心

　　這兩首詩以並置的對照架構呈現，以山茶花的獨白為主體，將
「晨曦」以「初戀」、「晚霞」以「熱戀」形容之，並在前後節各引
入「春風」與「西風」、「女人的臉」與「男人的心」，雖然前後節
是明顯的對比，但整首詩仍呈現溫柔美的整體風格，之所以能如
此，實因整首詩都以「清新優美」的語言書寫所致。因此，我們發
現，李魁賢的「清新優美」的語言風格，多使用在其小我抒情詩方
面，尤其在李魁賢欲在詩中營造出一股清爽柔美的氛圍時，更是有
意地以「清新優美」的語言風格來完成整首詩作。

二、淺白明朗

　　李魁賢在其詩學理論中一再提及，詩歌是為傳達而作，所以
在詩歌創作時，詩人不可以詩人的身分自戀自虐，刻意以晦澀難
懂的詩語言來表示與讀者的距離，以堆砌意象的詩內容來表示詩
人的敏銳詩思，在李魁賢眼中，這類詩作都是創作的本末倒置。
統觀李魁賢的詩歌語言，除《靈骨塔及其他》詩集中有晦澀難懂
的語言存在之外，其他詩作，尤其自《赤裸的薔薇》之後，幾乎
是一派的「淺白明朗」的語言風格。我們在前章中所引各詩幾乎
都是如此，如〈擦拭〉、〈叮嚀〉、〈老師失蹤了〉、〈聲音〉等等，

李魁賢的名詩〈鸚鵡〉，其中詩句如「主人對我好！」、「給我好吃好喝」、「稱讚我乖巧」、「有什麼話你儘管說」等等，也皆是「淺白明朗」的語言。這種淺白明朗的語言風格瀰漫在李魁賢的詩作中，我們來看下面幾段詩句：

> 我們在田野／追逐陽光　芒草　流泉／我們一群來　一群去／有時打成一片／有時成群散去／自自然然　歡歡喜喜（〈麻雀〉[57]第一節）

> 「燒肉粽　燒肉粽」／我把自己的肉包成粽子蒸熟／等待所愛的人來買（〈燒肉粽〉[58]第三節）

> 從他的掌紋裏／看到自己／一生一世命運的原點／隨著風景的版圖／浮現／／我是他唯一的命相師／披上愛的流年／在他的掌／心／／好像種植相思樹／在河岸／不厭煩地／映照重疊的影子／一生一世（〈手相〉[59]）

> 這是特急的案件／明天一定要提出申請／／這是年會的提案／到下午五點截止收件／／這是限時的函件／要趕上三點十分的收信時間／／這是會議的大綱／要在中午餐會上討論／／交辦的事項都要限期／可是對於感情歸卷的安排／怎麼一直遲疑不決？（〈交辦〉[60]）

---

[57] 李魁賢：〈麻雀〉，《李魁賢詩集・第二冊》，pp.55－56。
[58] 李魁賢：〈燒肉粽〉，《李魁賢詩集・第五冊》，p.50。
[59] 李魁賢：〈手相〉，《李魁賢詩集・第四冊》，pp.15－16。
[60] 李魁賢：〈交辦〉，《李魁賢詩集・第五冊》，p.72。

　　以上詩句都是「淺白明朗」的語言，我們可以看出，雖然李魁賢在這類詩作中沒有特別對語言做所謂藝術加工，但是在明白朗暢的語言中，仍然蘊蓄著豐富的情感，詩歌的藝術感染力絕不因未在詩歌語言上投機取巧就有所減損。我們看〈扶桑花〉[61] 一詩：

> 拉開抽屜／發現一朵／扶桑花　不勝期待／晚歸的愛心／而憔悴

> 一定是女兒／幼稚園放學時／沿路為我挑選的／一朵最美麗的扶桑花

> 應該有欣慰的笑容／應該用嘉許的手／接受純情的餽贈／如今　竟／枯萎在抽屜的一角

> 啊　女兒勻靜的睡姿／是青枝上依偎的蓓蕾／我永恆的一朵扶桑花

　　全詩以抽屜中的一朵「扶桑花」為主體，詩人藉由花朵的枯萎聯想到女兒的心情，全詩用語雖然淺白，卻蘊含著豐富的情意。首節先說父親看到扶桑花時想到是因為自己的「晚歸」而看不到花原來的樣子，第二節則聯想到女兒為父親在路旁摘扶桑花的情形，「幼稚園放學途中」一句更凸顯孩童對父親的愛戀完全發自天性而無做作感，第三節則自我譴責無法親手接下這朵女兒為他所挑選的花，第四節則以父親去看女兒熟睡的臉孔作結。全詩瀰漫著父女之間濃厚的情意，其明者言女兒對父親的付出－為父親摘下扶桑花，實則

---

[61]　李魁賢：〈扶桑花〉，《李魁賢詩集・第五冊》，pp.57－58。

暗指父親對女兒的付出－晚歸實為家庭而努力工作所致，可以看
到，濃厚的情意不需要花言巧語，即使淺白明朗的語言文字，一樣
也無傷於情意的呈現。

三、尖銳辛辣

　　如果說「清新優美」是屬於李魁賢小我抒情詩的明顯風格，「淺
白明朗」是李魁賢大部分詩作的共有特色，那麼「尖銳辛辣」就該
屬於李魁賢社會政治批判詩的主要特色了。辛辣尖銳的語言風格對
詩中的批判對象採取不留情面的深刻諷刺，正符合了李魁賢對詩必
須要成為「石頭」或是「多刺的玫瑰」來造成「對抗和刺痛的效用」
的期許[62]。在前章所引用的詩作如〈市街〉詩的第二、三節：「爭
取了那有限的汁液後／也會把都市的心臟饕餮一頓吧／／然後還
有大地的乳液／然後還有民族的愛心／都給餵進了焚屍爐的嘴巴」
以「饕餮」、「焚屍爐」等的辭彙來深刻批判都市文明；在〈地下道〉
第一節中言：「每次被餵入自動屠牛機器裡／然後成為香腸的一段
被擠出」將人比喻為一段段的香腸，也是對被同制化的都市人最深
沉的諷刺；而在〈繁榮〉第二節中：「大學生一千／高中八百／一
邊唸著菜單／一邊像螞蝗咬住了／行人的背影不放」以「菜單」來
隱喻被視為賺錢工具的女人，以「螞蝗」來形容皮條客的低賤，都

---

[62] 李魁賢曾說：「詩不是一朵花，而是像聶魯達所說的，可以變成石頭。即使
　　是一朵花，詩也應該是多刺的玫瑰。因為，詩不是擺好看的，而是要產生
　　效用，有對抗和刺痛的效用。」李魁賢：〈世紀末的希望──讀張芳慈詩集
　　《紅色漩渦》〉，《李魁賢文集・第玖冊》，p.161。

是非常辛辣尖銳的字眼；〈祖國的變奏〉中以「煮鍋」、「諸葛」、「豬哥」甚至是「蛆窩」等與「祖國」諧音的辭彙來反諷「祖國」符號的虛幻等等，都讓我們感受到李魁賢在創作政治及社會諷刺詩時毫不留情的批判本色，使受批判者深知己過，也使閱聽者有大快人心之感。我們看〈狗吃狗的新聞〉[63]一詩：

「狗咬人不是新聞／人咬狗才是新聞」

可是人吃狗反而不是新聞
而狗吃狗又變成大新聞

人吃狗是因為人吃到無所不吃
狗吃狗卻是因為狗被關到無所吃

狗吃狗是因為怕自己也被吃掉
只因吃自己的族類而被稱為畜牲

人飢餓到沒有東西吃的時候也會吃人吧
如果不吃人當然也可能被人吃掉

然而　狗最可能被吃掉的還是人不是狗
然而　人最可能被吃掉的也是人不是狗

　　本詩以「人咬狗才是新聞」的俗語做開頭，其背後代表著的原則是，社會本是安定正常，只有脫離自然法則、脫離社會規範的訊息才是足以引起閱聽者注意的新聞。李魁賢將這句話引伸延長，將「狗咬人」、「人咬狗」，延伸為「人吃狗」、「狗吃狗」，「吃」的行

---

[63] 李魁賢：〈狗吃狗的新聞〉，《李魁賢詩集‧第二冊》，pp.124-125。

為對對方生命的毀滅程度遠勝於「咬」的行為，此時「無所不吃」的「人」反而無罪，而「狗」卻因「無所吃」，成了「吃自己族類的畜牲」。人不會吃自己同類的行為，在李魁賢的眼中其實是人得以溫飽才不至於去做的，如果有一天，人跟狗一樣「無所吃」的時候，李魁賢說「人飢餓到沒有東西吃的時候也會吃人吧」，尖銳地突出人與狗相同的生物性。在該詩最後「然而　狗最可能被吃掉的還是人不是狗」說明人符合所謂「社會規範」卻從事較其他生物更具毀滅性的行為，而「然而　人最可能被吃掉的也是人不是狗」，更是辛辣尖銳地突出了人心底層較其他生物更為自私的生物性。〈狗吃狗的新聞〉一詩，狗吃狗為表象，人吃人為底層，人在現代社會中良心與靈性已不如狗，李魁賢對人類做出最深沉的批判。又如〈怪獸吃人〉[64]一詩：

怪獸要吃／多少人命才會飽呢

值錢的人命／和不值錢的人命／同樣是一條命

那麼就吃鋼吃鐵吃玻璃／裡面有人命

那麼就吃山脈吃荒野／裡面也有人命

怪獸要吃／多少人命才會飽呢

用人命祭天祭地／祭鬼神／那是愚昧的時代

用人命餵怪獸／是看似文明的時代／二十一世紀的人類

---

[64] 李魁賢：〈怪獸吃人〉，《李魁賢詩集・第一冊》，pp.308－310。

文明的人命／和愚昧的人命／是不是同樣的味道呢

怪獸啊　要吃／多少人命才會飽呢

　　這首詩是控訴現代文明破壞大自然的現象，人依存在大自然之中，卻毫不顧忌地對大自然肆意地擭取掠奪，最後因環境破壞，人也將失去依存環境而受到報應；人類生產的機器不斷增大，人命竟也成了機器怪獸的食物。其中三句「用人命餵怪獸／是看似文明的時代／二十一世紀的人類」，以人類已不再因信仰而枉送人命而自豪，卻將自己送往機器怪獸的口中還沾沾自喜，「二十一世紀的人類」是多麼令現代人自豪的一句話，卻在這首詩中成了對人類深沉的諷刺。總而言之，「尖銳辛辣」是李魁賢政治及社會諷刺詩的主要語言風格，李魁賢也以此風格為自己詩歌的批判性增加了藝術感染力。

四、矛盾悖論

　　所謂的「矛盾悖論」是李魁賢政治社會批判詩最與眾不同的特色。何謂「矛盾悖論」？李魁賢在詩中為達諷刺效果，他有時會採取「說反話」的方式，表面褒揚實則諷刺；又或者在詩中呈現出明顯思想矛盾之處，以此矛盾之處去挖掘表象之下的醜陋底層，來傳達詩歌的批判意念，這種反其道而行的語言形式，可以造成突出、醒目的效果。在前章討論中曾引用李魁賢的〈保證〉一詩，該詩除末節外，每節首句皆以「是的　中國人不打中國人」作起首，而每節又各以「八二三砲戰」、「天安門事件」、「千島湖事件」等中國人打中國人的事件為「中國人不打中國人」的例證，這就是很明顯的

矛盾悖論，表面褒揚實則諷刺，更增添了對政治語言諷刺批判的效
果。而在其他的諷刺詩中，這類以「矛盾悖論」的語言風格為主的
詩例非常多，茲舉數例如下：

> 人怕人／更怕沒有人／／動物因其他動物喪生／更因沒有
> 其他動物而絕種／／一種語言喧嘩／多種語言更為喧嘩／
> ／騷擾的世界令人難受／沉默的社會更令人無法適應／／
> 秋高氣爽好登山／初冬雨中行更能領略人生（〈矛盾〉[65]）

> 我知道／他是一位偏見的人／因為他一直說／他很公正／
> ／他會給水蓮和仙人掌／同樣的水分／他會給蟋蟀和野豬
> ／同樣的空間／／如果他說／他是一位偏見的人／如果他
> 很誠實／那他大概是一位偏見的人／／如果他是一位自覺
> 的人／那麼他說他是一位偏見的人／我敢相信／他確實很
> 公正（〈我的偏見〉[66]）

> 使自己的士兵傷亡／是殘酷的／／使敵國的人民傷亡／卻
> 是仁慈的／／動用化學武器／或是動用核子武器／人類用
> 科技／製造殘酷和仁慈的意義／／戰爭在暗中／調整世界
> 的秩序／以分離的語言在解構（〈解構〉[67]）

　　上引每一首詩都個別在詩中呈現出不合理與矛盾的表象，而在
實質底層卻透顯出政治社會所無法逃脫的人性的悲哀。其中海灣戰
事詩篇〈解構〉更堪稱為此種詩歌語言風格的代表，以戰爭時的政

65 李魁賢：〈矛盾〉，《李魁賢詩集・第二冊》，p.62。
66 李魁賢：〈我的偏見〉，《李魁賢詩集・第二冊》，pp.166－167。
67 李魁賢：〈解構〉，《李魁賢詩集・第二冊》，p.200。

治語言為主軸，說明政壇人物在處理戰事的新聞議題時，以「殘酷」控訴對方使自己的人民傷亡，以「仁慈」說明使別國人民傷亡乃身不由己，「人類用科技／製造殘酷和仁慈的意義」，這是多麼可笑的事情，但是卻實實在在地發生在現實生活中，李魁賢以「矛盾悖論」的語言形式寫作此詩，使此詩呈現出與眾不同的批判風格與力度。我們再看〈「意思」意思〉[68]一詩的末十句：

> 在後現代的社會裡的後現代人
> 都和神一樣是不可探測的存在
> 都和神一樣可以玩一些混亂的遊戲
> 因為都有一樣太好或者不太好的頭腦
> 反正只要表示一點點「意思」的意思
> 沒有人會探測所表示的祝賀　歡迎　抱歉的意思
> 是實實在在真心的這個那個意思
> 還是只表示一下意思
> 誰也不會理解那「意思」是什麼意思
> 就是「意思」意思

　　本詩前半部先在詩中說明現代人會用到「意思」的各種場合，與在各種場合中「意思」一詞的真正意涵，後半部以現代人喜歡玩「混亂的遊戲」、都有著「太好或者不太好的頭腦」，所以「意思」一詞在各種場合不斷出現，事實上卻都沒有真正的意義存在，人與人之間不再在乎「真心」，只是在人際交往的過程中「意思」一下，這就是現代社會「意思」的「真正意思」。全詩描寫現代社會人與人之間失去互信基礎以及對彼此的愛與熱情

---

[68] 李魁賢：〈「意思」意思〉，《李魁賢詩集・第二冊》，pp.35－36。

的現況，由「矛盾悖論」的語言風格呈現。再如〈為了降價不得不漲價〉[69]一詩：

> 部長說
> 為了降低電價
> 人民可以免受高電價之苦
> 工業可以繼續生根發展
> 一定要興建核能發電廠
> 電力公司總經理也說
> 核能是最乾淨的發電事業
> 抱核能發電廠
> 比抱女人睡覺還要安全
> 在執政黨策劃下
> 連反核的國會議員
> 也接受佈置成議場的讚聲筒
> 卻無視於人民憤怒的抗議
> 電力公司為了安撫廠址地方的人民
> 承諾編列回饋地方建設的預算
> 讓人民為爭錢竟忘了將來安危
> 預算解凍案通過後
> 部長欣慰地說
> 推動產業建設終於獲得人民的肯定
> 為了強化安全措施
> 回饋地方的支持

---

[69] 李魁賢：〈為了降價不得不漲價〉，《李魁賢詩集・第三冊》，pp.120－121。

發電成本一定會提高

所以電價不得不漲

　　這首詩堪稱為李魁賢詩歌語言「矛盾悖論」風格的代表作。從詩題「為了降價不得不漲價」就已經呈現出明顯的語義矛盾，再在詩中以敘述體的方式將此類新聞以詩句呈現，詩中每一句都是政治語言，每一段話都是確實存在，但是，其實質底層卻是這麼明顯地矛盾，從為了降低電價建核能發電廠，為了強化核能發電廠的安全措施而提高電價，人民在一連串的政治語言的哄騙下被政客玩弄，而詩人將這些充滿矛盾的文字以故事的形式呈現時，政客玩弄語言的行為已無所遁形。

　　總結上述，李魁賢的語言風格表現在「清新優美」、「淺白明朗」、「辛辣尖銳」、「矛盾悖論」這四個方面。其「清新優美」的語言增添了小我抒情詩的可感可愛；「淺白明朗」的語言為其詩作的傳達功能作了背書；「辛辣尖銳」的語言使其詩的批判性有著「對抗與刺痛」的功能；而「矛盾悖論」的語言則使表面合理實際矛盾的社會政治現況無所遁形。四方面的語言風格都能夠各自代表李魁賢詩作的風格，四者視需要綜合而不相衝突地靈活運用，正代表著李魁賢詩歌語言經營的巧思與藝術高度。

肆、章法架構

　　詩人創作詩歌通常都會著重詩歌章法架構的呈現，一首詩的架構決定整首詩的結構美學，特殊的章法結構也可以透顯出詩人的巧

思，詩人以詩抒發情感或批判社會時若能適時運用特殊的章法結構來呈現，讀者閱讀詩歌時從詩中所獲得的藝術感染力將較平板無奇的章法架構來得高，甚至因此從結構上就可以得到「新穎」的趣味。李魁賢曾說過：「在現代詩中反映的應該是一種冷靜的，理性的精神」[70]，也說過：「詩人的體質基本上是理性的，詩人的思考更是遵循邏輯的理性在操作」[71]，因此，統觀李魁賢的詩歌，可以發現其詩歌架構的深層本質就是「理性」二字，而一些較特殊的章法架構，仍然不脫「理性」，其創作論落實於實際創作時，除了理性的詩歌內容之外，其架構形式也同樣是理性的產物。

　　本節討論的雖然是李魁賢詩歌的章法結構，但將著眼於其詩歌較為特殊的章法結構，經筆者整理後發現共有三種，分別是「縮合的線性架構」、「並置的對照架構」及「正反合的辯證架構」。

一、縮合的線性架構

　　所謂「縮合的線性架構」，指該架構節與節之間不論意象、情節都相互縮合，且照著一邏輯順序層層進逼直至核心深處的章法架構。如此的章法架構可以使讀者循著詩人的眼光視角，從事物的表象或初始，一路往前邁進而最終獲致核心或結果，並得到「驚訝」的奇趣。李魁賢以「縮合的線性架構」所創作的詩歌，較有名且常為研究者所討論的，便是〈晨牧〉[72]一詩：

---

[70] 李魁賢：〈片論現代詩　四、詩的現代精神〉《李魁賢文集・第參冊》，p.159。
[71] 李魁賢：〈詩的理性〉，《李魁賢文集・第捌冊》，p.249。
[72] 李魁賢：〈晨牧〉，《李魁賢詩集・第四冊》，p.228。

　　沐浴在清白的天空下
　　才會擁有無憂煩的愛

　　沐浴在無憂煩的愛裡
　　才體會出大地的真實

　　沐浴在大地的真實中
　　才能感受清白的天空

　　由「天空」到「愛」到「大地」再回到「天空」，個體在大自然中的感受制約於個體的胸懷，「清白的天空」，需要有「無煩憂的愛」去感受「大地的真實」，再由大地感受天空的清白，天空、愛與大地三意象之間彼此綰合，邏輯順序十分明顯，並如同層層推論，得到理論的深度。這正是「綰合的線性架構」所能得到的藝術感染。再如〈圍巾〉[73]一詩：

　　圍巾是手的延長／纏繞在我的項際／脖子像伸出海面的潛水鏡／在寒風中破空前進／他的手纏繞在我項際／把體溫留給我身體

　　雲是圍巾的延長／飄動在山岳的項際／山在凝眸對視的流浪中／凝固成為日記上剪貼的紙花／他的圍巾飄動在我項際／把風姿留給我窗前

　　愛是雲的延長／醞釀在情人的項際／晚霞是時間壓縮的煙火／在空間呈現無限膨脹的浪漫／他的懷念醞釀在我項際／把名字留給我喃喃自語

---

[73]　李魁賢：〈圍巾〉，《李魁賢詩集・第四冊》，pp.47－48。

　　從三節的起首語看，「圍巾是手的延長」、「雲是圍巾的延長」、「愛是雲的延長」，三者互相縐合且層層推進，從頸項的圍巾到天空的雲，再回到心中的愛，讀者隨著詩人的思緒在本體和大地之間迴繞，增添了「圍巾」所能予人的情愛感受。李魁賢「縐合的線性架構」不限於做小我抒情的景物詩及情詩，在批判社會現況時，這種縐合的章法架構更能夠達到層層進逼的批判效果，我們看〈真相〉[74]一詩：

> 你可以說不的時候／卻沒有聲音
>
> 你可以沒有聲音的時候／卻唱頌歌
>
> 你可以唱頌歌的時候／卻吝於吟詠山高水長
>
> 你可以吟詠山高水長的時候／卻希望聽到掌聲
>
> 你可以聽到掌聲的時候／卻已看不到真相

　　「說不」、「沒有聲音」、「唱頌歌」、「吟詠山高水長」、「聽到掌聲」、「看不到真相」，從聽覺到視覺，從個體到環境，我們看到個體的意志慢慢削弱，到最後已不只是自己決定要不要「說不」，而是「真相」已不再可能為個體所察，只能永遠受環境的制約與矇騙。李魁賢以「縐合的線性架構」，將批判的刀層層切入，並在最後迸發出強烈的效果，增加了批判的力度，也因此使一首可能單調乏味的哲理詩達到高度的藝術感染力。

---

[74] 李魁賢：〈真相〉，《李魁賢詩集・第二冊》，p.11。

二、並置的對照架構

　　所謂並置的對照架構是每節皆使用相同的句型、句法，只在若干實詞上做些微更動，將彼此相似的各節並置在一起、相互對照，以使深層意義從其中透顯出來的章法架構。這種章法架構在李魁賢詩作中非常的多，我們先看〈瓜葉菊〉[75]一詩：

> 我只顧履行開花的義務／不計較空間的分配／有葉大方又何妨／只要表現超越的任務／我滿足於只出頭一點點
>
> 我不善於色彩的華麗／不計較村姑般的素雅／花序是我的主題／有許多花瓣的旋律／我滿足於最儉樸的組曲
>
> 我被栽植在花盆裡／不計較依偎什麼泥土／無所謂擺在前庭或後院／只要一點點陽光和一絲絲樹蔭／我滿足於隨意的場地

　　李魁賢在〈瓜葉菊〉一文中曾自我評析此詩云：「這首詩分三段，每段五行，有相當統一性的結構，各段初行和末行都以『我』開頭，呈現出一種『獨白式』的氣氛，而各段第二行的『不計較』、末行的『我滿足於』的重複宣示，透露出不與人爭的隨和性格」[76]，相同的句型與鑲嵌其中的實詞，使詩作呈現出整體美，並且在各節又可保有自我的獨特性。我們看到瓜葉菊是不計較於「空間的分配」、「村姑般的素雅」、「依偎什麼泥土」，而滿足於「只出頭一

---

[75] 李魁賢：〈瓜葉菊〉，《李魁賢詩集・第一冊》，pp.160－161。
[76] 李魁賢：〈瓜葉菊〉，《李魁賢文集・第壹冊》，pp.334－335。

點點」、「最儉樸的組曲」、「隨意的場地」，詩人以瓜葉菊自我剖
白，而其欲平淡不與人爭的心志也在此詩中表露無遺。除了小我
抒情的詩作之外，李魁賢在批判社會政治的大我抒情詩之中，也
常使用到「並置的對照架構」來增加批判力度，我們看〈問天〉[77]
一詩：

　　房子倒了之後／還有帳蓬／帳蓬倒了之後呢

　　大人傷亡了之後／還有小孩／小孩傷亡了之後呢

　　政府挨罵了之後／還有在野黨／在野黨挨罵了之後呢

　　地震災害了之後／還有颱風／颱風災害了之後呢

　　〈問天〉是李魁賢創作的「九二一組詩」中的一首，將人類文
明面對大自然反撲後的自我解嘲做了深刻的諷刺。房屋倒了有帳蓬
可住，是人類文明的產物，但「帳篷倒了之後呢」；大人傷亡了，
還有後代在，人類生命還可以傳承延續，但是大自然反撲不分長幼
都無法逃避，所以「小孩傷亡了之後呢」；九二一地震發生，政府
救援與重建的工作進度緩慢，被人民與在野黨罵了，在野黨似乎是
人民可以之監督與譴罵政府的依靠，但是，如果在野黨也讓人民失
去信心，那麼「在野黨挨罵了之後呢」；地震是無法預警的，但是
人為因素也在災害中呈現，颱風是可以預警的，但是颱風一樣會帶
來災情，所以當政府以地震災害無法預警做為藉口時，李魁賢問「颱
風災害來了之後呢」。不同於「縐合的線性架構」的從某一角度層
層進逼，「並置的對照架構」將視角平置，各角落的事情不分大小

---

[77]　李魁賢：〈問天〉，《李魁賢詩集・第一冊》，pp.276－277。

寫入詩中，〈問天〉一詩利用這種章法架構，呈現出九二一災後台灣各角落的慘境，也透顯出深厚的批判力度。

三、正反合的辯證架構

　　所謂「正反合的辯證架構」，是指在詩中所呈現的辯證思考進程，起首以「正」之表象起頭，後則「反」之提出反證，並在末節「合」之得到結論的章法架構，這種架構多呈現在李魁賢批判政治社會的詩作中。我們先看〈信任危機〉[78]一詩：

> 我們信任政府
> 政府宣布
> 決心平抑物價
> 要打擊房地產的投機飆漲
> 要抑制通貨膨脹
> 要降低稅率
> 要求廠商反映成本回饋消費者
> 可是
> 政府同時宣佈
> 要反映成本提高運輸費率
> 要提高租稅支援國家建設
> 要提高學費落實使用者付費
> 要壓低匯率拓展產品外銷

---

[78] 李魁賢：〈信任危機〉，《李魁賢詩集・第三冊》，pp.116－117。

要加強資金融通舒解營建資金短絀

要增加發行公債調高公務人員薪資

所以

我們永遠沒有自己的房屋

我們要為麵包發愁

我們要為蔬菜漲價而煩惱

我們要為籌備小孩學費而夫妻吵架

我們只好出走街頭

卻到處被鐵絲拒馬堵塞

被消防車免費洗澡

在站牌等不到公車回家

政府是不能信任的

　　首句「我們信任政府」為「正」，第八句「可是」之後為「反」，第十六句「所以」之後則為「合」，一種邏輯辯證的思考進程呈現在詩中，從首句「我們信任政府」後一連串的邏輯推論，並嵌入了政府的口號與實際情況，最後得到「政府是不能信任的」的結論，批判的力度立刻顯現出來。這種「正反合的辯證架構」同於「綰合的線性架構」，都可達到層層進逼的推論效果，但是「辯證架構」所能達到的邏輯性更強，其結果更令人信服，而且以「正」起頭，正象徵著事物的表象，以「反」推論，是深入思考的推論進程，而當「合」——結論出現時，其批判效果立刻顯現，使欲以表象蒙蔽人民的政客無所遁形。再如〈碑〉[79]一詩：

---

[79] 李魁賢：〈碑〉，《李魁賢詩集・第三冊》，p.10。

總是在爭執過後／在心靈受到創傷後／才想到建碑／給予安慰

碑／卻標舉著創傷／在陽光下／刺痛了眼睛

如果以深情的愛／彌補了嫌隙／碑不再是紀念物／而是信物

〈碑〉一詩，也是「正反合」的章法架構，雖然有著政治批判的意味，卻在結尾將「碑」的紀念意義昇華，成了聯繫感情的「信物」。本詩首先以「總是在爭執過後／在心靈受到創傷後」諷刺建碑者不思防範政治錯誤的發生，只曉得以「碑」來「安慰」受創的民眾，首節為正，是以諷刺開頭。第二節，將碑的安慰功能進一步延伸，說明空有物質性卻無感情的紀念碑，不只沒有發揮「安慰的作用」，反而「標舉著創傷」，「刺痛了眼睛」，本節為反，將第一節中的「安慰」作用由反方向立論。最後一節為「合」，將紀念碑以「深情的愛」來昇華，此時物質性的紀念碑，也不再是會刺痛眼睛的「假安慰」，而更是聯繫前代人與後代人感情的信物。〈碑〉一詩雖僅以簡短的語句和淺白的語言構成，但由於正反合的辯證章法結構，使此詩中有批判諷刺，也有著飽滿的愛。

除了政治批判詩可以運用這種「正反合的辯證架構」之外，李魁賢在描繪景物時也利用這種章法架構來達到新奇的效果，我們看〈蓮花〉[80]一詩：

到了夏天／大人小孩爭著／變成一朵朵蓮花／泡在池裡

---

[80] 李魁賢：〈蓮花〉，《李魁賢詩集・第一冊》，pp.154－155。

那些綠色游泳圈／擠滿了水池

真正的蓮花／被擠出了池外／跑到街頭　廣場／或是畫室
裡／現出彩繪人體

真的蓮花其實是假的／假的蓮花才是真的

〈蓮花〉一詩主要描寫兩個對象，一個是泡在游泳池中的遊客，一是呈現在畫中的蓮花，全詩以首節為「正」，先說明遊客泡在水中，就像蓮花一般清涼自在，而第三節為「反」，提到「真正的蓮花」現在都在「畫室」甚至在「人體」上，末節則為「合」提出結論，「真的蓮花其實是假的／假的蓮花才是真的」二句，將自然與人文虛實交叉的呈現，可嚴肅地評此詩是為批判人類狂妄取代自然而作的批判詩，也可說此詩是以游泳池遊客與畫中蓮花為對比映襯的可愛的抒情詩，總而言之，李魁賢以「正反合的辯證架構」完成此詩，也使此詩呈現更為特別的奇趣美。

以上將李魁賢詩歌中較為特殊的章法架構做一番整理，我們除了看到李魁賢創作詩歌時的用心與巧思之外，更重要的是看到他即使在特殊的章法架構上，也不忘自己以「理性」為詩歌本質的原則，正是這樣的章法架構原則，使得李魁賢詩歌不但能得到高度的藝術成就，也能保有李魁賢的自我特色。

第四章　李魁賢與台灣文學的建構

　　李魁賢對台灣文學的貢獻，除了在以詩人身份進軍國際詩壇，以及以質精量多的里爾克翻譯作品揚名國際，使台灣文學以作品本身獲得更多尊重之外，李魁賢對台灣文學建構的貢獻是更不容忽視。台灣文學在主體性建構過程中，由於曾受到內部（國民黨政府）及外部（中共政權）政治力量的壓迫，所以作家對台灣文學的認知必定和其對台灣文學的政治立場息息相關。李魁賢本身濃厚的「台獨」色彩，讓李魁賢在建構以台灣為主體的台灣文學論時，提出「獨立國家文學」的理論。所以，要釐清李魁賢對台灣文學理論建構的貢獻時，就首先要瞭解李魁賢的歷史史觀及政治立場，進而說明其對台灣文學國家位格的理論建構，再論及李魁賢對台灣文學實質上的落實與推廣的貢獻，讓我們可以深入瞭解李魁賢與台灣文學建構的關聯。

壹、李魁賢「台灣獨立」的政治立場

　　李魁賢的「政論文章」在其散文寫作中佔頗大的比重[1]，他除了創作「政治詩」來批判時政，也以「政論文章」來評論最敏感的政治問題，除了政論文章專書《浮名與務實》之外，在《詩的挑戰》、《詩的反抗》、《詩的界外》等書中也有份量頗多的「政論文章」。李魁賢的政論文章，除了批判政治亂象，擔憂文化墮落的主題之外，多是在闡明李魁賢「台灣獨立」的政治立場，這個政治立場在中國學者的眼中，是「背祖忘宗」的「新分離主義」的「謬論」，但李魁賢對他的政治立場毫不掩飾，即使在中國國民黨執政期間，李魁賢也不斷在報章雜誌上撰文疾呼「台獨」。由他曾說自己是「一肚皮的不合時宜」[2]，由他一以貫之堅持的「反抗精神」，由他一再自許「詩人是天生的在野代言人」，我們可以知道，李魁賢對權威一直是採取不妥協的態度，所以在官方大敘述試圖打壓控制人民的歷史意識、台灣意識時，李魁賢總是站在反對者的角色為人民發聲，站在人民的角度要求改革，也站在本土的立場來要求台灣獨立，以下，便先以李魁賢的「台獨」言論，來說明李魁賢對台灣獨立的政治立場。

1　李魁賢曾說：「除了詩的文類之外，對散文也著墨不少。但我偏向議論文，包括政論散文，而不善抒情文。」李魁賢：〈詩心所在〉，《李魁賢文集・第貳冊》，p.3。

2　李魁賢曾說：「和國棟結交二十年，他是一位積極進取的人……我們似乎氣味相投，同樣是一肚皮不合時宜，但都生活得很愉快。」李魁賢：〈這是大家的詩——《愛是我的信仰》自序〉《李魁賢文集・第陸冊》，p.313。

一、以詩明志

在本書第二章曾討論到李魁賢「鄉土之愛」主題的詩篇，這些詩篇中最予人鮮明印象者，是存在於詩篇中的台獨意識。如前文所舉的〈神說世界要有光〉：「期待著你產聲的時候／我更早就祈禱著國家的產聲」及〈你用哭聲表示你的存在〉：「台灣有一天也要用哭聲表示國家的存在」等，都將渴望台灣獨立的心情轉換為詩句，並將台灣比喻為新生兒，將在國際中享有其真正的「存在」。以上二詩皆取自《千禧年詩集》，書中如〈你在睡夢中文文笑著〉[3]：「有國家　笑才會甜美」；〈我急於看到你天真無邪的臉〉[4]：「我一直在構想台灣的版圖應該怎麼繪」等等，也都是毫無保留的嵌入「國家」、「台灣」的詞彙。《千禧年詩集》詩篇的創作時間多在 1999～2000 年左右，這似乎予人李魁賢的台獨意識型態是在近年才萌芽的錯覺，但其實在李魁賢早期詩作中，其台獨意識已然確立，故也時常將之化為詩句，此可以〈檳榔樹〉一詩為代表。〈檳榔樹〉一直以來都被研究者視為李魁賢「自我剖白」主題的代表詩篇，事實上，李魁賢本人已在此詩嵌入其「台灣獨立」的意識型態，其在〈詩的紀念冊　三、檳榔樹〉一文對詩中「單足獨立我的本土」一句做過說明：

---

[3] 李魁賢：〈你在睡夢中文文笑著〉，《李魁賢詩集・第一冊》，pp.17－18。

[4] 李魁賢：〈我急於看到你天真無邪的臉〉，《李魁賢詩集・第一冊》，pp.23－24。

> 十年前「獨立」還是多麼敏感的字眼啊！但我不諱言當時的
> 心情，就把「獨立我的本土」的願望寫進去了。日本友人把
> 我的詩譯成日文的時候，把「站立」的意思譯出來，我特別
> 請他修改，因為「站立」沒有表示出「獨立」的意思。[5]

強調「獨立」與「站立」之辯，說明了他以檳榔樹來表明「獨
立」的心意。李魁賢台灣獨立的政治意識，一直反覆地出現在他的
詩文中，他曾在〈生命〉一文中，抒發自己深切期盼「台灣獨立」
日子到來的心情：「驀然想到我的生命也已邁入晚年了，雖然我在
詩〈獨立憲章〉中寫過：『你我自己承認才是一切的保障』，但我期
待有生之年可看到台灣全國一致的承認，並受到國際的承認，這個
生命才是值得慶賀的，值得樂觀期待的」[6]。李魁賢的詩歌洋溢著
對台灣鄉土的熱愛，其台灣獨立政治意識也或隱或顯的存在其中，
經過李魁賢的文字解釋，更是將其中的台獨意識表露無遺。由此可
見，李魁賢的台獨立場是他的一貫堅持，「以詩明志」是詩人表達
台獨熱情的最佳管道。

二、對台獨先行者的景仰與崇拜

在《詩的紀念冊》中，李魁賢曾以〈瘋瘋〉一文來描述自己對
彭明敏的景仰；在《詩的懷念》中，李魁賢則以〈四百年歷史一孤
鳥〉一文來說明自己對史明的崇拜。

5　李魁賢：〈詩的紀念冊　三、檳榔樹〉，《李魁賢文集・第貳冊》，p.16。
6　李魁賢：〈生命〉，《李魁賢文集・第貳冊》，p.48。

（一）彭明敏

　　彭明敏，1923 年（大正 12 年）生於台中大甲，1954 年獲法國巴黎法學博士，三十四歲成為台大有史以來最年輕的教授，1961年被聘擔任聯合國大會中華民國代表團顧問，1963 年當選第一屆十大傑出青年。但就在他當選十大傑出青年的隔年，1964 年，他結合他的學生魏廷朝、謝聰敏等人，起草〈台灣人民自救宣言〉，呼籲台灣人民必須在「極右的國民黨」與「極左的共產黨」之間走出自己的道路。他是台灣第一位提出「一中一台」言論的人。彭明敏這種敢做敢言，不計個人前途，為台灣獨立的理念不惜與蔣氏政權為敵，甚至流亡國外也不改初衷的行為，讓李魁賢傾慕不已，所以他在〈痲瘋〉中寫下當時得知有機會在美國見到彭明敏本人時的心情：「之前我已見過廖文毅、邱永漢這些人物當然都是他們回到台灣以後的事，所以我聽到有機會在美國與您（彭明敏）相見，比當年閱讀《自由的滋味》還要興奮和激動」[7]，李魁賢寫下對彭明敏的評價，也代表著他對彭明敏行為的感佩與景仰，他說：

> 從此您已回歸台灣，與我們深愛台灣的人民一模一樣，和台灣成為生命共同體。但我們始終認為您才真正與台灣成為一體，您為了解救台灣，不惜身陷虎穴，然後又自我放逐異域四分之一世紀以上。離開台灣的人往往才顯示與台灣的不可分離，而許多長駐台灣冒取利益的人，卻反而迫

　　不及待地想把台灣割捨呢！您在政治上有所作為，而奮力
　　繼續前進的時候，我更深切感受到詩中肯定的話——您的
　　名字是：台灣！[8]

　　「您的名字是：台灣！」將彭明敏與他心中的信仰——台灣一
等同起來，可見得李魁賢對彭明敏的尊崇。

（二）史明

　　史明，1918 年出生於台北士林。二次大戰期間在日本就讀早
稻田大學，畢業後赴中國，參加中共領導的抗日戰爭。由於深切體
會中共並不為解放台灣而努力，反而歧視、分化台灣人，乃於 1949
年潛回台灣，開始從事台灣獨立運動。1962 年，代表作日文版《台
灣人四百年史》出版。

　　史明因寫下了《台灣人四百年史》一書，將中國國民黨所堅持
的五千年中國史排除於台灣之外，以台灣做為一獨立的化外之島，
將荷蘭、明鄭、滿清至中國國民黨，都視為外來的殖民政權，這種
將國民黨視同外來政權的言論，無法見容於當時的執政當局是必然
的，李魁賢也說：「台灣在戰後白色恐怖時代，史明先生和許多先
覺者一樣，是一個敏感的名字，不但被逼流亡海外，流落異鄉，而
且在島嶼內的公共記憶和記錄都被刻意抹消」[9]，並且將史明等同
於彭明敏，認為他們都是為台灣犧牲奉獻，卻不見容於當代政治社
會的人，他說：

8　同前註，pp.30−31。
9　李魁賢：〈四百年歷史一孤鳥〉，《李魁賢文集・第貳冊》，p.367。

國民黨執政當權者使盡手段，要使他們與台灣群體脫節，並製造恐怖氣氛，把他們從台灣人民集體意識的存在中拔除。正如我在寫彭明敏的詩〈痲瘋〉中所描述的，「大家竟然／連你的名字也／不敢提／真的把你／當痲瘋病人一樣／因為你的名字／是：台灣！」[10]

史明令李魁賢著迷之處，是其撰寫的《台灣人四百年史》不同於以往將台灣附於中國的歷史解釋方式，李魁賢說：「我是透過《台灣人四百年史》認識史明，所以對他的立功、立德方面雖然還不詳知，但對他的立言，卻衷心尊若神明」[11]，以「尊若神明」來形容他對《台灣人四百年史》的評價，可以看出他對史明的崇拜之情。李魁賢說，在看過這本書之後，他才對自己的「台灣身份」有了「整體性清晰輪廓」：

讓我對史明有比較明確鮮明的印象，要拜鄭南榕之賜，他在一九八八年以自由時代週刊社翻印了史明的巨著《台灣人四百年史》廣為流傳。我雖然平時喜愛讀書，但只有等到閱讀這部震撼的史書，才使我對自己生於斯長於斯的台灣身份、遭遇、命運，有了整體性清晰輪廓……[12]

《台灣人四百年史》帶給李魁賢的是其台灣意識的根基。

總而言之，李魁賢對在體制內提出改革主張的彭明敏，以及在體制外從事革命主張的史明，其崇拜與景仰都是來自於他們的「台

---

[10] 同前註，p.367。
[11] 同前註，p.368。
[12] 同前註，p.367。

灣魂」，兩人不畏艱難地力主「台灣獨立」，讓李魁賢傾慕不已，其
台獨政治立場可說因彭、史兩人而更形穩固。

三、李魁賢對「台灣獨立」的認知

（一）中國國民黨是外來殖民政權

　　李魁賢不只一次以「流亡政府」、「殖民政權」來指稱國民黨政
府，如他在〈文化白癡的社會〉一文中，李魁賢將中國國民黨與清
國、荷、西、明鄭相比，視同為殖民政權[13]，而在〈變調之聲〉一
文中，李魁賢也說國民政府是「流亡政府」：

> 國家不能沒有土地，不能離開所屬的土地和人民，沒有土地
> 和人民絕對不能構成國家。即使政府可能離開土地和人民，
> 但那是流亡政府，而不是正統的執政政府。國民黨政府「走」
> 到台灣，聲稱遙領中國主權，一向只能以「中華民國」自況，
> 但在國際政治上，「中國」是等於「中華人民共和國」，而不
> 等於「中華民國」。[14]

---

[13] 李魁賢曾說：「入侵者對強行佔領的土地，總要盡情洗刷一番，以清除人
民的歷史記憶。戰後全面淹至的中國文化，更是奉行大一統的中央集權
思想，免不了強行改造歷史，創建共同神話。從清國、荷、西、到明鄭，
在台灣留下的文化遺跡，只餘紀念性的象徵。二次大戰後，中國國民黨
又計畫性的全面清除日本遺風，也已幾乎『大功告成』。」李魁賢：〈文化
白癡的社會〉，《李魁賢文集・第柒冊》，pp.213－214。
[14] 李魁賢：〈變調之聲〉，《李魁賢文集・第伍冊》（台北：行政院文化建設委

在其〈國民黨不是外來政權嗎？〉一文中，更是痛斥國民黨政府以殖民者的高壓統治手段對台灣人的壓迫行為，他說：

> 外省人天生就是統治階級，台灣人天生就是被統治階級，這種相當典型的殖民主義形式和心態，若中國國民黨不是外來政權，是什麼？中國國民黨到台灣時，發現低階的中國文化要統治高階的台灣文化，絕非能力所及。因此，初則掠奪台灣豐富資源，運往中國，使台灣經濟解體，繼則以高壓手段消滅台灣菁英，接著鄙視台灣文化，例如禁止民俗活動，以精神壓力懲罰學生說本土語言，在教育上取消認識台灣的一切策略，又以差別的國民待遇區隔外省人和台灣人，使台灣社會普遍失去信心，自甘淪為二等國民，好讓中國國民黨予取予求，而漸漸成為失語症和失憶症的民族。這樣的殖民統治手段，若說中國國民黨不是外來政權，是什麼？[15]

由此可知，李魁賢之所以認為中國國民黨政府是外來政權，除了 1947 年的二二八事件、1949 年的國民政府流亡來台的事實，以及五〇年代的白色恐怖之外，最重要的是國民政府一連串為了鼓吹兩岸統一的政治神話而對台灣人所強制灌輸的歷史意識及文化教育，這種從人民的思想層面進行壓迫的行為，最令李魁賢所不齒，一個明確的歷史事實是，國民黨執政期間，「台灣」二字是不可隨便使用的，在〈正名〉一文中，李魁賢說：「國民黨政府立足於台灣，卻視『台灣』名稱如瘟疫、痲瘋，在國際上不敢堂堂正正使用，

員會，2002），p.127。

[15] 李魁賢：〈國民黨不是外來政權嗎？〉，《李魁賢文集・第拾冊》，p.282。

在國內又壓抑人民使用」[16]，笠詩社在 1979 年出版《美麗島詩集》時也曾經受過國民黨政府的壓迫。李魁賢在〈美麗島詩集〉一文中曾提及：

> 一九七九年《笠》詩社出版了同仁詩選《美麗島詩集》。……其實，在此之前，一九七〇年《笠》編譯過華文和日文對照版《華麗島詩集》，在日本出版，雖然封面還標示「中華民國現代詩選」，但因後記題目「台灣現代詩的歷史和詩人們」，使用「台灣」二字，就被如今也聲稱愛台灣的中國派詩人檢舉說：有台獨傾向。此事害得我陪同目前是靜宜大學文學院院長的詩人趙天儀，連夜前往任職於國防部的一位前輩詩人府上解釋和討教，獲得「不希望看到有詩人無辜受冤」的慰勉和鼓勵，我們兩人還懷著忐忑不安的心情踏著月光各自回家。後來「台灣」二字全部塗黑，新聞局才准放行進口。[17]

為了在書後加註「台灣」字樣，李魁賢忙碌奔走，最後為了其他詩人著想，不得不屈服統治政權的威嚇，將「台灣」二字全部塗黑，對一位充滿台灣意識的知識份子來說，其屈辱沉痛的心情可想而知。其在〈文化白癡的社會〉一文中痛斥中國國民黨「強行改造歷史，創建共同神話」之後，又接著說：

> 這種一統思想的發揚，正印證了中央文化控管的敗德，不但破壞民間文化深厚的基礎，也抑制了文化累進的生機。在台灣更徹底摧毀多元文化實驗廠的氣息。[18]

---

[16] 李魁賢：〈正名〉，《李魁賢文集・第伍冊》，p.272。
[17] 李魁賢：〈美麗島詩集〉，《李魁賢文集・第捌冊》，pp.330－331。
[18] 同註 13，p.213。

　　文化思想上的箝制造成台灣多元文化的摧毀，而在歷史教育上，也是不斷灌輸台灣人民中國歷史知識，造成台灣人「但知有秦，不知有漢」[19]的悲哀，在〈人格的教育　生活的教育〉一文中，李魁賢沉痛地說：

> 而不幸中學課本教材，也幾乎都是配合上述的虛妄性編輯的，例如吹噓中華民族，卻除了政治意義外，無法交代「中華民族」符合了什麼樣的「民族」定義；例如處處是中國歷史、地理和風俗民情，又無法在生活上驗證，卻獨對日日生活於斯的台灣這片土地上的現實，刻意忽略；例如選讀詰屈聱牙的空談古文，而少感性的抒情現代白話。[20]

　　所以李魁賢撰文要求將台灣歷史納入歷史課程與教材，他在〈捨本逐末的歷史教育──台灣歷史應列入必修課目〉一文中先說明「歷史教育在使人明瞭自己於現實社會領域內立身處世的定點，可是台灣戰後的學校歷史課程，卻使學生在社會座標圖上找不到自己的方位」後，進一步說：

> 歷史的教育在於使人知道存在場所發生過的事實。可是，四十多年來台灣各級學校的歷史課本，根本忽視了台灣這個「存在場所」的存在，從中國歷史教到西洋歷史，就是沒有台灣歷史的課目。在人的成長過程中，刻意教育成沒有「存在場所」的存在意識，使人人忘了我是誰的基本立場，再強

---

[19] 李魁賢：〈捨本逐末的歷史教育──台灣歷史應列入必修課目〉，《李魁賢文集‧第伍冊》，p.77。
[20] 李魁賢：〈人格的教育　生活的教育〉，《李魁賢文集‧第柒冊》，p.216。

行灌輸「龍的傳人」的虛幻符號，完成一套流亡政策的歷史
教育。[21]

「龍的傳人」在李魁賢眼中已成了「虛幻符號」，國民黨政府
所強制灌輸的歷史知識，在李魁賢眼中也不過是「一套流亡政策的
歷史教育」，所以為了使台灣人「明瞭『存在場所』來龍去脈的歷
史演變，發揚人人認同本地的民族精神」[22]，李魁賢再一次發揮了
他的反抗精神，撰文鼓吹將台灣歷史教育列入必修課程。

總而言之，在李魁賢眼中，中國國民黨是流亡政府、外來殖民
政權，為了箝制台灣人民的思想，遂行其統治之實，不但製造白色
恐怖，更以大中國的歷史、文化來強迫台灣人民接受，可以說，國
民黨政府是李魁賢的「台獨」政治立場所必須挑戰的第一個目標，
李魁賢也大無畏地在報章雜誌上撰文發表，以思想對抗思想，希望
能盡自己身為知識份子的責任。

（二）台灣不是中國的一部份

除了在台灣有李魁賢視為外來殖民政權的國民黨政府之外，在
台灣對岸的中國大陸，也是李魁賢時常撰文批判的對象。其批判的
內容，除了某些政論文章痛斥中華人民共和國政府打壓台灣國際政
治地位的行徑之外，最主要的，是試圖打破台灣歷史、文化附屬於
中國歷史、文化的思想層面問題，因為只有確立台灣有自己的歷
史、自己的文化，台灣的主體性才得以確立。

21　同註 19，pp.77－78。
22　同註 19，p.78。

1、從命題解析

首先，李魁賢在〈浮名與務實〉一文中，就曾對「台灣是中國的一部份」的命題做過解析並直指其非，他說：

> 在中國人的浮名論裡，既然「中國」包含台灣和大陸，則指
> 稱「台灣是中國的一部份」認為並不犯邏輯上的錯誤。但是，
> 在外國人的務實論裡，「中國」和「台灣」既然不相涵蓋，
> 則談論「台灣是中國的一部份」便是邏輯上的的嚴重錯誤。
> 外交場合上，說「台灣是中國的一部份」的時候，絕對是一
> 個錯誤的命題，因為話不是對浮名論的中國人說的，而是說
> 給務實論的外國人聽的。「台灣是中國的一部份」這樣的命
> 題，在海峽那邊的人說起來，十足顯示霸權的併吞主義口
> 氣，在海峽這邊的人也這樣說的時候，卻明顯自我矮化，擺
> 脫不掉失敗主義的陰影。[23]

「台灣是中國的一部份」，只要是持「務實論」的，不被語言符號所圍限的，不論是李魁賢或是「外國人」，都不能夠接受這樣的命題。但在「海峽兩岸的中國人」眼中，這卻是不犯邏輯錯誤的命題。李魁賢說，這種邏輯，在中華人民共和國是基因於其霸權的併吞主義，而在中華民國則是自我矮化的失敗主義，都是堅持抱著虛浮的名稱而沾沾自喜的愚蠢行為。

---

[23] 李魁賢：〈浮名與務實〉，《李魁賢文集・第伍冊》，pp.50-51。

2、從歷史解析

在〈終戰、解放、光復〉一文中，李魁賢從歷史的角度，譏諷滿清將台灣割讓給日本，就已經是放棄對台灣的主權，而在日本投降後，由於聯合國派國民政府接收台灣，才造成國民政府以「光復」之名行「殖民」之實，事實上，李魁賢認為，對台灣人而言，國民黨推翻滿清政府時，台灣並不在中國的領土範圍內（因為已割讓給日本），所以：

> 中華民國如果要主張繼承清國的債權，則由清國訂立契約割讓給日本的台灣，只能採取法律行動談判「索回」台灣主權，不然只有採取武力打敗日本才能光復台灣。[24]

這是從歷史的角度質疑中國與台灣兩者是否有主權從屬的關係，也是試圖打破國民黨政府以歷史教育來遂行其統治之便的企圖。

3、從文化解析

統一論者最堅持的論調就是——台灣文化是中國文化的一部份。的確，從荷據時期之後，便不斷有漢人來台定居；在清領時期曾出現數波漢人移居台灣的風潮；國民黨政府敗逃台灣之際，更是達到了移民的高潮。而隨著漢人大量從中國大陸來台，中國文化也從此在台灣生根，成為構成台灣文化最重要的一部份。但李魁賢對這種說法不以為然，他提出「文化不是純種馬」的觀念，將生物學上「純種馬是羸弱的，經過一種交配，才會改

---

[24] 李魁賢：〈終戰、解放、光復〉，《李魁賢文集・第柒冊》，p.223。

變體質而強健壯碩」的觀念延伸到文化上，認為漢文化在經過與
其他民族文化的融合之後，「中國文化基本上也是雜種文化」。他
並進一步說：

> ……文化以土地為其形塑的範疇，中國就在中國土地上形
> 塑成一個文化系統。其實，「中國」這個概念是在清朝後
> 才確立，在「前中國」時期以漢文化為主流價值，但漢文
> 化本身也是雜種……以後歷朝每經歷一次動亂、一次民族
> 遷徙，便產生較大規模的文化混合和變動。但因漢文化系
> 統人多勢眾，形成穩定性，一向佔有較高階的主宰地位，
> 所以能採取選擇性吸納的高姿態，而「他者」文化逐漸被
> 同化。[25]

中國文化的確是以漢文化為主體，並與其他民族文化相互融合
而更顯出漢文化的博大精深，但是，「中國文化」在現今民族主義
氾濫的時候，在現今中共霸權主義當道的時候，對少數民族的文
化，就從融合成了封鎖與限制。相對地，李魁賢以「化外之地」、「海
島文化」來闡述他對台灣文化的理念，他說：

> 台灣原是「化外之地」，意即原住民未受到漢文化的同化，
> 自成獨立的文化系統。漢人帶著漢文化基因來到台灣，才
> 對原住民開始產生文化衝擊和挑戰，等到漢人移民增多，
> 在台灣同樣造成人多勢眾的漢文化主流地位。台灣的海島
> 環境，比起中國較易接受開阜通商的現實條件，又經過荷
> 蘭、西班牙、日本等異族的統治、經營，對外來文化的接

---

[25] 李魁賢：〈文化不是純種馬〉，《李魁賢文集·第拾冊》，pp.223。

觸和吸收，較中國快捷迅速，在文化體質上早已彼此背道
而馳。戰後，中國保守文化大量湧入，造成激烈震盪，但
即使中國文化以強大的政治力量介入，試圖使台灣文化「改
土歸宗」，但長期融合結果，逐漸顯示台灣文化的穩定力
量，中國文化不得不在台灣產生「土斷」的趨勢。當然，
其中還有西方文化和東方文化以及帶進來的現代科技文明
強力衝擊的因素，使台灣文化質變，超過中國文化的拉扯
力量。可預期得到的是，中國傳統文化（或稱漢文化）在
台灣勢必日漸式微⋯⋯[26]。

　　在李魁賢的認知中，台灣最早期的代表文化是原住民文化，
而在漢人移民來台之後，人數、經濟地位超越了原住民，使漢文
化成為主流，但由於台灣的海島環境，加上日治時期日本文化的
介入，所以與中國文化已開始產生分歧。雖然國民黨政府來台後
以強大政治力量介入中國文化的宣揚，但仍擋不住台灣文化的開
放性，中國文化雖是台灣文化的主要成分，卻因為政治因素長期
停止交流，產生了「土斷」現象，加上西方文化、東方文化的衝
擊，使台灣文化「質變」，已迥然不同於中國文化了，他說：「試
觀察台灣的社會行為，尤其是年輕一代的消費行為，有多少是中
國文化的傳統？無寧說更多是美國文化或日本文化」[27]，所以李
魁賢說台灣文化與中國文化「已經分道揚鑣」。既然如此，那麼以
文化角度來說明台灣與中國「密不可分」的關係，在李魁賢的認
知中便成了謬論了。

---

[26] 同前註，pp.223－224。
[27] 李魁賢：〈「統一」意義的轉變〉，《李魁賢文集・第伍冊》，p.83。

（三）反「統一」

　　李魁賢的台獨政治立場很早就確立,當時黨外人士籌組的民主進步黨,曾將台灣獨立列為黨綱的一部份,引起國內政壇一片譁然,但也讓李魁賢的「獨立」意志有託付的對象。然而隨著民進黨逐漸在政壇上得勢,其選戰路線也逐漸向中間選民靠攏,一些較為激進的言論如「台灣獨立」等,就較少提及,這種現象讓李魁賢很失望,進而撰文批判。再者,當時台灣內部有統派人士鼓吹統一,外有中國大陸實行統戰,李魁賢也撰文批判之,對統派人士,李魁賢的批判更是不留情面。李魁賢認為,統派的言論立場已「不能獲得人民的接受和同意」,他甚至在〈質疑〉一文中說「統派人士是人民的公敵」:

> 台灣統獨之爭中,我們看到截然不同的行為和現象。獨派人士放棄外籍或國外職業和居留權,回到台灣公開提倡政治主張,與台灣人民站在同一土地上,來展望台灣的前景。相對地,統派人士不是在台灣發表符合國民黨政權的言論,就是跑到北京表態呼應中國共產黨政權的政策,且不惜要求中共以武力加諸於台灣人民。統派只為政權講話,不顧人民安危的心態已充分表露,這不是人民的公敵,是什麼?[28]

　　事實上,統派思想在台灣的確已逐漸式微,所以,對台灣獨立論最大的威脅是來自於對岸的中國大陸,因為中國大陸仍盛行著中國民族主義的理論,對於這種觀念,李魁賢認為是「不合時宜」的,

---

[28] 李魁賢:〈質疑〉,《李魁賢文集・第伍冊》,p.319。

在李魁賢詩集《祈禱》的討論會上，他說：「我認為中國若要進步，必須分裂成許多國家。統一只對政權有利，對人民則只有更艱苦而已，我們發現國家愈大，中央權力愈強，人民愈痛苦，也愈沒有聲音」[29]，所以他說：

> ……真正為了中國人民的幸福，只有順應趨勢和潮流，使中國發展成分立的許多國家，像歐洲，而不是一個「中國」。智識份子的不能正視社會體制，以人民為基點，而只基於主觀的感情因素，提倡民族統一為基調的中國統一，只有使中國人民永遠置身於龐大專制政權陰影下，不得超生。[30]

　　而以中國民族主義為理論根基的知識份子們，在李魁賢的眼中是可悲且忽視人民的，因此李魁賢大聲疾呼「台灣文化早已在殊途發展中，不屬於中國文化的體系」[31]：

> 大部分中國知識份子的可悲之處是，以「大中國」來衡量本身在國際上的自尊，而忽視人民在專制體制下屈辱到毫無自尊榮耀。筆者對中國親歷初步觀察後，認定為了避諱而將台灣與中國的關係，定位在政治中國以外和文化中國以內的觀念必須加以揚棄，台灣文化早已在殊途發展中不屬於中國文化的體系，為什麼在文化的認知上卻一直不能認清，是知識份子受到政治宣導的蒙蔽有以致之。

---

[29] 莫渝主持、陳謙記錄、林秀梅整理：〈本土詩人的大陸觀察——李魁賢詩集《祈禱》討論會〉，《笠》184 期（1994 年 12 月），pp.114－127。

[30] 同前註，pp.114－127。

[31] 李魁賢：〈分久必合　合久必分〉，《李魁賢文集・第伍冊》，pp.120－121。

　　總而言之，李魁賢「反統一」的立場與其渴求台灣獨立的立場是相連貫的，而他痛罵統派人士，打破中國民族主義的迷思，也都是希望在論述上可以為台灣盡一份力量。

（四）台灣「正名」

　　何謂台灣「正名」？就是「以『台灣』為國名立足於國際政治社會」，而非再依附於「中華民國」這個虛幻的政治符號之下，造成國際地位被中共打壓而無法伸展。在國內，國民黨政府壓抑「台灣」之名已如上述，李魁賢譏此行為為「抹消自己」的自滅文化行為，他說：

> 排斥「台灣」的竟是本地的政府，盡量把「台灣」分裂成為地理的名稱，並抹消一切包含台灣獨立自主含意的符號，這種「抹消自己」的自滅文化行為，可能為世界所僅見。……當然「中華民國」實際上在國際社會裡已不存在，只單獨存在於台灣區內，相反地，「台灣」在台灣區內被政府所抵制，卻通行於國際和台灣民間。[32]

　　在國際外交上已被實質採用的「台灣」之名，在台灣境內卻不能用，這是國民黨執政時期的歷史事實，李魁賢身處那樣的時代，對此現象之痛心可想而知。再者，對中共來說，「台灣」之名也是不能被其接受的，所以國民黨政府為了在國際上堅持中華民國之名又不與中華人民共和國之名相混淆，所以用「中華‧台北」等名稱行走於世界政治舞台，李魁賢說，這些都是「名目上無意義的咬文嚼字」，他說：

---

[32] 李魁賢：〈軍隊可以不護衛台獨嗎？〉，《李魁賢文集‧第伍冊》，pp.97－98。

> ……在中國人浮名論的作祟下,「中國・台北」、「台北・中國」、「中國・台灣」、「台灣・中國」,一大堆夾纏不清的符號相繼出現,大家在名目上做無意義的咬文嚼字遊戲,忘了實質,忘了如何在務實論的外國人認知上求得傳達訊號的一致和明確。[33]

這種現象除了是公開的文字遊戲之外,例如「『中華台北』是名稱設計者唾面自乾的自辱表現」、「連淪為地方政府還不如」、「哪有國格可言?」[34]等等言語,都可以看出李魁賢對國民黨政府不願「正名」的失望痛心之情。而統派人士所喊出的「保衛中華民國」、「消滅台獨」等口號,也被李魁賢譏為「義和團再現」,他說:

> 中國在清朝末年(1899年)崛起的義和團,完全是昧於改革的保守勢力的愚民運動,單憑「扶清滅洋」的庸俗愛國口號,用大刀和血肉之軀去對抗西洋的槍砲,結果「滅清」者正是喊「扶清」的人。如今,在辯論會上大喊「保衛中華民國」、「消滅台獨」,為中華民國興亡在此一戰的人,與「扶清滅洋」的口號及情緒多麼相像,完全繼承了義和團昧於時勢潮流的保守性格。[35]

由以上討論可知,李魁賢站在國際外交的立場,疾呼台灣「正名」以求實質拓展台灣外交,他站在人民的角度,否定「民族即國家」,堅持人民才是構成國家的主體,進而贊成台灣獨立。所以「正名」成了李魁賢對台灣最大的期許,在很多政論文章中,李魁賢都

---

[33] 同註23,p.51。
[34] 同註16,p.272。
[35] 李魁賢:〈自我消解的辯證〉,《李魁賢文集・第柒冊》,p.194。

一再提及與鼓吹台灣「正名」，例如〈正名〉一文中說：「……名不正則言不順，正名請以『台灣』開始」[36]；在〈浮名與務實〉一文中說：「『台灣』才是清晰、純正、實實在在的符號，讓我們以台灣人的名目身份從名實論開始思考澄清透明的一切命題」[37]；而在〈正名的開始〉一文中也說：「擴而大之，應要求國民黨政府把駐外機構正名為『台灣 XX 辦事處』，所有出席國際會議或談判代表等等，都以『台灣』為名」[38]。他在〈你是什麼人〉一文中曾說：

> 上月中，年輕作曲家劉莉莉有意為台灣北社譜社歌，筆者受囑代擬歌詞，便是基於「我是誰？」的反思為基點，以最簡單的字義引發自我認同，肯定「我是台灣人」的定義：若有人問起／你是什麼人／你講我是忠厚人／古早行過黑暗的歷史／話講未大聲　若有人復再問起／你是什麼人／你講我是海島人／開闊的世界／帶領希望的時代　若有人堅持問起／你到底是什麼人／你應該有充分的自信／用堅定的語氣講／我是台灣人。[39]

由這段歌詞可以知道，李魁賢認為台灣人要正名，需要「有充分的自信」。因此李魁賢說：

> 「以台灣為名」不僅僅是一種意識型態，一種務實的態度，也是一種大愛，不論對斯土或斯民。「台灣」名實合一的符號，不但是存在共同體的象徵，更是整體社會凝聚力的展現。[40]

[36] 同註 16，p.273。
[37] 同註 23，p.52。
[38] 李魁賢：〈正名的開始〉，《李魁賢文集‧第柒冊》，p.171。
[39] 李魁賢：〈你是什麼人〉，《李魁賢文集‧第拾冊》，pp.350−351。
[40] 李魁賢：〈務實外交以「正名」始──評杜文靖《以台灣為名》〉，《李魁賢

　　由以上李魁賢台灣獨立政治立場的闡明我們可以知道李魁
賢對台灣獨立的渴望。在其台獨理論建構中，他反對中共政權，
認為他們打壓台灣之名的民族主義霸權心態是只念民族而罔顧
人民的行為；他反對國民黨政府，認為其所抱持的「虛幻政治
符號」──中華民國已是「浮名」，在國際外交上不具有實質意
義；他反對統派人士，認為他們已失去民心，只是類同於義和
團之屬，是「昧於改革的保守勢力」。當我們瞭解李魁賢的台獨
理論之後，再回過頭來看中國大陸的學者對李魁賢的研究，有
些論述就簡直是荒謬、甚至可笑的了。最明顯的例子是鄒建軍、
羅義華、羅勇成合著的《李魁賢詩歌藝術通論》中的一段文字，
該文從李魁賢評論巫永福的「祖國意識」起頭，而作出這樣的
結論：

> 台灣人自身雖然並不能構成一個民族，但她的確是中華民族
> 中一個有著自己的特徵的角落，她從血與肉中、筋與骨上聯
> 繫著中華民族的精神與文化，中華文化也能包容她。我們認
> 為，在台灣那樣一個特定的社會中，李魁賢在詩歌寫作和詩
> 歌批評實驗中念念不忘「祖國意識」和「民族精神」，並做
> 出種種具體的分析與獨到的研究，是值得我們一些詩人和批
> 評家學習的。[41]

　　從「李魁賢在詩歌寫作和詩歌批評實驗中念念不忘『祖國意識』
和『民族精神』」一句，再對照李魁賢的台灣獨立理論，就可以看
出其中的矛盾。他建議中國應該分治，他厭惡「中國」符號的虛華，

文集‧第柒冊》，p.234。
[41] 鄒建軍、羅義華、羅勇成合著：《李魁賢詩歌藝術通論》，p.224。

李魁賢何來對中國的「祖國意識」之有？他認為「民族即國家」是
中國知識份子用來自尊自大的想法，他認為台灣文化和中國文化早
在政治分立之後就已有不同，李魁賢何來中華民族的「民族精神」
之有？這些都在李魁賢的言論中就可以找到證據，若研究者依自己
的想法去對早已明確的說法做曲解，以迎合政治需要，又如何能得
到研究真象呢？所以反過來看，大陸學者如趙遐秋等人以明確的統
派立場來否定李魁賢等台獨思想者，就顯得「誠實」的多。如在趙
遐秋、呂正惠合編的《台灣新文學思潮史綱》一文中，就曾引用台
灣陳映真的話說：

> 陳映真說：政治上的統獨爭議，反映到台灣文學、文化的領
> 域，就表現為 80 年代台灣文學分離論，而有長足的發展。
> 從 80 年代中後期開始，葉石濤、王拓、陳芳明、巫永福、
> 宋澤萊、李魁賢和不少原台灣文學的中國性質論者，在沒有
> 作任何負責任的轉向表白條件下，轉換了自己的思想和政治
> 方向，從他們原來的原則立場，全面倒退。[42]

　　李魁賢被點名在台灣分離主義論者之列，並被痛斥和其他強
調台灣文學主體性的學者一樣，是「沒有作任何負責任的表白條
件」，是「從他們原來的原則立場，全面倒退」，以兩個針鋒相對
的政治立場互指其非，也勢必是一場論戰。筆者認為，趙遐秋等
人的說法當然是偏頗的，但是在理論價值上至少不像其他的中國
學者一樣因為採取迂迴曲解及視而不見的研究態度使理論失真而
造成研究價值降低。綜上所述，中國學者以相同的意識型態做不
同的觀察，一者對於李魁賢與己身相左的意識型態「視而不見」，

---

[42] 陳映真語。引自呂正惠、趙遐秋：《台灣文學思潮史綱》，p.417。

而認為好；一者對於李魁賢與己身相左的意識型態「痛心疾首」，而視為惡；前者病乎曲解，後者失之自大，都無法得到李魁賢研究的真相，這是意識型態主導文學研究所造成的不可避免的錯誤。因此，唯有與李魁賢站在同一立場，並以不偏頗的意識型態做為研究李魁賢詩歌的參照體系，才有能夠真正理解李魁賢詩歌所欲傳達的深意。

貳、確立台灣文學的「國家位格」

在瞭解了李魁賢的台灣獨立政治立場之後，接下來要理解李魁賢如何去確立台灣文學的主體性就顯得容易的多。李魁賢在台獨政治立場確立之後，對其所重視的文學層面必定也難脫其台獨政治立場的影響，而對確立台灣文學的主體性大聲疾呼。

一、李魁賢對「台灣文學」的定義

台灣文學的定義一直以來為台灣文學研究者所詮釋，但隨著每個研究者所抱持的史觀及社會詮釋觀點的不同，答案就因人而異。李魁賢借用杜國清對台灣文學的三項詮釋：「台灣人所寫的」（by the people of Taiwan）、「有關台灣人的故事」（of the people of Taiwan）、「以台灣人的觀點」（for the people of Taiwan）等三個層面來詮釋「台灣文學」的定義：

（一）「台灣人所寫的」

　　李魁賢特意「把『台灣人所寫的』列為首要」，因為他認為「文學的定位應以作者為基本」，這也與其在詩學理論中的立場一致。而何謂「台灣人」呢？李魁賢的分辨方法除了「出生於台灣或長期居留於台灣」這類同於國籍法的標準之外，最主要的是「對台灣有國家認同的個體」，李魁賢說：

> 出生於台灣，即使後來離開台灣，長期居留外國，只要不放棄對台灣的認同，並不妨礙其台灣人的身份，它們以台灣人的觀點所寫關於台灣人的事物，都屬於台灣文學。但如長期居留於台灣，並不自認為台灣人，動輒自稱為湖南人、廣西人、浙江人……等，或以中國人自況，未絲毫顯示對台灣的國家認同感，則只能視為異鄉人，它們的作品只能算是流亡文學。[43]

　　所以照李魁賢的分類方法，笠詩社同仁中如非馬、杜國清、許達然等長年旅居國外的學者詩人，由於其創作方式仍與笠詩社風格一貫，大致上屬於「現實主義論的藝術功用導向」，且其詩文內容關懷台灣社會現況自不待言，雖然「長期居留國外」，但由於他們都「不放棄對台灣的認同」，所以「不妨礙其為台灣人的身份」；反之，如余光中、聶華苓等人，雖然長年居留台灣或曾以台灣為住所，其作品長期以「異鄉人」（至少並不以台灣為唯一故鄉）自居，便

---

[43] 李魁賢：〈台灣文學進入國際社會的起步〉，《李魁賢文集‧第伍冊》，pp.17－18。

不被李魁賢承認為「台灣人」，如此即使這些人在文學上有一定的成就，李魁賢也不承認其為台灣文學的一環。李魁賢在以「台灣人所寫」做為台灣文學審視條件這一點上是非常堅持的，其在對遼寧版《現代台灣文學史》作初評時，就曾說該書「幾乎有三分之一至一半的篇幅應剔除於台灣文學史之外」，其原因是這些詩人的文學成就「不屬於台灣文學的範疇，而應列於中國的流亡文學或海外疏離文學」，他以聶華玲為例說：

> 她曾自我介紹：「生在中國，長在中國；在台灣寫作、編輯、教書十五年；現在是一個東西南北人，以美國愛荷華為家。」她既生在中國，長在中國，又以美國為家，雖然在台灣十五年，不過是度其流亡生涯，在台灣寫作也未見有多少切入台灣現實的作品，在她傳記資料內也未嘗自詡為台灣人，如此以專章列於台灣文學史內，是很奇怪的事。[44]

以遼寧大學出版的《台灣現代文學史》未認清「台灣文學應為台灣人所寫」的台灣文學屬性為批判準則，否定應將聶華玲列入台灣文學史之中，這樣的言論勢必激起反彈，但李魁賢認為這樣的說法不但沒錯，而且是「最基本的文學知識和國際通例」，李魁賢曾說：「作家的屬性以國籍為依據，恐怕是最基本的文學知識和國際通例。易言之，國籍表示作家的認同，表示他的意識與土地和人民是否基於同源」[45]。他認為遼寧大學版的《現代台灣文學史》要修正謬誤，要先剔除那些不認同台灣的人，而這些他不承認可列名於

---

[44] 李魁賢：〈初評遼寧大學《現代台灣文學史》〉，《李魁賢文集・第伍冊》，p.12。
[45] 李魁賢：〈作家的屬性〉，《李魁賢文集・第捌冊》，p.269。

台灣文學史中的人，只要一旦有身為台灣人的自覺，就有列名台灣文學史的資格，李魁賢曾說：

> ……實際上，應該從台灣文學史上剔除的人太多了……明顯的根據是那些作家詩人從未自稱台灣人，在作者介紹中，都是寫的什麼湖南衡陽人、廣東文昌人、河南開封人等等。要等他們自覺到改寫為台灣台北人（例如），或加上原籍（或祖籍）湖南衡陽人、廣東文昌人、河南開封人等等，才有資格列名於台灣文學史中。[46]

曾經掀起文壇筆戰的「台灣文學經典」之爭，李魁賢更是以他的鮮明立場拒絕將張愛玲的作品列入台灣文學經典，張愛玲大半生在流浪中度過，出生於大陸，待過上海淪陷區，來過台灣、去過香港，並在美定居，不論出生地或長期居留地皆非台灣，她的作品內容更並未有關於台灣的故事，根據張愛玲皆未達成這兩個「台灣人」的必要條件，李魁賢與台灣筆會同仁皆力主將張愛玲的作品排除於台灣文學經典之列。所以，李魁賢在〈台灣文學經典的是非〉中下了這樣的結論：

> 總結一句話，「不是台灣人，就沒有台灣文學」。在獨派立場，台灣人就是台灣人，在統派立場，台灣人也就是中國人，任何定義的台灣人都暫時可以寬容涵蓋，唯獨只是中國人而不是台灣人的作家，絕對不可能容納在台灣文學範疇內，這是最最根本的是非。[47]

---

[46] 同註44，p.14。
[47] 李魁賢：〈台灣文學經典的是非〉，《李魁賢文集‧第捌冊》，p.284。

　　李魁賢認為,「台灣文學經典」的問題所爭者並非「選擇題」
而是「是非題」,台灣文學取捨與否有著明確的是非判準,而這
判準就是「不是台灣人,就沒有台灣文學」,如果連這最簡單的
屬性都認識不清的話,「就不曉得是哪一國的台灣文學史了」,李
魁賢說:

> 因此作家的屬性是很清楚的。在台灣文學經典的爭論中,張
> 愛玲只是其中最明顯不過的一例。屬性認識不清,則將來建
> 構的文學史,就不曉得是哪一國的台灣文學史了。[48]

　　由以上這段話也可清楚的看出,李魁賢的台灣文學判準實與其
台灣獨立的政治立場分不開,因為在李魁賢眼中台灣是一個「國
家」,所以只有堅持「台灣人身份」的判準才可能建構屬於台灣這
個「國家」的台灣文學史。

(二)「寫有關台灣人的故事」

　　何謂「寫有關台灣人的故事」?其實這還是屬於台灣國家認同
的問題,一個台灣作家描寫台灣所發生的事情,用李魁賢的話說,
就是和人民產生同源性的意識並以之創作,如果作家無法做到這一
點,即使其已確定為台灣人的身份,但他的作品仍無法進入台灣文
學之林。李魁賢說:

> 「台灣人的故事」與「發生在台灣的故事」,有很大的差
> 別。台灣文學如果不是以台灣人為人物所描寫,即使以台

48　同註 45,p.272。

灣為場景，也不過是流亡文學或外國文學的一環。其中最
顯著的例子，就是戰前活躍在台灣的日本作家所寫的日本
人在台灣的故事，現在已經沒有人承認那是台灣文學的一
部份。還有戰後許多中國流亡作家所寫懷鄉和逃避現實的
作品，儘管喧赫一時，也已經在時間的澄清中，逐漸沉澱
或成為浮渣，將來會被排除在台灣文學的系譜之外。……
只要不涉及台灣人，或不是以台灣人為主體，即使發生在
台灣，都不能視為台灣文學的實體。反之，由台灣人所寫
台灣人居留於外國的生活情節，都應含蓋在台灣文學的領
域內。[49]

可以想像得到，如果由李魁賢來編撰一本台灣文學史，那麼
例如林海音女士的《城南舊事》（以北京生活為主體）、張愛玲的
《秧歌》（以共產黨主政下的農改社會為主體）、余光中的懷鄉詩
（以懷念中國大陸故鄉為主體）、創世紀詩社的諸多超現實主義詩
作（內容主題逃避現實）等，都不可能被李魁賢列入台灣文學史。
因為這些作品「不涉及台灣人，或不是以台灣人為主體」，而且所
寫多為「懷鄉和逃避現實」的作品，是不被李魁賢所接受的。李
魁賢曾說：

經典是一國文化的精華，必然是人民集體意識的結晶。台灣
文學的經典，就是台灣人民透過文學的手段，表現集體意識
的創造性活動，和感受集體意識的美感經驗。因此，經典勢
必內涵有歷時性和共時性的意義，往往經過歷史的洗鍊，沉

---

[49] 同註43，p.18。

積在社會集體意識的底層，透過光波的曲折反射，展現歷久
彌新的光芒。[50]

台灣作家在作品中「寫有關台灣人的故事」，也就是表現「台
灣集體意識」，如此的文學作品才有「歷時性與共時性」，才能稱
為經典。事實上，李魁賢的「寫有關台灣人的事」這項台灣文學
的判準，是與其強調文學作品必須堅持現實主義基盤，不可脫離
土地、脫離人民、脫離現實的立論相連貫的，也可以看出，李魁
賢在形塑台灣文學樣貌的過程中，有著自己的企圖心，其「現實
經驗論的藝術功用導向」觀點，是李魁賢所認為最適合台灣現階
段形塑國家文學的創作與批評標準，也可看出李魁賢企圖建構國
家文學史的期望。

（三）「為台灣人而寫」

李魁賢說，第三個條件是「For the people of Taiwan」，也就是
「為台灣人而寫」，這個屬性就不似前二種，可以憑作家身份、作
品內容來做為判斷依據。對於「為台灣人而寫」的定義，李魁賢
曾說：「以台灣人的觀點，就是以台灣人的本位出發，無論所描寫
的台灣人是如何遭受折磨、如何苦難、如何卑賤，要以人本加以
定位，而不是隨意加以侮辱、加以污衊、加以鄙視」[51]，從「以
台灣人的觀點」、「以台灣人的本位出發」來描寫創作，我們也可
以說，李魁賢對台灣文學的第三個判準，便是作品的「本土性」。
本土性強，不只不會犯「脫離現實、脫離土地、脫離人民」的錯

---

50 李魁賢：〈台灣文學經典何在？〉，《李魁賢文集・第捌冊》，p.257。
51 同註43，p.18。

誤，在形塑國家文學的過程中，更將達成加強台灣文學「地域色彩」的任務，並可以此與中國文學做出明顯的區隔。但本土性強烈的作品一直以來都有藝術性不足之譏，對此非議，李魁賢當然也是一本其重視實質精神的本色，而反對過度宣揚藝術性造成作品虛無貧弱，李魁賢曾說：

> 有人藉口影響力和藝術性，要來佔領台灣文學經典的地位。……其實，以藝術為藉口，不過是企圖使台灣文學脫離土地，脫離人民，成為虛無的文學遊戲作品。反過來說，難道本土性強烈的作品，真正能契合台灣社會集體意識的文學，就缺乏藝術性了嗎？藝術性往往是虛無的最後藉口。[52]

李魁賢本身獨創的創作表現詩觀「現實經驗論的藝術功用導向」，表示李魁賢是推崇以現實主義為精神內涵，並不拘各文學流派的技巧的表現手法，但也如之前所討論，李魁賢對於精神內涵及藝術技巧的「體用」的區隔分辨頗嚴，所以以「影響力和藝術性」來決定哪些作品屬於台灣文學經典而忽視「本土性」及「契合社會集體意識」的作品，李魁賢是萬萬不能接受的。

由以上的討論可知，若專以李魁賢的台灣文學定義的判準來選擇何人何作品可以進入台灣文學之林，如此所建構出來的台灣文學史，必定使很多沾染統派色彩或未認同台灣的作家無法成為「台灣文學作家」，這似乎已成了政治立場凌駕文學的行為，但筆者認為，李魁賢此舉的主要意義與其說是為滿足其獨派立場，倒不如說是為了形塑台灣文學主流，以建立具有國家位格的台灣文學，因為在李

---

[52] 同註 47，p.284。

魁賢的台灣文學判準下所篩選過後的作品，必定能夠表現出強烈的
專屬於台灣的地域性色彩，並且以此獨特色彩使國際皆能理解台灣
文學的訴求及確立台灣文學在國際上的位置。

二、台灣文學獨立論的闡發

　　李魁賢既有「台灣獨立」的政治立場，在台灣文學層面，就不諱
言「台灣文學獨立論」。台灣文學獨立論的闡發，除了最早可以追溯
到七〇年代鄉土文學論戰後所凝聚的本土共識之外，之後台灣政治
走向「去中國化」的趨勢，也連帶引起有識之士從事台灣文學「去中
國化」的思考。李魁賢本身有濃厚的台獨政治立場，在台灣文學「去
中國化」的過程中勢必也在理論上扮演著重要的推手，雖然其在理
論方面不似台灣文學研究者如葉石濤、陳芳明、彭瑞金等人有理論
創發之功，但其堅持台灣文學也必須「獨立」的想法與立場，卻絕
對比其他人要來的堅定。他所撰的〈台灣文學獨立紀元〉、〈土地和人
民的文學〉、〈論國家與國家文學〉、〈文學變局〉……等文章，都闡
述了他欲「獨立」台灣文學的觀點。台灣獨立的政治立場，使李魁賢
對建構台灣文學史與形塑台灣文學為國家文學的企圖心更顯旺盛。

（一）從「台灣文學兩國論」到「台灣文學獨立論」

　　前總統李登輝先生對兩岸問題曾提出「兩國論」，說台灣與
中國大陸是「特殊的國與國關係」，此舉令中國大陸及台灣的統
派人士十分不滿，因為所謂「兩國論」其實便是「台灣獨立論」，

只是仍保留「中國」此一政治符號而已。以李魁賢的獨派立場，
當然欣見於李登輝前總統的膽識，他也說「兩國論其實是『台灣
獨立論』的障眼法」[53]，而藉著政治上沸沸揚揚討論兩國論的
時機，李魁賢進而提出「台灣文學兩國論」，事實上，台灣文學的
「兩國論」並非李魁賢的創見，而是文學台獨論者不斷闡發台灣
文學主體性之後的產品。既然政治上的「兩國論」，指的是中華民
國（台灣）與中華人民共和國是兩個不相統屬的獨立國家，那麼
台灣文學上的兩國論就是指台灣文學和中國文學是兩個不相統屬
的獨立國家文學了。台灣文學「兩國論」要如何成立呢？李魁
賢說：

> 台灣文學就是台灣文學，是屬於台灣獨特所有的文學。就政
> 治而言，台灣對外關係都是國際關係，固不只是台灣與支那
> 的兩國關係而已，故簡約的「兩國論」是模糊而曖昧的。同
> 理，台灣文學對外關係較密切的有美國文學、英國文學、日
> 本文學、中國文學、德國文學、法國文學、西班牙文學、義
> 大利文學等等，也不是只有台華兩國關係而已。因此，文學
> 兩國論同樣是模糊而曖昧的。[54]

李魁賢以政治上的「兩國論」為例，說明台灣對外都是國際關
係，不只有和中國的兩國關係而已。所以就台灣文學而言，李魁賢
力主中國文學只能夠和美國、英國、日本、德國、法國、西班牙、
義大利等其他國家的文學相同，是台灣文學營養的一部份，眾國家
文學對台灣文學的影響僅是比例上的不同，所以「不只是台華兩國

---

[53] 李魁賢：〈台灣文學獨立紀元〉，《李魁賢文集・第捌冊》，p.325。
[54] 同前註，pp.326-327。

關係而已」。但是，李魁賢認為台灣文學的兩國論還是「模糊而曖昧」的，他說：「相對於政治上的兩國論實際上是獨立論的觀點，那麼要談台灣文學兩國論，還是以台灣文學獨立論較為準確」，這就使李魁賢摒棄了「兩國論」的曖昧論述，而遽以台灣文學「獨立論」來闡述其理念了。

（二）台灣文學獨立論

台灣文學「兩國論」與台灣文學「獨立論」最大的不同點，在於前者專注於將中國文學與台灣文學做區隔，試圖使中國文學與台灣文學有相同的立足點，二者無相統屬的關係；後者則不再專注於「擺脫」中國文學的羈絆，而是比前者要更進一層，遽以台灣文學為世界文學的一支，是有著「國家位格」的「國家文學」。但台灣文學如何成為「獨立」的「國家文學」呢？李魁賢從歷史、社會兩方面作論述：

1、歷史事實——台灣文學是「多語」文學而非「華語」文學

台灣有四大族群——原住民、閩南人、客家人、外省人，台灣文化也以此四大族群為根基各自發揚、相互交融。但文化的交流過程中，勢必有強勢文化對弱勢文化的侵蝕，文化的強勢與否又與其是否掌握政治強權有關，李魁賢認為，國民黨政府來台之後，挾其政治優勢對各族群各文化以大中國文化沙文主義加以抹消，造成了華語文學幾乎代表全部台灣文學的錯覺。所以他在〈台灣文學獨立

紀元〉一文中說明台灣以華語文學獨尊的現象僅存在於終戰後解嚴前的一段時間而已，他說：

> 文學有人民和土地的屬性，人民以語言為表達工具，土地則以國土為其範疇。……台灣在終戰前有漢語文學和日語文學，於五十年日治時期彼此消長。終戰後，同樣在中國獨霸思想宰制下，只有漢語文學唯我獨尊，而且是更其狹化的華語文學。解嚴後，福佬語文學和客語文學開始萌芽，而南島語族文學也有開始發展的跡象。台灣在終戰前後都因政治力的干擾和官方語言政策的優勢宰制下，分別造成台灣文學無奈成為日語文學和華語文學一部份的單調困境。[55]

　　李魁賢將台灣文學的發展歷史大致分為三個階段，一是日治時期、二是戒嚴時期、三是解嚴後，而日治時期時有漢語文學及日語文學，戒嚴時期則以漢語、華語文學為主流，解嚴後則福佬語文學、客語文學、南島語文學皆紛紛有了自己的文學版圖，是故，造成台灣文學以華語文學為主流的原因，李魁賢認為是「中國獨霸思想」，台灣文學絕不僅只是華語文學，即使是中國民族主義者，也無法否認日語文學及其他族群的代表文學的存在。所以他說：「台灣文學不可能是任何國家文學的一部份，比較正確的說法是，台灣文學有一部份是日語文學，也有一部份是華語文學」[56]。承認日治文學的存在，強調多語文學的存在，破除台灣文學等於中國文學的迷思，大聲疾呼台灣文學與中國文

---

[55] 同前註，pp.326－327。
[56] 同前註，p.327。

學不相統屬，李魁賢為台灣文學得以「獨立」找到了第一個合
理的理由。

2、社會事實──台灣文學的本質與他國有明顯的區隔

上文已經談過，李魁賢對台灣文學有三項判準，而這三項判準
所篩選出來的文學作品，必定符合李魁賢對文學本質的期待，期待
在文學作品中作家可以展現和人民的同源性意識，而這同源性意識
使得文學「確實有其國籍性的身份」，李魁賢說：

> 台灣文學的獨立性有其社會和現實的背景為基礎。要之，台
> 灣文學的本質是反映台灣人的生活、思想、行為，與他國有
> 明顯的區隔性。……在社會現實上，文學確實有其國籍性的
> 身份。[57]

「台灣文學是反映台灣人的生活、思想、行為」，這便使得中
國文學不得不退出台灣文學的版圖了。著重於「社會事實」，以不
同的土地有著不同的社會架構，也將因此孕育出不同的文學為理
由，強調台灣文學的「國籍」身份，為台灣文學的獨立找到第二個
合理的理由。

既然以「台灣文學兩國論」來說，台灣文學和中國文學是「特
殊的國與國關係」，兩者並非互相統屬的上下位概念，再加上從歷
史事實及社會事實而言，台灣文學實有獨立於中國文學之外的合理
性，所以李魁賢大聲疾呼，「要談就不如談台灣文學獨立論」，以探
討台灣文學有別於其他國家文學的獨立性，並創作屬於台灣的國家
文學。

---

[57] 同前註，p.327。

（三）從「前國家文學」到「國家文學」

　　「前國家文學」和「國家文學」是李魁賢在〈論國家與國家文學〉一文中提出的名詞，該文中他明確地將國家的政治性與文學性做比較連結，開頭「獨立國家才有國家文學」一語，以及「台灣文學的觀念正好與台灣獨立的認知，成為平行發展的歷程」一句，說明了李魁賢意圖藉政治台獨與文學台獨的觀念互相連結比較，以建立更深入的台灣文學觀。李魁賢進一步分析到，以目前台灣的現況來說，是「形式上的獨立國家」，因為台灣已擺脫被殖民的地位而有自己的國家，但卻仍未進入「法理上的獨立國家階段」，台灣的獨立地位尚未取得國際上的合法地位，這也是李魁賢極力鼓吹「台灣正名」的理由。以上兩個獨立國家階段政治性較濃厚，是屬於必須以政治手段解決的問題。但李魁賢又提出第三個階段，也就是「實質的獨立國家階段」，何謂「實質」呢？

　　　　第三階段建立在文化意識上，人民覺醒到要擺脫他國糾纏的情結，必須認清到不管在種族、血統、文化上承受過他國的傳統和影響，在土地和人民構成要素組成的社會領域內，所培養和發展出來的文化特質和國民意識，才是立國的基礎，一方面塑造社會集體意識的凝聚力，另方面不至於模糊和迷茫自己的國民身份。[58]

---

[58] 李魁賢：〈論國家與國家文學〉，《李魁賢文集・第柒冊》，p.153。

　　所謂在「文化意識上」要「擺脫他國糾纏的情結」，對台灣
而言，就是「中國結」與「台灣結」的差別了，如前文所討論的，
李魁賢認為中國大陸與台灣從日治時期開始就已分屬不同的政
治領域，再加上台灣海峽的區隔以及台灣族群與中國大陸的不
同，台灣與中國早已發展出不同的文化系統，而台灣人糾纏已久
的「中國結」，李魁賢認為是國民黨政府來台後不斷宣揚中華文
化才造成的，所以台灣現在是否已是一「實質的獨立國家」，李
魁賢認為這仍須社會意識的凝聚以及台灣人民認知到自己的身
份才可能。

　　以上所論為政治上的獨立，而文學上是否需要經過這三個
階段呢？李魁賢說，文學與政治雖然相互制約，但是文學獨立
畢竟不同於政治獨立，即使在形式上未獨立的國家，他也可以
有自己的文學，這只要看一些國家即使在被殖民時期文學仍獨
立發展就可知。台灣正是如此，在日治時期台灣新文學即已萌芽、
茁長，所以李魁賢說，「文學可以先於國家獨立而獨立」，且「台
灣文學便是在這種情況下產生和存在的」。然而，文學雖然可以先
於國家而獨立，但是要能「名正言順」，還是要經過「法理上的獨
立國家階段」才行，而這也是李魁賢之所以稱台灣文學為「前國
家文學」的原因。李魁賢雖然認定台灣已擁有獨立國家文學的資
格，但是畢竟「名不正言不順」，台灣仍未「正名」，國家文學便
無法取得「法理上的獨立」，此時的台灣文學「尚不具備完整獨立
的實質生態和封閉體系」，所以「必待國家獲得法理上的獨立後，
才能確立國家文學的地位。」這代表了李魁賢對台灣目前國家位
格的認知，也代表了他對政治台獨和文學台獨的期待。而正如政
治獨立需要經過獨立國家的第三階段——實質上的獨立國家，人

民在文化意識上都能夠凝聚共識成為國家的一份子，國家才能夠在實質上獨立於世界。把這個觀念引伸到文學上，代表著文學也必須如此，在文學中融入文化實質，認同自己的國家，文學才能夠有實質的獨立本質。這也讓我們知道李魁賢之所以嚴格認定台灣文學的真正原因——建立實質上的獨立國家文學。所以李魁賢對那些無法在文學作品中融入台灣文化實質的作家大肆抨擊，認為這只會讓國家文學淪為「外國的文學殖民地」，他說：

> 在國家獲得法理上的獨立後，固然國家文學就可成立，然而文學是文化實質的精神產品，如果文化沒有擺脫他國的宰制，動輒說自己是外國人，體質血液裡充滿外國文化的細胞，割捨不掉外國傳統的情節，則無法由獨立的文化意識從事創作，即使自己的國家已獲得法理上的獨立地位，仍然會淪陷為外國的文學殖民地。[59]

因此，從李魁賢對台灣文學的定義，談到台灣文學兩國論及台灣文學獨立論，再談到李魁賢對前國家文學及國家文學的定義，我們可以知道，李魁賢的文學定義始終與其台灣獨立的政治立場分不開，在文學與政治的思考上，李魁賢都對「法理上」及「實質上」的國家獨立定位有著深厚的期待，他說：「因此，國家文學也要在國家從法理上的獨立地位，進入文化意識的實質上獨立國家階段，台灣文學才能完成真正的國家文學的建構」[60]，對台灣文學的未來有著最深切的期盼。

---

[59] 同前註，p.153。
[60] 同前註，p.153。

　　李魁賢身為一位兼具文學作家及知識份子身份的人，對台灣文學的獨立國家地位並不是只有在觀念上的極力闡述，在具體實踐上，李魁賢也是藉由在報章雜誌上發表文章以及與文學團體的互助互動，對台灣文學的具體實踐——包括落實與推廣等，竭盡心力的關心與付出，以下，便以李魁賢對台灣文學的具體落實與推廣方面的貢獻作討論。

參、李魁賢對台灣文學的落實與推廣

一、落實——謀求台灣文學的具體發展

　　李魁賢不僅對台灣文學主體性有理論建構，在理論之外，更是不遺餘力地謀求台灣文學的具體落實與發展。以下，即以「台灣文學系」及「國家文學館」二者為例，說明李魁賢以其詩人兼知識份子的身份為台灣文學具體落實所做的努力。

（一）台灣文學系

　　「台灣文學」是否有資格在大學院校中成立一獨立學系是曾被討論的問題，但李魁賢在「台灣文學」仍受到質疑，認為台灣文學內容不足、師資不足以成立大學系所時，就曾撰文對這些人的言論做過回應，他說：

有人質疑過：台灣有文學嗎？這樣的人不但目中無台灣、無視台灣人民的存在，而且否定了台灣人民創作力的精神活動。做這樣質疑的人，如果是外國人，對台灣和台灣人民是侮蔑，如果是本國人，則是自賤。不幸，我們發現有這樣質疑的人，不只是質疑而已，而且付諸行動，又以這樣實際的行動來教育台灣的人民和子弟。於是學校課程裡沒有台灣歷史、沒有台灣文學，更遑論台灣歷史系、台灣文學系了。[61]

否認台灣文學夠資格在大學中成立獨立系所，就是質疑台灣人的創作能力，再加上在李魁賢眼中，台灣是國家，若否認本國文學的存在，等於是否認台灣做為一獨立國家的存在，這是自貶國格的行為。所以當教育部仍在猶豫是否要設立台灣文學系所時，李魁賢就曾大聲疾呼：

「台灣文學」多年來國內外的研究蓬勃發展，已成一門顯學，許多優良教授都投身台灣文學的研究和指導學生。每年無論文藝營或文學研討會，都吸引許多人潮。面對這樣廣大的「市場」，教育部若繼續漠視，則教育不能配合社會需要，豈不變成大鴕鳥？教育部給人的印象是，一直在抗拒台灣文學典律化，教育系統如不將「本國」文學納入體制，則人文教育終將徒託空言。[62]

以台灣文學為「社會需要」，以台灣文學為「本國」文學，試圖使台灣文學「典律化」，在學術上有獨立的存在位置。對李魁賢

---

[61] 李魁賢：〈台灣文學要向前走——大學應設台灣文學系〉，《李魁賢文集・第柒冊》，p.133。
[62] 李魁賢：〈台灣文學系的轉機〉，《李魁賢文集・第捌冊》，p.16。

等持台灣文學獨立論者,咸認為中國文學雖然幾乎在各大學院校皆
有學系設立,但中國文學畢竟不等於台灣文學,如果各大學院校僅
設立中國文學系而無台灣文學系,反而成了只有「外國」文學而無
「本國」文學的荒謬現象。

　　李魁賢並不是粗淺地憑其政治立場來支持台灣文學系所的設
立。李魁賢重視文學作品意識的展現,也認為台灣文學的價值就在
於能夠表現出土地與人民的屬性。所以李魁賢在〈台灣文學要向前
走——大學應設台灣文學系〉一文的結尾中,期許台灣文學系能設
立,成為「台灣文學向前走的衝鋒號」,他說:

> 台灣人民要向前走,台灣社會要向前走,台灣歷史要向
> 前走,則台灣文學沒有任何理由不向前走。所以,我們
> 強烈要求台灣文學系的設立,做為台灣文學向前走的衝
> 鋒號。[63]

　　經過李魁賢等重視台灣文學的知識份子不斷撰文鼓吹之下,終
於在吳京擔任教育部長時,淡水真理大學成立了第一個台灣文學
系,杜文靖在〈我所認識李魁賢和他的二、三事〉一文中,曾詳細
描述李魁賢為呼應成立台灣文學系時四方奔走的情況,他說:「在
他擔任『台灣筆會』會長的兩年內,他一再呼應成立『台灣文學系』
的籲求,參加無數次的公聽會、討論會、說明會,還帶頭前往教育
部面見部長,提出設立『台文系』的種種理由,說服教育部讓現今
已改制為『真理大學』的『淡水工商專校』,設置全台首創的『台
文系』,用力之深,令人讚嘆!」[64]台灣第一個「台灣文學系」終

63　同註 61,pp.133－134。
64　杜文靖:〈我所認識李魁賢和他的二、三事〉,《北縣文化》,第 71 期(2001

於在 1997 年正式聯合招生，緊接著國立成功大學也成立了第一個
台灣文學研究所，至今年，國立台北師範學院、師範大學、清華大
學、台灣大學等等都成立了自己的台灣文學研究所，台灣文學的研
究在台灣真正成為「顯學」，也使得台灣文學勢必在國內的研究風
潮下，研究成果會有質與量的大幅增長。李魁賢等人的努力，終於
成就了最繁茂的文學果實。

（二）國家台灣文學館

在台灣文學逐漸成為文學研究主流的同時，台灣仍未有一專責
整理與蒐集台灣文學史料的機構，李魁賢等不以台灣文學系所的成
立為滿足，也極力鼓吹有一國家級的文學典藏機構來保存與整理台
灣文學研究史料，以利文獻保存以及後學研究。而行政院文化建設
委員會在長年的審慎規劃中，也需要李魁賢等知識份子不斷對規劃
過程可能的失誤做建言，才能使國家台灣文學館得以順利設立後即
發揮良好的預期效果。李魁賢在國家台灣文學館成立的過程中，就
曾撰〈台灣文學館要名實相副〉一文，抨擊文建會將台灣文學館列
於文化資產研究中心一組的規劃，強調台灣文學館做為「國家文學
館」，必須要豎立標竿作用，進而成為一「博物館式的專業機構」，
他說：

> 把台灣文學館列於文化資產保存研究中心的一組，顯然是大
> 而無當的作法。表面上是擴大了中心的規模，實質上是矮化
> 了文學館的位階、作為和可能扮演的角色。……台灣文學館

年 12 月），pp.100－101。

應屬博物館式的專業機構,其任務不僅在於資料保存研究,更重要的是展示活動、發展、交流、推廣、出版工作。當然以後可以進一步有更微分化的文學館成立。當民間以私人力量開始在成立作家專屬紀念館的時候,設立國家級的台灣文學館具有標竿作用。如果把各方矚目其代的台灣文學館,消化到蕪雜的文化資產保存研究中心內,連名分都將不存,何能有所作為?[65]

　　文建會在李魁賢提出建言後,進一步審慎規劃而做改變。李魁賢對國家台灣文學館的貢獻不止於規劃過程,在文學館成立之後,也對文學館可進行的工作做過建言,其目的也是希望藉由台灣文學館來實現台灣文學的研究與發展,例如李魁賢曾撰〈有望台灣文學館〉一文對台灣文學館的工作內容做過建議,他說:

有歷史意識的出版工作尤為重要,因為這是台灣文學研究發展上最急切的盼望,而為一般出版社不能或不敢著手的。台灣文學館應以重點工作加以落實。例如《台灣文學典籍重刊》、《台灣文學大系》、《台灣文學家全集》、《台灣文學史》,甚至於《台灣漢詩文大系》、《台灣歌謠大系》、《台灣民間傳說大系》等等。台灣文學豐富的資源散逸各處,逐漸消失,台灣文學館透過蒐集、調查、整理,不是要原貌集中典藏,而應該是經過研究和出版後,使公私立圖書館和私人都可以典藏應用,對台灣文學的創作、研究和發展,必能產生積極正面的推動力量。[66]

65　李魁賢:〈台灣文學館要名實相副〉,《李魁賢文集・第捌冊》,pp.37－38。
66　李魁賢:〈有望台灣文學館〉,《李魁賢文集・第捌冊》,pp.67－68。

　　第一，李魁賢說「有歷史意識的出版工作尤為重要」，尤其是「一般出版社不能或不敢出手的」，這就是要求國家文學館不受政治力量壓迫，還台灣歷史的原貌；第二，李魁賢認為台灣文學館的文獻資料蒐集，不是為了「典藏」，而是進一步要讓台灣文學的研究者可資利用，所以提出國家文學館將這些史料「研究」及「出版」，更可見得李魁賢為台灣文學研究盡心盡力的一面。事實上，國家台灣文學館中有許多豐富的台灣文學史料都是李魁賢所捐贈的，國立文化資產保存研究中心研究組組長李麗芳在〈文學是一生的終點——李魁賢先生及其捐贈文學史料介紹〉[67]一文中感謝李魁賢慷慨捐贈文學史料，由文中所記錄李魁賢捐贈文學史料之多[68]，更可見得李魁賢對文學寶藏不藏私，只願台灣文學研究能更堅實與深入的用心。

---

[67] 李麗芳：〈文學是一生的終點——李魁賢先生及其捐贈文學史料介紹〉，《笠》，第 209 期（1999 年 2 月），pp.118－123。

[68] 李麗芳在〈文學是一生的終點——李魁賢先生及其捐贈文學史料介紹〉一文中提到：「文資中心籌備處繼接受龍瑛宗、黃得時、巫永福、周金波、許成章、林錫山與王秀蓮夫婦凱贈文學文物之後，又獲得李魁賢先生捐贈其豐富創作及收藏，共七千多件，主要可分為三大類：一是其創作的各類手稿三百多件（包括歐洲人現代詩人介紹、彩色掃描器發明手稿、何妨文學先行、詩的想像、有望台灣文學館等等）、著作相關照片、證件（包括國際詩人學會會員證書、或英國劍橋傳記中心國際詩人名錄編纂委員會頒贈傑出成就獎牌與對詩傑出貢獻獎狀、或台灣省文藝作家協會頒贈第一屆中興文藝獎章—詩歌獎章等）與其個人相關之畫像與塑像等文物；二是其所蒐藏的豐富文學性雜誌與詩刊、文學日曆與海報，包括全套的笠詩刊、台灣文藝、文學界、文學台灣、創世紀詩刊、歐洲雜誌，五〇年代以及六〇年代的現代詩、藍星、龍族、台灣詩學季刊、葡萄園、千島詩刊、水星詩刊、山水詩刊、海鷗詩頁，以及由曙光文藝社發行的「詩展望」油印詩刊，早期的雜誌則有野風雜誌、新地雜誌、新新文藝、文藝列車、文星、藍苑與半月等雜誌；三是詩集及文學創作相關的文學、歷史文化、藝術與哲學圖書等。」同前註，pp.118－123。

　　國家台灣文學館在1997年8月正式成立文資中心籌備處，1999年動土，2002年底完工，2003年10月開館營運，這一連串的過程李魁賢都適時出現參與其中，以一位關心台灣文學的知識份子而言，李魁賢對台灣文學館的無私奉獻，是令人動容的。

二、推廣──以台灣文學外譯作外交

　　上節所討論的是李魁賢對台灣文學如何落實為國家文學的根基問題，而在確立了台灣文學的國家位格之後，如何讓台灣文學以其獨立國家文學的身份讓世界所接受也是李魁賢所關心的問題。李魁賢本身做為一位「國際詩人」[69]，且從事德國文學以及世界其他各國文學的翻譯工作多年，對於文學作品如何推廣於國際，以及文學推廣於國際後的邊際效用，自然有其一套理念與想法。所以，如果前文我們所看到的是李魁賢以其台獨政治立場所表現最強烈「本土化」的一面，那麼現在所要討論的，就是李魁賢以地球村的現實環境所表現最「國際化」的另一面了。他曾撰文對文建會提出過建言，他說：「台灣文學的落實與推廣，是一體的兩面，向外推廣更是不容忽視」[70]，強調「落實」與「推廣」是一體兩面，提醒了在樹立台灣文學為國家文學的台灣文學研究者，不可只注重台灣文學在本土的「落實」，因為「落實」的效果只在台灣國境範圍內，向外「推廣」

---

[69] 李魁賢在印度詩壇頗有影響，又多次獲頒國際的詩獎項，甚至國際詩人學會推薦李魁賢為諾貝爾文學獎的候選人，稱其為「國際詩人」實當之無愧。
[70] 李魁賢：〈台灣文化的落實和推廣──對文建會地方文化政策的建言〉，《李魁賢文集・第柒冊》，p.208。

則更有促使台灣文學步向世界舞台的效果。但是在李魁賢眼中，台灣文學向外推廣的工作是做得不足的。他曾說：

> 常民文化固然重要，然而精緻文化更能顯示文明發展上的指標，我每次到外國逛書店，總會特別注意文學家、詩人、學者的全集，因為這是代表文化水平的結晶。……假如沒有眾多台灣學者的全集、台灣文學家的全集來建構，終究很難答覆「台灣文化在哪裡？台灣文學在哪裡？」的質疑……。[71]

正是這樣的想法促使李魁賢在鼓吹向國際推廣台灣文學時更加不遺餘力。李魁賢在〈台灣文學的外在走向〉一文中曾說：

> 以四、五十年的時間，作為歷史證人來磨礪自己，正是台灣文學生命韌性與耐力的自我期許。……在縱軸的深化奠基之外，橫軸的擴充發展也有待努力，文學是文化最具體表現的一種文本。台灣經濟發展的奇蹟受到全球矚目之際，有心之士都在思考如何進一步培養台灣文化的優質化，台灣文學的發展將是表現的方式之一。[72]

這「四、五十年」來的「自我期許」，也再一次證明了李魁賢的用心良苦。文中進一步說明了其推廣台灣文學的原因，他認為，以台灣文學做為台灣文化的「文本」，讓世人閱讀，便能使世人更瞭解台灣文學的特質，李魁賢曾說：「一般文學讀者，都是透過國家文學去理解該國的社會、文化、政治等行為、生態和現實。因此，不可忽略文學做為國家存在於世界的最佳鼓手」[73]，正是這「文學作為

---

[71] 李魁賢：〈台灣文化在哪裡？〉，《李魁賢文集・第捌冊》，p.72。
[72] 李魁賢：〈台灣文學的外在走向〉，《李魁賢文集・第柒冊》，p.113。
[73] 李魁賢：〈台灣文學翻譯中心芻議〉，《李魁賢文集・第捌冊》，p.329。

國家存在於世界的最佳鼓手」的理念，使得李魁賢極力鼓吹建立「台
灣文學翻譯中心」，因為若有專責翻譯台灣文學的政府機關，台灣文
學外譯工作必定能進入軌道，且經由定時定量的台灣文學作品翻
譯，也能使世界上的讀者藉由台灣的文學作品瞭解到台灣的社會、
政治、文化，並且瞭解到台灣在世界上的存在位置。李魁賢說：

> 台灣政治的生態因為中國霸權的不時打壓和干擾，在國際上
> 法定的主權地位常無端受到阻礙和抵制。但台灣文學卻可以
> 突破封鎖，受到國際的認可和肯定，甚至可以出人頭地，連
> 在中國，台灣文學也成為顯學而盛行。台灣文學的名目和本
> 質的存在，有助於在國際上形塑台灣為獨立國家的實質和合
> 理、合法化。愛默生在美國獨立後六十一年，才猛然醒悟美
> 國文學必須獨立於歐洲、尤其是英國文學之外，於是大力鼓
> 吹美國文學獨立論。以此為鑑，台灣文學可以不待政治主權
> 獨立何時明朗化，就應率先以獨立姿態向世界進軍。[74]

　　這裡就點出了李魁賢最主要的想法，其不但在理論上試圖建構
有獨立國家意志的台灣文學，其鼓吹推廣台灣文學於國際的原因，
也正是為了「有助於在國際上形塑台灣為獨立國家的實質和合理、
合法化」，所以這台灣文學的翻譯工作，也不失為促成台灣獨立的
策略性思考。這也進一步可以連結到李魁賢鮮明的台獨政治色彩，
因為台灣獨立是不為中國所接受的，李魁賢試圖在國際中建立台灣
的存在位置，藉由「台灣文學突破封鎖，受到國際的認可和肯定」，
並進而促成國際對台灣的瞭解與同情。他在〈台灣文學翻譯工作芻
議〉一文中逕以「本輕利多」來形容台灣文學的外譯工作：

---

[74] 同前註，p.328。

> 台灣文學想進入國際社會，要從文學作品外譯工作著手，才
> 能達成實質效益，而更實質的意義，是要使參與翻譯工作的
> 人員，無論是本國人或外國人，更深入瞭解台灣文學的精神
> 和特性。……其實，台灣文學對外推廣工作，是本輕利多的
> 業務……在全球逐漸視台灣為國際商場暴發戶的此刻，以如
> 此微少的文化對外發展費用，可使國際人士從文學層面來認
> 識進步中的台灣，實在是太便宜了。[75]

　　以文學代替外交的想法或許過於浪漫，但就文化思想層面的影
響而言，文學的確比政治行為更有其實效，所以在李魁賢眼中，文
學推廣不但比政治外交來的有實效，而且也可以擺脫掉政治手段的
複雜面，回歸到人心的真情實感。

　　總而言之，在台灣國家文學的橫軸推廣方面，李魁賢本著其台
獨的政治立場，試圖將台灣文學作為外交手段，藉由台灣文學使國
際讀者瞭解台灣的政治、社會、文化現況，並進而增加在台灣在國
際上的存在感，所以不斷地撰文鼓吹「台灣文學翻譯中心」的成立，
雖然「台灣文學翻譯中心」尚未出現在台灣，但相信隨著國人對台
灣文學的正視，李魁賢的努力一定會有實現的一天，而文學翻譯中
心的成立，也必定會實現李魁賢的理念，使台灣文學得以「率先以
獨立姿態向世界進軍」。

---

[75] 同前註，p.20。

■ ■ ■
和平・台灣・愛

結語　李魁賢在台灣詩壇上的位置

　　江寶釵在〈李魁賢詩的閱讀與典律政治〉一文的前言中曾說:「我雖然不以現代詩為專業,可是紀弦、瘂弦、覃子豪、余光中等等,我耳熟能詳,而李魁賢,對我竟是這等陌生。……當我與一位朋友提及,我的這個嘗試,將撰寫一篇論文討論李魁賢的詩作時,他大笑:『李魁賢,有什麼好談的!難道說,得了總統文化獎,詩的評價就不一樣了嗎?』」[1]在台灣現代詩壇上,李魁賢的知名度對社會大眾來說的確是低的,雖然隨著李魁賢詩成就受各國內外獎項的肯定之後,其詩名跟著傳播開來,甚至在以詩人身份被提名為諾貝爾文學獎候選人時,名聲水漲船高,李魁賢之名漸為人所熟知。但是,筆者認為,李魁賢在台灣詩壇上的位置仍不夠確定,可以說,一般人,甚至是現代詩研究者,也不一定能夠正確認知到李魁賢在台灣詩壇、或是台灣現代詩史上所該有的定位與評價。正如江寶釵所感嘆的──「李魁賢,對我竟是這等陌生」,正如其友人對李魁賢的輕蔑態度──「李魁賢,有什麼好談的!」在沒有深入瞭解李魁賢的詩及詩論時,一般大眾很容易順服於文學傳播媒體,對知名度低

---

[1]　江寶釵:〈李魁賢詩的閱讀與典律政治〉,pp.1－2。發表於 2002 年「李魁賢文學國際學術研討會」。

者，就不去注意，甚至是不屑一顧。事實上，李魁賢的詩成就並不會因得獎與否而不同，這其中只存在對其詩歌與理念理解與否的問題。以下，將就李魁賢的「詩學理論」、「詩成就」、「評論」及「翻譯」的成就，來說明李魁賢在台灣詩壇上應得的位置。

一、詩學理論方面：提出具指導性的詩觀

　　李魁賢的詩學理論有突出的表現，其詩學理論雖然頗同於其他以相同立場寫作的詩人，但是李魁賢仍能在詩歌本質、詩歌創作、詩歌語言及詩歌功能等方面的闡述中，表現出屬於他的創見，筆者將之稱為「李魁賢式的詩學理論」。

　　李魁賢式的詩學理論，不但是李魁賢個人詩歌創作經驗的心得闡述，更具有指導詩歌創作、導正詩歌創作歪風的企圖心。李魁賢從少年時代即已展開其創作歷程，並曾加入現代派，以五〇年代盛行詩壇的象徵主義、超現實主義創作詩歌，在經過反省與沉潛後，詩風轉向而至今有其傲人成績，詩學理念也因此在其創作經驗的轉向歷程中得到更深入的理解與闡發，至今，李魁賢的詩學理論已有其整體架構與理論體系，更得到笠詩社同仁的支持，甚至部分詩學創作理念（如「現實經驗論的藝術功用導向」）更成為笠詩社同仁的詩歌表現原則，尤其詩學理論的完整與影響層面之廣，都可見得李魁賢式的詩學理論足以使他在台灣詩壇佔有更重要的位置。

二、詩成就方面：登上台灣現代詩成就的高峰

　　李魁賢的詩學理論具體落實在詩歌創作上，其詩歌便能夠展現
出與眾不同的風格。在藝術手法方面，李魁賢除年少時受過現代主
義的洗禮之外，在加入笠詩社之後，現實主義與新即物主義的創作
手法，也替李魁賢的詩歌藝術效果加分不少。而其堅持意象經營與
語言錘鍊的詩學觀，也使其詩歌的意象與語言表現，形塑出李魁賢
詩歌的特殊風格。實際上，洋溢在他詩中的最主要元素，是對全人
類的大愛。是故，隨著《愛是我的信仰》這本李魁賢中英對照詩選
的印行，李魁賢的詩歌逐漸在國際詩壇上大放異彩[2]。台灣的現代
詩，從日治時期開始萌芽，到國民政府來台，紀弦帶來中國現代詩
的球根，台灣現代詩在兩個球根的交融中萌芽、茁壯，也一直在發
展的過程中尋找最適合自己的出路。台灣文學的發展過程曾受過多
國文化的影響，但由於發展之初，台灣文學的定位尚未確立，所以
台灣文學遑論主體性，連「台灣文學」之名也經過了許多前賢的努

---

[2]　李魁賢在回應莊紫蓉的訪問時曾說：「我的朋友劉國棟將我的詩譯成英文，
出版了一本中英對照的詩集《愛是我的信仰》。我將這本詩集寄給很多和我
有來往的外國詩人朋友，印度有個《國際詩人》月刊的編輯很喜歡我那些
詩，今年（1997年）開始，那本雜誌每一期發表我的一首詩。這個雜誌社
從三年前開始，每年編一本世界詩選，去年和今年的詩選都選了我的詩。
今年他們改變出版計劃，打算出詩人叢書，從世界各國的詩人當中，選出
十位詩人，為每一位詩人出一本專論，包括生平、作品評論、特質等等。
他們寫信告訴我，第一本就要出我的專論，同時要頒給我一九九七年世界
詩人傑出獎，明年（1998年）頒獎時，希望我能去領獎。」莊紫蓉：〈擊出
愛與憧憬的鼓聲——詩人李魁賢訪談〉，《台灣新文學》第10期，1998年
春季號。

力才得以確立，這種發展發育時間尚短的文學，在國際文壇上要爭有一席之地，勢必需經過更多的努力。李魁賢，以其傲人的詩成就，而成為諾貝爾文學獎的候選人，這就代表著台灣文學終於走出自己的一片天，得以藉由李魁賢的詩作品，向世界文壇宣告台灣現代詩已有和世界各國文學平起平坐的地位。李魁賢為台灣文學的具體落實與推展，不計一己之力的微薄，不斷撰文鼓吹或四處奔走，而至今，竟以自己的詩成就，完成了台灣文學的又一次提昇。孤獨的癖性與飽滿的愛，成就了李魁賢的現代詩，也讓台灣文學藉由李魁賢得到發展與提昇，這正是李魁賢在台灣文壇上必須享有更高評價的另一原因。

三、詩人評論方面：樹立新的台灣文學典律

由於李魁賢有具有創新性以及指導性的詩觀，也有幾十年來創作不輟的經驗累積，故在對其他詩人的評論方面，也因此擁有傲人的成績。其《台灣詩人作品論》受到第三屆笠詩獎評論獎及第七屆巫永福評論獎的肯定，台灣學者莫渝以「誠實的解剖刀」視之[3]。事實上此書的成就並不止在評論本身，更在於評論後的延伸價值，因為李魁賢以笠詩社同仁作為評論對象，挑選「堅定地愛護本土具有相當地前後一致性的詩人」，故此書的延伸價值在於，李魁賢試圖藉由評論的成果樹立一種新的文學典律，正如趙天儀所說：「他能以現代意識，而非以『評論』來看詩」，也看出了李魁賢以台灣

---

[3] 莫渝曾撰〈誠實的解剖刀——「台灣詩人作品論」讀後〉一文，評論李魁賢《台灣詩人作品論》此書的價值。

意識為主軸，試圖創立台灣文學範式的企圖心。以其獨到的批評角度，以其深入且獨具特色的評論方式，不論就評論本身或是評論的延伸價值而言，李魁賢的詩人評論都足以讓他在台灣現代詩史上享有更高的評價。

四、翻譯成績方面：促進文學的國際交流

　　李魁賢除了致力於詩歌創作、詩學理念建構與詩人評論的撰述之外，其最令人矚目的成就在於其翻譯成績上。李魁賢以翻譯里爾克詩集出名，但其翻譯成就並不只限於里爾克，不只限於德國文學，也不只限於詩歌，其作品翻譯的形式，包含了詩歌、小說、傳記，其作品翻譯所涵蓋的國家，包括了歐洲、亞洲、非洲、美洲及大洋洲，2003 年 12 月行政院文化建設委員會委託台北縣政府出版的《李魁賢譯詩集》，共收錄其至 2001 年為止 772 首的翻譯詩作，全八冊。其作品翻譯成績整理如下表：

翻譯詩集（里爾克）	《里爾克詩集書簡》	1967 年	商務印書館
	《杜英諾悲歌》	1969 年	田園出版社
	《給奧費斯的十四行詩》	1969 年	田園出版社
	《形象之書》	1977 年	大舞台書苑出版社
	《里爾克詩集》	1994 年	桂冠圖書公司
	《里爾克書信集》	2001 年	桂冠圖書公司
翻譯詩集（其他）	《德國詩選》	1970 年	三民書局
	《黑人詩選》	1974 年	光啓出版社
	《卡度齊詩集》	1981 年	遠景出版社

	《瓜西莫多詩集》	1981 年	遠景出版社
	《謝斐利士詩集》	1981 年	遠景出版社
	《印度現代詩選》	1982 年	笠詩社
	《頭巾》 （南非文學選，合譯）	1987 年	名流出版社
	《鼓聲》 （世界黑人詩選）	1987 年	名流出版社
	《情愛枕邊書》	1998 年	文橋出版社
	《裴瑞拉詩選》	2000 年	國際作家藝術家協會
	《普魯士之夜》 （索忍尼辛史詩）	2000 年	桂冠圖書公司
	《歐洲經典詩選》 （共五十家二十五冊）	2001－2005 年	桂冠圖書公司
	《有馬　敲詩集》 （編譯）	2002 年	春暉出版社
	《李魁賢譯詩集》 （全八冊）	2003 年	行政院文化建設委員會
翻譯小說	《天涯淪落人》	1968 年	商務印書館
	《審判》 （卡夫卡小說）	1969 年	大業書店
	《貓與老鼠》 （葛拉軾小說）	1970 年	文壇社
	《牆》 （沙特小說）	1982 年	遠景出版社
	《猶太短篇小說精選》	1987 年	圓神出版社
	《鬼溫泉》 （翻譯小說集）	1994 年	稻禾出版社
	《暴風雨》 （台語譯莎士比亞名劇）	1999 年	桂冠圖書公司
翻譯傳記	《里爾克傳》	1969 年	田園出版社
	《佛洛斯特傳》	1970 年	晚蟬書店

　　李魁賢的翻譯成績有目共睹，經如上整理，更可見得他翻譯精力之旺盛。李魁賢的翻譯成就，除了有文學傳播之功外，更有促進國際文學交流的功勞。在台灣詩壇上，少有人作品翻譯的質與量可達到與李魁賢相同的高度。是故，若單就外國文學翻譯成就而論，李魁賢的翻譯成績足以使其佔有與詩壇上其他詩人不同的地位。

　　以上，就「詩學理論」、「詩成就」、「詩人評論」與「翻譯成績」四方面來評述李魁賢的詩歌成就，筆者認為，李魁賢在台灣詩壇上足以享有較現今更高的地位，在台灣現代詩史上也是值得大書特書的一位。本研究以對李魁賢在理論、詩歌、評論、翻譯四方面的理解，敢於呼籲世人對李魁賢在詩壇上的定位重新評估，其對詩壇，尤其是台灣文學的影響力，適足以予李魁賢更高的文學定位。

■■■
和平‧台灣‧愛

參考書目

一、李魁賢作品

（一）詩集

《靈骨塔及其他》，野風出版社，1963 年。

《枇杷樹》，葡萄園詩社，1964 年。

《南港詩抄》，笠詩刊社，1966 年。

《赤裸的薔薇》，三信出版社，1977 年。

《李魁賢詩選》，新地出版社，1985 年。

《水晶的形成》，笠詩刊社，1986 年。

《輸血》，名流出版社，1986 年。

《永久的版圖》，笠詩刊社，1990 年。

《祈禱》，笠詩刊社，1993 年。

《秋與死之憶》，中國北京人民文學出版社，1993 年。

《黃昏的意象》，台北縣立文化中心，1994 年。

《溫柔的美感》，桂冠圖書公司，2001 年。

《李魁賢詩集》（全六冊），行政院文化建設委員會，2001 年。

《李魁賢譯詩集》（全八冊），台北縣政府文化局，2003 年 12 月。

（二）文集

《心靈的側影》，新風出版社，1972 年。

《弄斧集》，三信出版社，1976 年。

《淡水是風景的故鄉》，台灣省教育廳，1983 年。

《飛禽詩篇》，台灣省教育廳，1987 年。

《走獸詩篇》，台灣省教育廳，1988 年。

《浮名與務實》，稻鄉出版社，1992 年。

《詩的反抗》，新地文學出版社，1992 年。

《台灣文化秋千》，稻鄉出版社，1994 年。

《詩的見證》，台北縣立文化中心，1994 年。

《詩的挑戰》，台北縣立文化中心，1997 年。

《詩的紀念冊》，草根出版社，1998 年。

《台灣風景詩篇》，兒童讀物小組，2001 年。

《李魁賢文集》（全十冊），行政院文化建設委員會，2002 年。

二、理論專書

王　寧：《文學與精神分析學》，人民文學出版社，2001 年初版一刷。

——主編：《20 世紀西方現代派文學名著導讀（詩歌卷）》，天津人民出版
　　社，2000 年 1 月初版。

王鍾陵主編:《二十世紀中國文學史文論精粹・小說卷》,河北教育出版社,2000 年 12 月一版一刷。

———主編:《二十世紀中國文學史文論精粹・東漸之西潮卷》,河北教育出版社,2000 年 12 月一版一刷。

———主編:《二十世紀中國文學史文論精粹・散文卷》,河北教育出版社,2000 年 12 月一版一刷。

———主編:《二十世紀中國文學史文論精粹・新詩卷》,河北教育出版社,2000 年 12 月一版一刷。

王耀輝:《文學文本解讀》,華中師範大學出版社,2003 年 2 月初版三刷

史　明:《台灣民族主義與台灣獨立革命》,前衛出版社,2001 年 6 月初版一刷

古添洪:《記號詩學》,東大圖書公司,1984 年。

古繼堂:《台灣新詩發展史》,文史哲出版社,1997 年 1 月再版。

申小龍:《語言與文化的現代思考》,河南人民出版社,2000 年 1 月一版一刷。

朱立元、張德興等著:《西方美學通史第七卷——二十世紀美學(上)》,上海文藝出版社,1999 年 12 月初版一刷。

朱立元、張德興等著:《西方美學通史第六卷——二十世紀美學(上)》,上海文藝出版社,1999 年 11 月初版一刷。

吳曉東:《象徵主義與中國現代文學》,安徽教育出版社,2001 年 4 月初版二刷。

呂正惠、趙遐秋主編:《台灣新文學思潮史綱》,人間出版社,2002 年 6 月初版一刷。

李敏勇:《綻放語言的玫瑰——二十位台灣詩人的政治情境》,玉山社出版事業股份有限公司,1997 年 2 月初版二刷。

李筱峰:《台灣史 100 件大事(下)戰後篇》,玉山社出版事業有限公司,1999 年初版。

李澤厚：《美的歷程——李澤厚論著集》，三民書局股份有限公司，2000年11月初版二刷。

肖同慶：《世紀末思潮與中國現代文學》，安徽教育出版社，2001年4月初版二刷。

辛　旗：《百年的沉思——回顧二十世紀主導人類發展的文化觀念》，生智文化出版事業公司，2002年3月。

周伯乃：《現代詩的欣賞》，三民書局，1985年2月，四版。

周忠厚：《文藝批評學教程》，中國人民大學出版社，2002年11月初版一刷

周英雄：《結構主義與中國文學》，東大圖書公司，1983年。

周婉窈：《台灣歷史圖說（史前至一九四五年）》，聯經出版社，2002年10月，二版十四刷。

周慶華：《台灣當代文學理論》，揚智文化事業股份有限公司，1996年8月初版一刷。

孟　樊：《當代台灣新詩理論》，揚智文化出版事業有限公司，1998年五月，二版一刷。

林載爵：《台灣文學的兩種精神》，台南文化中心，1996年5月。

流沙河：《台灣中年詩人十二家》，重慶出版社，1988年7月，一版一刷。

胡雪岡：《意象範疇的流變》，百花洲文藝出版社，2002年1月初版一刷。

徐行言、程金城合著：《表現主義與20世紀中國文學》，安徽教育出版社，2000年12月初版。

徐葆耕：《西方文學之旅》，河北教育出版社，2003年8月初版一刷。

旅　人：《中國新詩論史》，台中縣立文化中心，1991年出版。

馬以鑫：《中國現代文學接受史》，華東師範大學出版社，1998年9月，初版一刷。

張京媛編：《後殖民理論與文化認同》，麥田出版，2003年2月初版二刷。

張漢良、蕭蕭編著：《現代詩導讀——導讀篇》，故鄉出版社，1979年11月，初版。

曹長青、謝文利合著：《詩的技巧》，洪葉文化事業有限公司，1996 年 7 月，初版一刷。

陳芳明：《左翼台灣》，麥田出版社，1998 年 10 月初版一刷。

陳國恩：《浪漫主義與 20 世紀中國文學》，安徽教育出版社，2001 年 4 月初版二刷。

陸貴山：《中國當代文藝思潮》，中國人民大學出版社，2002 年 6 月初版一刷

曾慶瑞、趙遐秋合著：《台獨派的台灣文學論批判》，人間出版社，2003 年 7 月初版一刷。

覃子豪：《論現代詩》，普天出版社，1969 年出版。

黃堅厚：《人格心理學》，心理出版社，2002 年 3 月初版三刷。

楊中芳：《如何理解中國人》，遠流出版事業股份有限公司，2001 年 12 月初版一刷。

楊四平：《中國新即物主義代表詩人李魁賢》，中國文獻資料出版社，2001 年 8 月初版一刷。

楊宗翰：《台灣現代詩史——批判的閱讀》，巨流圖書公司，2002 年 6 月初版一刷。

楊義、張中良、中井政喜合著：《二十世紀中國文學圖志（上）（下）》，業強出版社，1995 年一月初版。

葉石濤：《一個台灣老朽作家的五〇年代》，前衛出版社，1995 年 7 月初版二刷

───：《台灣文學史綱》，春暉出版社，2000 年 10 月再版。

路　揚：《精神分析文論》，山東教育出版社，2002 年 7 月初版三刷。

鄒建軍、羅義華、羅勇成合著：《李魁賢詩歌藝術通論》，作家出版社，2002 年 8 月初版一刷。

趙天儀、李魁賢、李敏勇、陳明台、鄭炯明編選：《混聲合唱——「笠」詩選》，春暉出版社，1992 年 9 月初版。

鄭明娳：《現代散文》，三民書局股份有限公司，2003 年初版三刷。

鄭炯明編：《台灣精神的崛起》，春暉出版社，1989 年 12 月初版。

鄭樹森編：《現象學與文學批評》，東大圖書公司，1984 年 7 月初版。

鄭麗玉：《認知心理學──理論與應用》，五南圖書出版有限公司，2002
年 3 月初版八刷。

蕭新煌：《新台灣人的心──國家認同的新圖像》，新自然主義股份有限公
司，2002 年二版。

應鳳凰：《台灣文學花園》，玉山社出版事業有限公司，2003 年一月出版
一刷。

三、學位論文

余昭玟：《戰後跨語一代小說家及其作品研究》，國立成功大學中國文學系
博士論文，2002 年 1 月。

卓玉娟：《林梵早期的文學歷程及其現代詩研究》，國立高雄師範大學國文
學系碩士論文，2002 年 8 月。

林秀蓉：《日治時期台灣醫事作家及其作品研究──以蔣渭水、賴和、吳
新榮、王昶雄、詹冰為主》，國立高雄師範大學國文學系博士論文，
2002 年 6 月。

張國華：《現代詩審美教學研究》，國立高雄師範大學國文學系國文教學碩
士班碩士論文，2003 年 12 月。

陳靜玉：《陳千武及其現代詩研究》，國立高雄師範大學國文學系碩士論
文，2002 年 6 月。

楊文雄：《新詩情境教學研究》，國立高雄師範大學國文系教學碩士論文，
2001 年 12 月。

蔡雅薰：《台灣旅美作家之留學生小說及移民小說研究》，國立高雄師範大
學國文學系博士論文，2001 年 6 月。

蔡麗敏:《國中現代詩創作教學研究》,國立高雄師範大學國文學系教學碩
　　士論文,2003 年 6 月。

四、期刊論文

三木直大:〈路上的鬱悶——李魁賢詩上的都市化形象〉,發表於「2002
　　年李魁賢文學國際學術研討會」。

古遠清:〈李魁賢的詩學觀及其他——讀「詩的見證」〉,《笠》184 期,1994
　　年 12 月,pp.128－130。

―――:〈為台灣詩人的研究打開新天地——評李魁賢的《台灣詩人作品
　　論》〉,《笠》158 期,1990 年 8 月,pp.134－136。

古繼堂:〈透明的紅蘿蔔:論台灣詩人李魁賢的詩〉,《文學界》25 期,1988
　　年 2 月,pp.15－31。

托馬斯・肯普:〈親密中的陌生,陌生中的親密——從德國人的視角看里爾
　　克的台灣譯者李魁賢〉,發表於「2002 年李魁賢文學國際學術研討會」。

江寶釵:〈典範政治卜話李魁賢詩〉,發表於「2002 年李魁賢文學國際學
　　術研討會」。

吳剛:〈人文精神與新人文教育〉,《全球教育展望》,2001 年第 9 期。

巫永福等、陳明台記錄:〈李魁賢作品討論會〉,《文學界》7 期,1983 年
　　8 月,pp.4－17。

李麗芳:〈文學是一生的終點——李魁賢先生及其捐贈文學史料介紹〉,
　　《笠》209 期,1999 年 2 月,pp.118－123。

杜文靖:〈我所認識李魁賢和他的二、三事〉,《北縣文化》71 期,2001 年
　　12 月,pp.100－101。

杜榮根:〈李魁賢詩歌試析〉,《台灣文藝》119 期,1989 年 9－10 月,pp.69
　　－76。

岩　上：〈飽滿的果實──詩人李魁賢介紹與訪問〉,《笠》218 期,2000
　　　年 8 月,pp.104－115。

林田春雄著、陳明台譯：〈關於李魁賢詩集「楓葉」〉,《笠》143 期,1985
　　　年 10 月,pp.212－216。

林亨泰：〈現代詩的光芒（3）──李魁賢的「鼓聲」〉,《笠》218 期,2000
　　　年 8 月,pp.79－80。

林盛彬：〈專訪二〇〇二年諾貝爾文學獎候選人李魁賢〉,《笠》225 期,
　　　2001 年 10 月,pp.66－81。

胡　靜：〈論李魁賢詩歌的抒情性〉,《笠》227 期,2002 年 2 月,pp.90－
　　　102。

───：〈論李魁賢詩歌的藝術技巧〉,《台灣文學評論》2 卷 2 期,2002
　　　　年 4 月,pp.72－84。

旅　人：〈李魁賢情詩與聶魯達情詩的比較〉,《笠》218 期,2000 年 8 月,
　　　pp.94－103。

───：〈論李魁賢詩中的拈連技巧〉,《笠》86 期,1978 年 8 月,pp.28
　　　　－34。

張香華：〈從鸚鵡到陀螺──李魁賢詩作賞析〉,《笠》204 期,1998 年 4
　　　月,pp.113－126。

莫渝主持、陳謙記紀錄、林秀梅整理：〈本土詩人李魁賢的大陸觀察──李
　　　魁賢詩集「祈禱」討論會〉,《笠》184 期,1994 年 12 月,pp.114－
　　　127。

莊宜文：〈有所變,也有所堅持──李魁賢的文學事業〉,《文訊月刊》157
　　　期,1998 年 11 月,pp.72－74。

莊金國：〈中國情境的切片觀察──試論李魁賢的中國記遊詩〉,《北縣文
　　　化》71 期,民 90 年 12 月,pp.102－104。

許達然：〈李魁賢詩的通感〉,發表於「2002 年李魁賢文學國際學術研討會」。

郭成義：〈李魁賢的詩人與批評家的位置〉,《文學界》7 期,1983 年 8 月,
　　　pp.39－44。

郭　楓：〈湧流不息的青春源泉──初讀李魁賢「五月」二十首〉，《北縣文化》71 期，2001 年 12 月，pp.94－99。

───：〈詩與人的有限和無限──試論李魁賢的人品和詩藝〉，《文學台灣》39 期，2001 年 7 月，pp.206－241。

陳千武：〈愛的念珠：評李魁賢詩集《水晶的形成》〉，《笠》114 期，1988 年 4 月，pp.94－97。

陳玉玲：〈空間的詩學──李魁賢新詩研究〉，《文學台灣》30 期，1999 年 4 月，pp.178－208。

陳明台：〈風景鮮明的詩──論李魁賢的旅遊詩〉，發表於「2002 年李魁賢文學國際學術研討會」。

陳義芝：〈李魁賢詩中的現代性〉，發表於「2002 年李魁賢文學國際學術研討會」。

彭瑞金：〈從「文集」論李魁賢的詩路歷程〉，發表於「2002 年李魁賢文學國際學術研討會」。

渡　也：〈淺論《一九八二年台灣詩選》（李魁賢主編）〉，《文訊月刊》12 期，1984 年 6 月，pp.196－200。

楊四平：〈李魁賢與里爾克──論詩歌精神的故事〉，《笠》227 期，2002 年 2 月，pp.66－89。

葉　朗：〈人文精神的堅守與呼喚〉，《人民日報（海外版）》，2001 年 1 月 2 日，第 7 版。

鄒建軍：〈論李魁賢的詩學觀（下）〉，《文訊月刊》23 期，1990 年 12 月，pp.85－87。

───：〈論李魁賢的詩學觀（上）〉，《文訊月刊》22 期，1990 年 11 月，pp.79－82。

趙天儀：〈個人意識與社會意識──試論李魁賢的詩與詩論〉，《笠》193 期，1996 年 6 月，pp.88－98。

趙迺定：〈評李魁賢「鴿子事件」〉，《笠》101 期，1981 年 2 月，pp.45－46。

劉景蘭:〈論李魁賢散文的藝術個性〉,《台灣文獻》(新生版)181 期,2002
　　年 4 月,pp.6－11。

潘亞暾:〈祖國、民族、鄉土與藝術個性──讀李魁賢詩歌新作印象〉,《笠》
　　188 期,1995 年 8 月,pp.98－101。

穆罕默德‧法赫魯定:〈李魁賢其人其詩〉,發表於「2002 年李魁賢文學
　　國際學術研討會」。

顏瑞芳:〈李魁賢台語詩的語言象徵〉,《中國現代文學理論》11 期,1998
　　年 9 月,pp.408－420。

羅義華:〈李魁賢詩歌的意象系統〉,《笠》218 期,2000 年 8 月,pp.81－
　　93。

───:〈論李魁賢詩歌的風格構成〉,《台灣文學評論》1 卷 2 期,2001
　　　　年 7 月,pp.55－69。

龔顯宗:〈無告的眼神──談李魁賢「孟加拉悲歌」〉,《笠》219 期,2000
　　年 10 月,pp.142－143。

國家圖書館出版品預行編目

和平.台灣.愛 ：李魁賢的詩與詩論 / 王國安著.
-- 一版. -- 臺北市 ：秀威資訊科技,
2009.12
面 ；　公分. -- (語言文學類 ；AG0118)
BOD 版
參考書目 ：面
ISBN 978-986-221-314-8(平裝)

1. 李魁賢　2. 臺灣詩　3. 詩評

863.51　　　　　　　　　　　　98018667

 語言文學類　AG0118

和平‧台灣‧愛
——李魁賢的詩與詩論

作　　者 / 王國安
發 行 人 / 宋政坤
執行編輯 / 黃姣潔
圖文排版 / 鄭鉅旻
封面設計 / 陳佩蓉
數位轉譯 / 徐真玉　沈裕閔
圖書銷售 / 林怡君
法律顧問 / 毛國樑　律師
出版印製 / 秀威資訊科技股份有限公司
　　　　　台北市內湖區瑞光路 583 巷 25 號 1 樓
　　　　　電話 :02-2657-9211　　　傳真 :02-2657-9106
　　　　　E-mail：service@showwe.com.tw
經 銷 商 / 紅螞蟻圖書有限公司
　　　　　台北市內湖區舊宗路二段 121 巷 28、32 號 4 樓
　　　　　電話 :02-2795-3656　　　傳真 :02-2795-4100
　　　　　http://www.e-redant.com

2009 年 12 月 BOD 一版
定價 :360 元

讀 者 回 函 卡

感謝您購買本書,為提升服務品質,煩請填寫以下問卷,收到您的寶貴意見後,我們會仔細收藏記錄並回贈紀念品,謝謝!

1.您購買的書名:_____

2.您從何得知本書的消息?

　　□網路書店　□部落格　□資料庫搜尋　□書訊　□電子報　□書店

　　□平面媒體　□ 朋友推薦　□網站推薦 □其他_____

3.您對本書的評價:(請填代號　1.非常滿意 2.滿意 3.尚可 4.再改進)

　　封面設計____　版面編排____　內容____　文/譯筆____　價格____

4.讀完書後您覺得:

　　□很有收獲　□有收獲　□收獲不多　□沒收獲

5.您會推薦本書給朋友嗎?

　　□會　□不會,為什麼?_____

6.其他寶貴的意見:_____

_____

_____

_____

讀者基本資料

姓名:_____　年齡:_____　性別:□女 □男

聯絡電話:_____　E-mail:_____

地址:_____

學歷:□高中(含)以下　　□高中　□專科學校　□大學

　　　□研究所(含)以上 □其他_____

職業:□製造業 □金融業 □資訊業 □軍警 □傳播業 □自由業

　　　□服務業 □公務員 □教職　□學生 □其他_____

秀威與 BOD

BOD（Books On Demand）是數位出版的大趨勢，秀威資訊率先運用 POD 數位印刷設備來生產書籍，並提供作者全程數位出版服務，致使書籍產銷零庫存，知識傳承不絕版，目前已開闢以下書系：

一、BOD 學術著作—專業論述的閱讀延伸
二、BOD 個人著作—分享生命的心路歷程
三、BOD 旅遊著作—個人深度旅遊文學創作
四、BOD 大陸學者—大陸專業學者學術出版
五、POD 獨家經銷—數位產製的代發行書籍

BOD 秀威網路書店：www.showwe.com.tw
政府出版品網路書店：www.govbooks.com.tw

永不絕版的故事・自己寫・永不休止的音符・自己唱